Anja Dervis

Liebe oder Geld?

Dass man Liebe mit Geld nicht kaufen kann, glaubt man erst dann, wenn man genug Geld hat.

Jack Nicholsen

Anja Dervis

Liebe oder Geld?

Roman

…das Leben mit 1 Mann, 2 Kindern, 1 Katze und 2 Hasen kann ganz schön aufreibend sein, wenn man nebenbei noch einen Job zu erledigen hat, sich bemüht, wenigstens halbwegs was Essbares hinzukochen und gleichzeitig für die Tochter „nicht peinlich" auszusehen…

Ein Hoch auf alle Frauen, die ganz nebenbei noch 1000 andere Sachen machen!

DANKE an…

…Alex, der nie aufhört, an mich zu glauben und mir unbewusst so viele Ideen beisteuert…ich sag nur Klopatra…Du machst mein Leben erst lebenswert…

…Andy für das tolle Cover…Du bist ein Genie!

…Melissa und Tom für die Geduld, auch wenn ich die Namen jetzt gelassen habe…

Impressum

©2010 Anja Dervis

Herstellung und Verlag Books on Demand GmbH Norderstedt

ISBN 9783839189559

Vielleicht wäre ich nie aufgestanden. Vielleicht wäre ich auch nur noch später in die Arbeit gekommen. Aber ob das den Strudel der Ereignisse aufhalten hätte können?

Wieso konnte ich nicht ein Leben führen, wie es diese Fernseh-Frauen uns ständig vorlebten. Immer aufgeräumte Wohnung, immer neue raffinierte Gerichte, ein aufregendes Liebesleben, regelmäßig zum Sport, und im Zweifelsfall einer Krise: einfach ein bisschen Kommunikation…

Wieso konnte ich nicht meinen Job, mein Liebesleben und meinen Haushalt mit diesem strahlenden „Ach, was bin ich glücklich, zufrieden und emanzipiert"-Gesicht erledigen? Vermutlich, weil ich all die Jahre zu laut geschrien hatte, dass das langweilig sei und uns Frauen nicht würdig wäre. Und wir außerdem sowieso alles im Griff hätten. Job? Kein Problem – problemlos auch am Wochenende und bis spät in die Nacht! Haushalt? Natürlich, auch kein Problem – alles eine Frage der Logistik. O.k. zu den Superhausfrauen hatte ich mich nie gezählt, aber na und? Kinder? Gut, hatte ich noch nicht, aber garantiert auch kein Problem. Kind und Karriere – das ergänzte sich doch.

In Wirklichkeit fühlte ich mich wie nach oder mitten in einem Burnout-Syndrom. Es musste meine Erziehung sein - kein Wunder bei der Mutter. Oder die Umwelteinflüsse. Oder ein verdrängtes Kindheitstrauma – womit wir wieder bei meiner Mutter wären. Oder versteckte Ängste. Oder ein nicht Akzeptieren meiner Rolle als Frau. Andererseits könnte ich mich in der Rolle eines Mannes erst recht nicht akzeptieren.

Egal, Tatsache war jedenfalls, dass ich in zwei Monaten 35 werden würde, trotz sorgfältiger Suche noch kein graues Haar auf meinem blonden Schopf entdeckt hatte, eigentlich einen passablen Job hatte, eine Wohnung, in der zwar sämtliche technischen Geräte inklusive der Heizung ständig versagten, die aber ansonsten sehr schön war, und zu guter letzt hatte ich auch einen Freund. Trotz all dieser Ausstattung war ich zweifellos unzufrieden.

Kritisch betrachtete ich die anderen U-Bahn-Insassen. Machten sie zufriedene Gesichter? Strahlten sie diese Mischung aus „Erfolg im Beruf - Glück in der Liebe und überhaupt alles in Balance" aus?

Die etwas später beginnende Arbeitszeit, die bei uns in der Firma üblich war, und mein morgendlich zu spätes Aufstehen, führten anscheinend dazu, dass um diese Tageszeit nur Henkeltaschen schwingende Seniorinnen im Waggon saßen. Allerdings sahen die bei ihren Gesprächen über Enkel, Krankheiten und die Probleme des englischen Königshauses recht zufrieden aus. Vielleicht musste ich eben bis ins fortgeschrittene Alter auf die großen Glücksgefühle waten…

Möglicherweise wäre es aber gut, sich bis dahin schon mal in Sachen Königshäuser fit zu machen – auch wenn selbst im Zuge des G8 die Schüler nur noch exemplarisch ein Königshaus lernen mussten statt 12. Das hatte ich gestern im Radio gehört und mich sofort gefragt, wo es überhaupt überall noch 12 Königshäuser gab…

Vermutlich war ich aufgrund dieser Unwissenheit unzufrieden im Job und auch später im Seniorinnenalter würde sie mir zweifellos nur Nachteile bringen. Soeben rollte die U-Bahn an meiner Haltestelle vorbei - selbstverständlich, ohne dass ich ausgestiegen war. Frustriert verschob ich die Gedanken über mein weiteres Leben auf später. Jetzt war erst mal die Entscheidung gefragt, ob Warten auf die U-Bahn zurück besser wäre als Laufen… Ich entschied mich fürs Laufen. Schließlich hieß es doch immer, man solle sich den Frust von der Seele laufen. Als ich endlich ankam, war es selbst für das Zeitverständnis unserer Firma spät, meine Füße taten weh wie nach einer Mischung aus einem ganzen Tag stehen und einem Stadtbummel in Schuhen, die eine Nummer zu klein waren…

Kapitel Eins

Meine Kollegin hatte vollstes Verständnis für meine schlechte Laune und meine Unzufriedenheit.

Anne war schon seit meinem ersten Tag in der Firma meine direkte und liebste Kollegin. Sie war irgendwie all das, was ich nicht war. Sie kämpfte nicht mit einem Wechsel aus Appetitlosigkeit und Hungerattacken, sie verspürte nicht in den unmöglichsten Situationen den unglaublichen Drang nach einer Zigarette, ihr kurz geschnittener Bob saß immer perfekt, ihre Nägel glänzten immer perfekt in french-rosa-weiß und sie hatte fast nie schlechte Laune. Aber trotzdem war sie unglaublich nett und eigentlich meine beste Freundin. Unzählige Nächte hatten wir schon in Clubs, vor dem Fernseher, in der Küche, in der Arbeit und wer weiß noch wo verbracht.

Insgeheim dachte ich allerdings oft, dass sie mein Chaos innerlich belächelte und es einfach abenteuerlich anders fand. Auch heute war ihr Blick mit hochgezogenen Augenbrauen leicht amüsiert „Du bist einfach an der Station vorbeigefahren? Trotz Ansage? Wahnsinn!". Was wollte man dazu schon sagen?

Auf meinem Schreibtisch stapelten sich Notizzettel von Leuten, die zurückgerufen werden wollten oder gleich telefonisch Aufträge erteilt hatten. Ich überlegte gerade, wann ich heute, ohne mein Gewissen und meinen Chef zu beleidigen, nach Hause gehen konnte, als das Telefon klingelte.

Meine Mutter höchstpersönlich war dran. Ob ich denn viel zu tun hätte. Als ich bejahte, schien es mir, setzte sie sich gemütlich zurecht und legte erst mal richtig los.

Ein Phänomen, das man auch live hervorragend beobachten konnte. Ihr eigentliches Anliegen war allerdings, dass ich ihr doch ein Weihnachtsgeschenk für Tobias nennen sollte. Ach ja Tobias. Ich sagte ihr nicht, dass ich selber keinen blassen Schimmer hatte, was ich ihm schenken sollte. Ob er denn Unterwäsche brauchen würde, oder ein schönes Buch, oder ein Aftershave. Nein, Nein, Nein. Ich konnte sie damit zufrieden stellen und abwimmeln, dass ich mir was Schönes überlegen würde und sie dann zurückrufen würde. „Aber ruf wirklich an! Du sagst das immer und dann kommt nie ein Anruf. Vielleicht komme ich heute einfach mal auf einen Sprung vorbei".

Eine schlimmere Drohung gab es nicht. Genauso wenig wie es auf einen Sprung gab. Wenn meine Mutter kam, kam sie mit einem Kofferraum voller Sachen. Von neuen Gardinen „Schau mal, ich habe sie gesehen und gleich an dich gedacht. Genau derselbe Ton wie deine Geschirrtücher", über einen Badvorleger „deiner sieht wirklich schon vergilbt aus, das geht ja gar nicht mehr. Hat da mal jemand draufgepinkelt?" über Essen „Hier habe ich für dich die neuen Bionudeln – Ina schwört darauf! Kein Wunder dass du so viele Pickel hast bei dem gen belasteten Zeug, das du isst", bis im allerpeinlichsten Fall zu neuer Unterwäsche „Weiße Baumwolle ist das Beste für die Haut. Die schwarzen Sachen haben giftige Stoffe drin. Schau mal, die sieht doch wirklich süß aus, das gefällt jedem Mann. Tobias! Komm doch mal. Ich muss dir Antonias neue entzückende Unterwäsche zeigen" usw. usw.

Mein Tobias. Meine Freundinnen und meine Mutter beneideten mich gleichermaßen um ihn. Vielleicht war genau das das Problem, das ich mit ihm hatte. Genau genommen war Tobias perfekt. Ja, er sah gut aus, war erfolgreich, selbstbewusst und hatte sich sein ganzes 39jähriges Leben lang sicherlich nicht eine Minute einen Gedanken darüber gemacht, ob er zufrieden war oder nicht. Diese deprimierenden Gedanken über vergehende Schönheit, Cellulitis, Diät, mangelnde Selbstverwirklichung und und und waren ihm fremd und völlig unverständlich. Selbst sein in ein paar Monaten stattfindender 40. Geburtstag brachte ihn nicht aus der Ruhe. Mir brachen nur angesichts des Gedankens daran schon die ersten Wechseljahrsschweißausbrüche aus.

Eigentlich war ich bestimmt 3 Jahre lang hochzufrieden mit mir und meinem Leben gewesen. Aber dann hatten sich irgendwie Zweifel eingeschlichen und Unzufriedenheit, ohne genau zu wissen worüber, wurde sie immer größer. Auch den Gedanken an Tobias schob ich beiseite und widmete mich lieber meinen Zetteln. Gegen 3 Uhr nachmittags räumte ich meinen Schreibtisch und ging in die Stadt.

Erst kürzlich hatte ich wieder gelesen, dass man sich in Frustsituationen etwas Schönes kaufen solle. Bisher war ich mit diesem Rat sehr vorsichtig umgegangen, ich wollte schließlich nicht wie diese Kaufsüchtigen enden, die einen ganzen Schrank voller Handtücher hatten. Wobei ich wirklich nicht verstand, wie man sich in einem Kaufrausch Handtücher zulegen konnte!

Aber vielleicht würde eine Änderung meines Outfits zu einem neuen Selbstbewusstsein führen, das stand ja auch immer in jeder Zeitung. Jetzt sollte ja alles anders werden. Ich war blond, grauäugig, nicht groß und nicht klein und vermutlich sah ich durchschnittlich aus. Je nach meiner psychischen Lage war ich entweder zu dünn oder fast ein bisschen zu speckig. Irgendwie fehlte mir anscheinend die innere Ausgeglichenheit. Nicht nur die innere sondern auch die Ausgeglichenheit in der Taille. Irgendeiner meiner männlichen Verehrer hatte mir mal nach ein paar Dates und während wir knutschten zärtlich ins Ohr geflüstert „Toni, du hast einfach tolle Augen", ich setzte ein geschmeicheltes Lächeln auf und kuschelte mich näher an ihn heran „wie graue Seide....oder wie diese Perserkatzen" – ich erwachte aus meiner wohligen, geschmeichelten Trance. Perserkatze? Was glaubte denn der? Natürlich war ich nicht energisch genug, ihm entweder eine runterzuhauen oder eine passende Bemerkung zurückzugeben, sondern lächelte nur verkniffen. Er bemerkte es nicht und fummelte eifrig weiter. Nachdem ich dauernd das Bild von überfressenen dicken Perserkatzen vor Augen hatte, war es mir unmöglich, weiterzumachen. Jedenfalls war damit unsere noch nicht begonnene Beziehung beendet, er ebenso beleidigt wie ich. Ich über das Perserkatzenkompliment und er über den nicht stattgefundenen Sex.

Diesen Frauen in den Illustrierten sollte man eigentlich schreiben, dass die empfohlenen Einkäufe auch kein Stimmungshoch bringen, wenn man permanent von Weihnachtsliedern besäuselt wird und gleichzeitig bei jeder Ware, ob Socke oder Spülbürste, von Weihnachtsgeschenkejägern bedrängt wird. Als ich das Haus erreichte, sah ich schon von weitem, dass überall Licht brannte, was nicht unbedingt dafür sprach, dass Tobias da war, sondern dass ich am Morgen alle Lichter hatte brennen lassen.

Der Briefkasten offerierte mir diverse Werbezettel, die Telefonrechnung und einen Luftpostbrief an mich. Im Raufgehen öffnete ich schon und verstand nur Bahnhof. Der Brief kam von einer New Yorker Anwaltskanzlei und bat mich dringlich, in einer Erbschaftsangelegenheit mit ihnen Kontakt aufzunehmen. Wer sollte mir etwas vererben?

Mein erster Gedanke war der an einen amerikanischen Liebhaber vergangener Zeiten - allerdings hätte der mir sicherlich, wenn er nicht gerade im Lotto gewonnen hätte, nur Schulden vererbt. Außerdem hatte er sich immer bester Gesundheit erfreut und sicherlich nicht im Traum dran gedacht, zu sterben und etwas an mich zu vererben. Nachdem er mir irgendwann die Gesellschaft einer mehrfach brustvergrößerten Superschönheit in Blond vorgezogen hatte, könnte die eine Erbschaft von ihm auch nachhaltiger investieren.

Aber wer sonst? Während ich noch grübelte, klingelte das Telefon. Gedankenverloren hob ich ab und hatte schon wieder meine Mutter dran. „Du wolltest mich doch anrufen! Hast du einen Brief aus Amerika bekommen?" Mein erster Gedanke war der, dass sie jetzt nicht nur meinen Kühlschrank sondern auch meine Post kontrollierte.

Bevor ich antworten konnte, redete sie schon weiter und langsam begriff ich. Dunkel erinnerte ich mich vom Hören Sagen an eine Tante von ihr (ich glaube ja eher an eine Schwippschwester oder wie man das nennt), die in New York gelebt hatte. Außer einem Foto, das eine aufgetakelte ältere Dame zeigte, die frappierende Ähnlichkeit mit Barbara Cartland hatte, hatte ich nie etwas von ihr gehört oder gesehen und war herzlich froh darüber gewesen.

Verwandtschaft war nämlich schon immer ein heißes Eisen in unserer Familie. Man sollte freundlich und höflich zur Verwandtschaft sein, aber auch nicht zu sehr und vor allem um Gottes Willen sollte man von keinerlei Problemen berichten. So kam es, dass frühere Familientreffen immer zu einem Treffen der Familien Sonnenschein mit ihren gut geratenen Kindern wurden und im Anschluss daran zu einem wahren Hexenkessel an Lästereien und Keifereien seitens meiner Mutter mutierten. Selbst meinem Vater gingen solche Treffen auf die Nerven, aber irgendwie hatte er im Laufe der Jahre die beneidenswerte Fähigkeit entwickelt, völlig abschalten zu können.

Meine Mutter hatte ihn schon diverse Male zu irgendwelchen Hörtests geschickt und war nach wie vor extrem verwundert, wieso diese immer hervorragend ausfielen, er aber nie etwas hörte, wenn sie mit ihm redete…

Während mir diese Gedanken durch den Kopf schossen, war meine Mutter selbstverständlich schon 10 Schritte weiter. Geistesgegenwärtig fragte ich, woher sie denn wisse, dass ich einen Brief bekommen hatte. Aha, anscheinend hatte sie selbst auch einen bekommen. In Gedanken fragte ich mich, wie sie überhaupt hatte verstehen können, worum es sich handelte, nachdem sich die Englischkenntnisse meiner Mutter auf Sandwich beschränkten und mein Vater New York trotz mehrfacher Korrekturen beharrlich wie den „Neff-Herd" aussprach.

Als ich vorsichtig fragte, wie sie es denn gemacht hätten, war sie natürlich sehr empört. Also, etwas Englisch würden sie schließlich können und außerdem hätten sie eine absolut vertrauenswürdige Person um Mithilfe gebeten. Aha, also hatten sie sich einen amtlich beglaubigten, vereidigten usw. Übersetzer gesucht. Nachdem mein Vater das Misstrauen in Person ist, gibt es außer der Familie keine vertrauenswürdige Privatperson. Vermutlich war ich in diesem Brief erwähnt gewesen, sonst hätten sie mir gar nichts davon erzählt, denn zu der Zeit als meine Mutter heute in der Arbeit angerufen hatte und mich lang und ausführlich mit dem Geschenk für Tobias genervt hatte, hätte selbst der lahmste Briefträger diesen Brief schon vorher eingeworfen gehabt und trotzdem war kein Wort gefallen.

„Vor lauter Aufregung hab' ich heute ganz vergessen, dir davon zu erzählen" hörte ich gerade. Ja, ja klar. Natürlich hatten sie sich jetzt überlegt, dass ich diese Familiensache doch in meine englisch sprechende Hand nehmen könnte. Nachdem ich selbst doch schließlich anscheinend auch davon betroffen war. Ich traute mich nicht zu fragen, wie viel Geld diese Tante je gehabt hatte. Mich beschlichen düstere Gedanken von Erbstücken a la Kaffeekanne oder Stickkissen. Zu blöd, dass ich bisher immer – ganz wie mein Vater – sofort alle Ohren zugeklappt hatte, wenn meine Mutter das Gespräch auf die grässliche Verwandtschaft brachte. Irgendwie konnte ich meine Mutter mit Versprechungen alles in die Hand zu nehmen, abwimmeln.

Ich brauchte jetzt erst mal Ruhe, um meine Gedanken zu ordnen. Diese Ruhe konnte ich nur in der Badewanne finden. In letzter Zeit war Baden ein schwieriges Unterfangen. Der Boiler schaffte es nämlich nicht mehr, genügend heißes

Wasser zu produzieren, so dass man mit einigen Teekessel-Ladungen heißen Wassers nachhelfen musste.

Während ich so zwischen Küche und Badewanne hin und her pendelte, verwünschte ich mich noch mal dafür, dass ich bei Gesprächen meiner Eltern über diese olle Tante immer die Ohren ausgeschaltet hatte. Jetzt wusste ich von dieser Mrs. Cartland 2 nichts anderes, als dass sie schrecklich ausgesehen hatte und keinen Mann mehr hatte. Aber damit fing es schon an. Ich wusste nicht mal, ob sie in Wirklichkeit eine Miss Cartland 2 gewesen war, oder ob ihr Mann abgehauen, verschollen oder verstorben war. Falls Mrs Cartland nach meiner Mutter geraten war, vermutlich eher ersteres. Eigentlich war es ja aufregend und ich fühlte mich richtiggehend beschwingt. „Erbschaftsangelegenheiten", wie gut sich das anhörte. Na, ich konnte meine Briefe wenigstens selbst übersetzen und brauchte keine vertrauenswürdige Person.

Wie meine Mutter nach Erhalt eines solchen Briefes überhaupt in der Lage gewesen war, eiskalt mit mir über ein Weihnachtsgeschenk für Tobias zu reden. Ach ja, bei all der Aufregung war ich gar nicht dazu gekommen, mich zu wundern, dass Tobias nicht da war. Normalerweise war er um diese Zeit immer zu Hause. Ich schwankte zwischen dem Gefühl, ihm unbedingt alles sofort erzählen zu wollen und dem Wunsch vorher in Ruhe nachzudenken. Oder vielleicht sollte ich lieber alles für mich behalten? Wer weiß, was für Gedanken in einem Mann keimen, der mit einer Eventuell-Millionen-Erbin, die in der Badewanne sitzt, zusammen ist. Eben, vielleicht sollte ich erst mal alles für mich behalten und wenn es wirklich Geld statt Andenken-Deckchen gab, konnte ich ihm ein schönes Geschenk kaufen und nebenher erwähnen, dass ich jetzt für den Rest meines Lebens finanziell ausgesorgt hätte. Auf die Art würde ich zu einer richtig guten Partie werden, was man ansonsten durch das Vorhandensein meiner Mutter eher verneinen musste. Aber Geld machte sogar so eine Schwiegermutter sympathisch. Vielleicht hatte Mrs. Cartland 2 aber auch das ganze Geld - falls vorhanden - meiner Mutter vererbt und mir nur ihr Jungmädchentagebuch mit Erinnerungen an Mr. Cartland 2, falls es ihn je gegeben haben sollte.

Das Badewasser war jetzt so heiß, dass ich mir bei der Temperaturprobe fast den großen Zeh verbrühte. Seufzend ließ ich mich ins Wasser plumpsen. War man jetzt in Amerika mit der Zeit zurück oder voraus? Wann konnte ich denn überhaupt anrufen? Wer weiß, was die mich fragen würden. Ich könnte jedenfalls keinerlei Fragen zu Mrs. Cartland 2 beantworten, außer über ihr Aussehen vor 5 oder 6 Jahren. Dass Mrs. Cartland von meiner Existenz genauestens unterrichtet war, das wunderte mich nicht. Zu Weihnachten wurde immer Fotos angefertigt, die mit genauen, selbstverständlich nur positiven. Angaben über den jeweiligen Lebensabschnitt an die Verwandtschaft geschickt wurden. Aber wer weiß, vielleicht hatte ich diese Eventuell-Erbschaft ja nur den Geschichten mein er Mutter über ihre wunderbare, engelsgleiche und strebsame Tochter zu verdanken.

Während ich in dem heißen Badewasser immer müder wurde, hörte ich den Schlüssel in der Tür und kurz danach streckte Tobias den Kopf durch die Badezimmertür. „Du badest schon wieder viel zu heiß. Kein Wunder, dass du Kreislaufprobleme hast..." nörgelte er. Ich verkniff mir die eigentlich obligatorisch nötige Frage, ob die Aktienkurse gefallen waren, die Kollegen mal wieder blöd gewesen seien oder er nach 5 minütigem Sitzen im Lokal erfahren hatte, dass das Tagesgericht schon aus war und er auf ein Essen von der Karte zu lange hätte warten müssen.

Tobias hatte eigentlich ein sonniges Gemüt und einen nicht zu überbietenden Vorrat an guter Laune und Optimismus. Das hinderte ihn allerdings nicht daran, sich über banale Kleinigkeiten schrecklich aufzuregen. Kleinlich eben. Typisch Mann eben. Es nervte mich zunehmend mehr, bzw. ER nervte mich immer mehr… Wenn ich mir in der Badewanne die Knie verbrühen wollte, war das doch meine Angelegenheit, oder? Ich beschloss, das Ganze zu ignorieren und ihm zur Strafe nichts von meinen Erbschaftsangelegenheiten zu erzählen. Gar nichts würde ich ihm erzählen, bevor ich nicht eine Millionärin geworden bin. Andererseits hatte ich jetzt das Problem, dass ich nicht ungestört telefonieren konnte. Tobias musste eindeutig noch mal weg.

Entschlossen stieg ich aus der Wanne und schauderte gleich angesichts der Kälte. Ich wickelte mich schnell in ein paar Handtücher und ging Tobias suchen. Natürlich hatte er schon wieder die Glotze eingeschaltet. Er warf mir einen kurzen Blick zu, der sagen sollte „Komm, frag schon, was ich für einen schrecklichen Tag hatte". Natürlich tat ich ihm den Gefallen und hörte mir eine kurze Zusammenfassung des Tages an. Das Auto war mal wieder mitten auf der Kreuzung stehen geblieben, dadurch hatte er einen wichtigen Termin verpasst und sich die Hose schmutzig gemacht (beim Anschieben), die Computer waren im Laufe des Tages alle abgestürzt und er hatte nicht mal ein Mittagessen (fast richtig mit der Prognose) geschafft.

Nach kurzem Mitleid siegte aber schon wieder sein Optimismus und er lachte mich an. „Komm, lass uns den beschissenen Tag vergessen, jetzt gehen wir wenigstens schön essen, ja?" Blitzschnell sah ich meine Chance. „Ach, ich bin müde und meine Haare sind jetzt ganz nass, ich brauche jetzt noch ewig bis ich fertig bin zum Gehen". Diese Drohung wirkte immer - Tobias hasste nichts mehr als zu warten, bis ich mit meinem „Duschen, eincremen, anziehen, schminken und dann noch die Haare machen"-Programm fertig war. „Hol uns doch was Schönes vom Chinesen, da hätte ich jetzt Hunger drauf". „Vom Chinesen - bis ich wieder da bin, ist alles kalt. Vielleicht liefert der auch aus". Oh nein, was war denn das für Falle? Schon hatte er zu seinem Adressbuch (ein Mann wie er überlässt natürlich nichts dem Zufall und hat sogar die Lieblingsrestaurants griffbereit nach dem Alphabet sortiert in seinem Adress-buch) und Telefon gegriffen und gab innerhalb von einer halben Minute seine Bestellung auf. Mist!

Das Telefon klingelte, Aha, wahrscheinlich, wollten sie jetzt doch nicht auslie-fern! „Ach hallo, Du bist es. ......Es geht so, mein Tag war schrecklich, aber jetzt haben wir uns was zu Essen bestellt....... Nein, was soll sie mir denn erzählt haben???" Oh Gott, meine Mutter. Ich riss Tobias den Hörer aus der Hand und rief „Nichts verraten, das ist geheim wegen Geburtstag und Weih-nachten und so!". Tobias sah mich natürlich beleidigt an, war aber versöhnt nachdem es ja schließlich anscheinend um ein Geschenk für ihn ging und trollte sich sogar ohne extra Aufforderung aus dem Zimmer. Ich schloss eiligst die Tür. „Warum hast Du Tobias denn gar nichts erzählt?" gaggerte meine Mutter gerade ins Telefon. Für meine Mutter war es unvorstellbar, dass ich Tobias nicht sofort beim Heimkommen zu mir in die Badewanne gezerrt und ihm alles haarklein erzählt hatte. „Wieso, hast Du es Frau Naser wohl schon erzählt?" fragte ich deshalb honigsüß und hielt vorsorglich den Hörer ein Stück weg vom Ohr. Frau Naser war die ungeliebte Nachbarin, die natürlich gerade aufgrund ihrer Unbeliebtheit immer genau beobachtet und observiert wurde. Normalerweise bekam ich in jedem Telefongespräch nach einer gewissen Zeit die neueste Frau Naser-Episode zu hören. Die erwartete Reaktion blieb natürlich nicht aus. In der Beziehung war meine Mutter kalkulierbar. Nach einigem Gezeter und Gegagger hörte ich den wohl wichtigsten Satz in ihrem Leben „Das geht schließlich nur die Familie was an!"

Ja, die liebe Familie! Schon als Kind hatte ich mich danach gesehnt, eine Familie wie meine Freundinnen zu haben. Ganz normal eben. Ohne dieses ganze Getue, ohne diese ständigen Preisschachereien meiner Mutter und ohne diese ganzen Geschichten von den Nachbarn. Die erste Zeit nach dem Auszug bei meinen Eltern benahm ich mich manchmal noch derart zwanghaft – aus Gewohnheit sozusagen – dass ich gleichzeitig darüber lachte und mich ärgerte.

Wen scherte es jetzt schon noch, ob Nachbarn rochen, dass ich freitags Steak briet? Oder mein (männlicher) Besuch erst nach dem Frühstück heim ging? Oder meine Unterwäsche auf dem Wäscheboden erstens schwarz war und zweitens schon seit einer Woche dort oben hing?

Damit sich hier niemand eine falsche Vorstellung von meiner Mutter machte... Zu ihrer Art und ihrem Organ könnte eine kräftige Statur passen oder eine enorme Größe. In Wirklichkeit war sie aber überaus klein, sehr dünn und trug Schuhgröße 35. Sie sah aus, als könnte sie kein Wässerchen trüben. Ja, das hatten schon viele gedacht - einschließlich argloser Verkäufer, die dachten, sie hätten meiner Mutter was Schönes aufgeschwatzt und hätten ihre Provision schon sicher. Kurz vor der Kasse, immer dann wenn man knapp vor dem Erreichen einer großen Menschenmasse war, fing sie an zu feilschen. „Ach, eigentlich brauche ich dieses 3. Paar Schuhe vielleicht doch nicht - die sind schon sehr teuer und gar nicht runtergesetzt, Bei Konkurrenz A. gibt es ganz ähnliche im Angebot. Ich glaube, die stellen Sie mal wieder zurück...". Und nachdem meine Mutter meistens in teuren Geschäften bzw. teure Artikel einkaufte, zog die Masche in 90% aller Fälle und sie bekam einen zusätzlichen Nachlass oder irgendwas dazu. Sie war dann hochzufrieden und jede Person, die bei diesem wunderbaren Deal dabei war (früher natürlich meistens ich) lief hochrot an und suchte eine Spalte im Fußboden zum Versinken. Sie hingegen sagte fröhlich „Na, wer sagt's denn, jetzt können wir in Ruhe Kaffee trinken." Es war nicht abzustreiten, dass sie mit dieser penetranten Art schon bemerkenswerte Schnäppchen gemacht hatte.

Ihr größter Crew war eindeutig das Haus, in dem meine Eltern wohnten. Da hatte sie Besitzer, Makler und Konkurrenten gleichermaßen so mürbe gemacht, dass sie das Haus zu einem unglaublichen Preis bekam. Jede Besichtigungstour meiner Mutter musste für den Makler ein absoluter Horror gewesen sein. Episoden wie „Ach sieh mal Schatz, ich glaube die Badewanne ist viel zu kurz für dich. Normgröße? Nun gut, man muss ja nicht immer in der Norm leben. Weißt du Schatz, das Haus von gestern hatte so eine wunderbare Körperformwanne. Hm, ja, die Küche ist schon schön, aber wissen Sie, die frühere Besitzerin kann eigentlich keine so gute Hausfrau gewesen sein, ergonomisch ist hier mal gar nichts…".

Als ich aus der von meinen Eltern gekauften Wohnung ausziehen wollte, weil sei mir zu klein war, bot sich selbstverständlich meine Mutter an, mir eine neue zu besorgen. Ich lehnte damals dankend ab. Eine ähnliche Zeremonie wie die ihres Hauskaufes wollte ich mir einfach ersparen. Noch heute konnte ich bei

Besuchen ihre mitleidigen Gedanken angesichts des alten Boilers, der defekten Heizung und der knarrenden Holzdielen lesen.

Nun ja auf jeden Fall, versuchte ich ihr zu erklären, wieso ich es Tobias noch nicht erzählt hatte und endete etwas außer Atem mit dem Satz „Es ist so viel schöner - als Überraschung meine ich. Wenn dann gar nichts ist und ich erzähle vorher viel, lacht er mich doch aus". Kurz war es still am anderen Ende der Leitung - immer ein bedenkliches Zeichen. „Es ist doch nichts zwischen Euch, oder? Ich meine, streitet Ihr Euch?". „Ach was, Du verstehst wieder nicht was ich meine. Oh, es klingelt, das ist unser Essen. Tschüß Mutti, ich rufe Dich morgen früh an".

Rasch legte ich den Hörer auf. Erschöpft ließ ich mich ins Sofakissen fallen. Diese Frau konnte einem Nerven kosten. Andererseits hatte sie natürlich einen komischen Punkt getroffen mit ihrer Frage nach Streit oder Uneinigkeit. Wir stritten nicht, aber trotzdem war es anders als sonst. Ich konnte nicht sagen, wieso, aber ich konnte es fühlen. Diese innere Unzufriedenheit. Aber eigentlich war ich mit allem unzufrieden – und somit auch mit Tobias. Mein ganzes Leben erschien mir so was von langweilig und sinnlos.

Kapitel 2

Tobias und ich hatten uns vor 4 Jahren auf einem Sommerfest unserer Studienfakultät kennen gelernt. Ich hatte gerade meinen Abschluss gemacht, er war als Ehemaliger mit ein paar Leuten dort. Ich hatte in diesem Semester alle Prüfungen bestanden, die Diplomarbeit abgegeben und war hochzufrieden mit mir und dementsprechend gutgelaunt. Mit ein paar Freundinnen tranken wir einen Cocktail und Tequila nach dem anderen und prosteten wahllos den umstehenden Nachbarn zu. Die Stimmung war allgemein ausgelassen, es war ein warmer Sommerabend und jeder war froh, dass das Semester rum war.

Tobias war einer der umstehenden Nachbarn. Er gefiel mir auf den ersten Blick, rein optisch erst mal. Ich hatte schon immer eine Vorliebe für eigentlich für mich viel zu große Männer mit dunklen Haaren und hellen Augen. So ergab es sich, dass wir uns unterhielten - nicht sehr geistvoll, denn ich hatte ja schon einiges intus, aber immerhin.

Wir unterhielten uns die ganze Nacht und irgendwann gegen 6 Uhr früh waren auch die Durchhaltefreudigsten aufgebrochen. Die Zeit war im nu vergangen.

Tobias fragte noch, ob wir zusammen frühstücken wollten. Ich hatte nichts dagegen, mein Kopf fühlte sich zwar wie eine hohle Wassermelone mit einem Bienenschwarm an, aber ich fühlte mich auch sehr verliebt. Leider hatte bloß noch nichts offen. Als Tobias fragte, ob ich mit zu ihm gehen wollte, war ich zwar kurz davor, ja zu sagen, schwenkte dann aber doch um und sagte, ich wolle jetzt nur noch in mein Bett, aber er könne mich gerne anrufen. Ich drückte ihm die Telefonnummer in die Hand und verschwand im U-Bahnschacht, bevor er viel sagen konnte. Ich hörte noch, wie er mir nachrief, er könne mich nach Hause bringen, aber ich sprang schnell in die U-Bahn und ließ mich auf einen Sitz fallen. Ich war todmüde, hellwach, beschwipst und irgendwie glücklich.

Jedenfalls klingelte es gegen Mittag bei mir an der Tür und als ich schlaftrunken die Tür öffnete, stand Tobias vor der Tür mit Blumen, Kuchen, Frühstück und was weiß ich noch allem. So sehr es mir im Magen kribbelte, ihn zu sehen, so peinlich war es mir und ich hätte am liebsten wieder die Tür zugeschlagen. In jedem Zimmer herrschte Chaos. Im Schlafzimmer lagen überall Klamotten, im Bad waren Handtücher und Schmutzwäsche gemischt am Boden, in der Küche stapelte sich dreckiges Geschirr und im Wohnzimmer gab es komplettes Chaos. Ich selbst stand vor ihm in einem alten ausgeleierten T-Shirt (damals hatte ich noch die sexy Angewohnheit, T-Shirts, die man „normal" nicht mehr anziehen konnte, weil sie ausgeleiert oder verfärbt waren, ins Bett anzuziehen), mit verwurschtelten Haaren und den Resten der Schminke von gestern. Während ich mir all das so überlegte, stand er mit dem ganzen Zeug in den Händen vor der Tür und lachte mich einfach an. „Soll ich schon mal auf der Fußmatte decken?".

Erschrocken über mein Nachsinnen riss ich die Tür auf und trat zurück. Ich wusste einfach nicht, was ich sagen sollte, angesichts dieser fast asozialen Zustände in meiner Wohnung. Aber Tobias trat gutgelaunt ein, steuerte in Richtung Küche, räumte das dreckige Geschirr in atemberaubender Geschwindigkeit in die Spülmaschine, suchte Teller zusammen und inspizierte meinen winzigen Balkon, der zum Hinterhof raus ging. „Schön, dich wieder zu sehen" strahlte er mich an. Ich hatte außer einem knappen Hallo noch nicht viel raus gebracht. Jetzt stellte ich einfach die dümmste aller Fragen „Woher weißt Du, wo ich wohne?". Er schaute mich kurz an „ich bin dem U-Bahnwagen hinterher gerannt, habe die ganze Stadt befragt, Flugblätter verteilt und eine Suchaktion geschaltet". Entgeistert schaute ich ihn an „Toni, Du stehst im

Telefonbuch. Mertens, Antonia, Schillerstraße 12". Jetzt kam ich mir endgültig wie die dümmste Kuh auf Erden vor.

Jedenfalls verbrachten wir einen wunderbaren Tag miteinander und im Laufe dessen vergaß ich meine dreckige, unaufgeräumte Wohnung, mein altes T-Shirt und war einfach nur schrecklich verliebt. Mit Tobias blieb für mich die Zeit stehen. Mir ging es so gut wie noch nie. Wir hatten jede Menge Spaß miteinander, genossen jeder Minute. Ich genoss vor allem seine unkomplizierte Art. Wo ich Problem kommen sah und schon versucht war, den Kopf in den Sand zu stecken, steckte er mich mit seinem Optimismus an. Ja, und nicht zu vergessen, er war einfach wunderbar im Bett! Keiner dieser vor Selbstbewusstsein strotzenden Männer, die meinten, sie würden jede Frau sowieso beglücken und für den Fall, dass dieser Zustand nicht eintrat, war auf jeden Fall die Frau schuld. Und auch keiner, der Katzenkomplimente machte…

Alles in allem waren wir glücklich. Tobias war der erste Mann, mit dem ich nicht im Möbelhaus eine Diskussion über die Einrichtung beginnen musste. Wir lagen auf einer Wellenlänge und genossen beide das Leben auf dieselbe Art. Nur irgendwie war da irgendetwas auf der Strecke geblieben. Und da waren wir wieder beim Ausgangspunkt angelangt. Es war nicht mehr so früher. Sicher, wir hatten immer noch denselben Möbelgeschmack und mochten dasselbe Essen. Aber die Spontaneität, die Leidenschaft war irgendwie weg. Insgeheim dachte ich oft, Tobias Perfektheit sei daran schuld. Weil, genau genommen konnte man ihm überhaupt keine Schuld geben. Einen idealeren Partner gab es - ganz objektiv gesehen - einfach nicht.

Wenn andere Frauen sich über ihre Partner ärgerten, konnten sie sich nach Herzenslust bei ihren Freundinnen ausweinen – ich erntete nur ein müdes Lächeln bei Beschwerden über Tobias. Angesichts der Tatsache, dass diese Freundinnen Probleme mit ihren Männer in der Art hatten, dass diese nicht kochen wollten, nicht putzen wollten, sie betrogen, kein Kind wollten, kein zweites Kind wollten, im Urlaub immer Action wollten statt Strand, nie auf die Kinder aufpassten, der Sekretärin hinterher pfiffen, ihre Unterhosen nur alle 3 Tage wechselten usw. vielleicht sogar verständlich. Eigentlich machte mich genau die Tatsache, dass ich nicht wusste, wieso ich unzufrieden war mit unserem Zusammenleben, so unruhig. Manchmal dachte ich, ich könnte irgendwann ernsthafte psychische Probleme entwickeln und so enden wie die Frauen, die ihr ganzes Hab und Gut und ihre Lebensplanung in einem Einkaufswagen spazieren fuhren. Es klingelte und klopfte gleichzeitig „Chinamann bringt Essen ran! – Aufmachen". Wenn man sich den ganzen Tag mit Marketingstrategien und Werbefeldzügen befasste, wunderte man sich am Abend müde und hungrig nicht mal über solche Sprüche.

Der nächste Morgen brachte die alten Probleme mit dem Aufstehen mit sich – Tobias war selbstverständlich schon längst aus dem Haus, als ich mich aus dem Bett quälte.

Einzig der Gedanke an die mögliche Erbtante beschwingte mich etwas. Ich hatte gestern keine Minute Zeit gehabt, ungestört zu telefonieren. Tobias hatte mich den ganzen Abend belagert und bei jeder kurzen Abwesenheit „Was machst du denn?" hinterher gerufen.

Manchmal bereute ich es, dass wir keine getrennten Zimmer hatten. Einige meiner Freundinnen hatten trotz gemeinsamer Wohnung getrennte Zimmer, getrennte Kasse und sogar getrennte Telefonnummern. Mir war das immer albern vorgekommen, aber in diesem Fall wäre es sehr praktisch gewesen und außerdem sehnte ich mich im Moment nach etwas Abgeschiedenheit. Irgendwie machte mich die Anwesenheit von Tobias schlechtgelaunt.

In der Arbeit warteten auch nur unbeantwortete Mails, Briefe und eine ausnahmsweise schlecht gelaunte Kollegin auf mich. Heute würde auf jeden Fall kein besonders kreativer Tag werden. Ich war in unserer Firma sozusagen die Schnittstelle zwischen Marketingabteilung und der Werbeagentur. Wahrscheinlich deswegen, weil ich mich nie ganz für die eine oder die andere Richtung entscheiden konnte. Vor und während meines Studiums hatte ich in einer Werbeagentur gearbeitet. Eigentlich ganz mein Metier und ich war auch sehr gut. Bloß irgendwann kam ich zu der ehrlichen Erkenntnis, dass ich zu launisch für diese Branche war. Ich hatte manchmal sensationelle Ideen - auch damals waren zwei meiner Vorschläge die Renner und wirklich top verkaufte Slogans in der Agentur, in der ich arbeitete. Mein Problem war die Kontinuität. Nach so einem Renner konnte es passieren, dass ich zwei Monate lang keine einzige brauchbare Idee hatte und noch nicht mal genug Gespür, die Ideen der anderen zu beurteilen. Jetzt werden Sie sich denken, na ja, wer kann schon dauernd tolle Ideen haben. Tatsache war jedoch, dass man in dieser Branche dauernd super Einfälle haben musste – oder zumindest einigermaßen passable. Bevor diese Schwäche aufflog, entschloss ich mich schließlich zu einem wirtschaftlichen Studium mit Schwerpunkt Marketing und Werbepsychologie.

Die Stelle, die ich jetzt hatte, war ein Glücksfall und war eigentlich genau auf mich und meine Fähigkeiten zugeschnitten. Dachte ich zumindest immer. Andererseits machte mich dieses Eingepresst sein in feste Strukturen richtig krank. Das änderte jedoch nichts an der Tatsache, dass ich im Moment andere Sachen im Kopf hatte und überhaupt keine Lust auf Arbeit verspürte.

Eigentlich hatte ich nicht mal Lust auf eine morgendliche Tasse Kaffee mit meiner Kollegin Anne – und das sollte schon was heißen. Glücklicherweise war unser Chef auf einem Kongress weit weg und konnte somit schon mal heute nicht seine sonst bekannte Flut an Mails, Notizen und wirren Einfällen verbreiten.

Jetzt war es jedenfalls noch zu früh, um in New York anzurufen. Immerhin, für meine Mutter war es noch nicht zu früh – die konnte ich ja mal anrufen, vielleicht hatte sie was in Erfahrung gebracht. Sie war natürlich auch schon wieder misstrauisch angesichts der Tatsache, dass ich sie anrief, ohne dass sie mir vorher mindestens dreimal auf den Abrufbeantworter gesprochen hatte. Ich kam gleich zur Sache und Volltreffer! Meine Mutter hatte natürlich schon wieder nicht abwarten können und in New York angerufen. Viel war natürlich nicht bei raus gekommen, weil die Deutschkenntnisse der Angestellten in der Anwaltskanzlei ungefähr so umfangreich waren, wie die Englischkenntnisse meiner Mutter. Mein Vater hatte wohl das Telefonat noch mit Zwischenrufen gewürzt und irgendwelche Redewendungen, die er aus einen Englischwörterbuch raus las, das er sich vor ca. 20 Jahren für einen erfolglos gebliebenen Englischkurs geleistet hatte, ins Telefon geschrieen. Die Konversation meiner Mutter hatte sich anscheinend auf Yes und No beschränkt. Immerhin vermutete meine Mutter, dass die Dame eindringlich meinte, wir sollten doch vorbeikommen und zwar dringlichst „örtschent" oder so ähnlich. Na wunderbar. Vermutlich war der Name Mertens nun in dieser Kanzlei für immer absolut verrufen und jegliches üble Klischee Deutschen gegenüber bestätigt.

„Ja und jetzt?" fragte ich entnervt. „Na, der Papa hat sich schon nach Flügen erkundigt" Aha. „Woher will er wissen, wann ich Zeit habe?" fragte ich listig. „Ach, er kann doch erst mal allein fliegen, da musst du nicht extra Urlaub nehmen...". Sehr schlau. Sie wollten vorher erst alleine die Lage sondieren. Und geschickt ablenken mit „ER kann". Meine Mutter ließ meinen Vater gerade mal alleine aufs Klo gehen, damit war seine Unabhängigkeit aber vorbei. Gestern waren meine Englischkenntnisse noch unabkömmlich gewesen, heute hatte sich die Situation schon wieder geändert. Ich beschloss, meine Mutter so schnell wie möglich abzuhängen und später selbst in New York anzurufen – bevor sie das totale Chaos anrichten konnte. Schließlich hatte ich ja auch einen eigenen Brief erhalten. Aber anrufen konnte ich nicht von der Arbeit aus. Ich hatte zwar ein Einzelbüro, aber nicht auszudenken, wenn plötzlich mitten in der höchstwichtigen und anstrengenden Englisch-Konversation meine Kollegin Anne die Tür aufreißen, hinein stürmen würde, sich mit einem Ächzen auf meinen Besprechungstisch schmeißen würde und schreien würde „Toni, Du glaubst es nicht, was der Arsch von Müller schon wieder ausgekocht hat...“. Prompt wurde gleich nach dem Auflegen des Telefonhörers die Tür aufgerissen und meine liebe Freundin und Kollegin Anne kam mit vorwurfsvollem Gesichtsausdruck ins Zimmer gestürmt. „Hey, was ist los – wieso kommst du nicht zu unserem Morgenkaffee?“. Unser morgendliches Kaffee trinken ist nicht nur ein Ritual aus Freundschaft oder Faulheit, sondern hat sogar auch einen Arbeitshintergrund. Anne leitete den Bereich Marketing und wir arbeiteten somit sehr eng zusammen. Die Leitung der Werbeabteilung, unser dritter Kaffeebruder, war leider vor einem Monat seiner großen Liebe nach Hamburg gefolgt und bisher gab es noch keinen Nachfolger für ihn. Das war eigentlich unser Lieblingsthema im Moment. Wer wird der Nachfolger? Eine Frau? Ein Mann? Immerhin hatte ich das Privileg, bei der Auswahl der Kandidaten dabei sein zu dürfen. Was freilich nicht all zuviel hieß, da unser Chef für seine Eigenheiten und einsamen Entscheidungen bekannt war.

Während Anne sich vor mir aufbaute und mich eindringlich musterte, blieb mir gar nicht genug Zeit, lange zu überlegen, ob ich es ihr erzählen sollte oder nicht. Als ich damit endete, dass sie bloß Tobias nichts davon erzählen sollte, runzelte sie besorgt die Stirn. „Gibt's Probleme zwischen euch?“. Unglaublich! Die ganze Welt erzählte mir ständig von den übelsten Streitgeschichten, Rausschmissen aus gemeinsamen Wohnungen usw. und bei mir witterte jeder sofort ein Drama, nur weil ich Tobias nicht gleich jedes Detail erzählte. „Ach, ich weiß auch nicht – manchmal geht er mir einfach auf die Nerven, er weiß halt immer alles besser und hat sofort die perfekte Lösung parat. Ich sehne mich einfach nach etwas Chaos...“. Anne prustete und verschluckte sich fast an ihrem frisch aufgebrühten Kaffee. „Uh, heiß! Als ob du nicht schon genug Chaos hättest“. Sie wies mit der Hand in Richtung Schreibtisch und Computer. „Ach lass jetzt mal Tobias beiseite – was soll ich mit der anderen Sache machen, das ist schließlich viel wichtiger!“. „Ich würde eine E-Mail schicken, das ist doch viel besser als anrufen. Die verbinden dich sowieso nicht gleich mit dem richtigen. Schicke eine Mail, in der du dich vorstellst und die Sache erklärst und dann sollen die mit dir Kontakt aufnehmen“. Die Idee war natürlich nicht schlecht, da konnte ich mein Englisch etwas besser kontrollieren. „Oh nein, aber die sollen doch gar nicht mit mir Kontakt aufnehmen, dann bekommt Tobias ja alles mit. Und hier in der Arbeit lauscht am Ende der

Müller alles ab!". Wir überlegten hin uns her und ich fühlte mich schon ganz erschöpft, bevor ich überhaupt angerufen, gemailt oder sonst was getan hatte.

Unsere Überlegungen wurden dann bis 14.00 Uhr sowieso unterbrochen, weil die Werbeabteilung ein dringendes Meeting einberief und ich mit knurrendem Magen und abwesenden Gedanken eine kurze Darstellung des anstehenden Projektes geben musste. Natürlich hatte meine schlaue Kollegin beim verspäteten Mittagessen dann die Lösung des Problems. Sie donnerte ihr Glas auf den Tisch und rief „Natürlich mailst du denen. Du richtest Dir eine hotmail ein, mit einem Kennwort, das nur Du weißt. Kannst Du von überall her abfragen und keiner weiß, dass Du überhaupt die mail-Adresse hast!" Sie war so begeistert und überzeugte schließlich sogar mich.

Eiligst standen wir auf und gingen in mein Büro. „Frau Meister, bitte keine Anrufe durchstellen, wir haben einen wichtige Besprechung und müssen etliche Kalkulationen durchgehen – da können wir keinerlei Störungen gebrauchen" instruierte Anne die etwas säuerlich blickende Sekretärin. Gute Laune anderer war ihr immer ein Dorn im Auge und die ihrer Meinung nach skandalösen Zustände in der Werbeabteilung sowieso.

Bis vor einem Jahr war Frau Meister Chefsekretärin und war ganz seriös und abgeschirmt im 18. Stockwerk mit unserem Chef und 10 Hydrokulturkübeln untergebracht gewesen. Für andere „Normalsterbliche" hatte sie immer nur ein leichtes Nasenzittern übrig gehabt. Leider hatte unser Chef sich irgendwann einmal eingebildet, eine jüngere, repräsentativere Sekretärin zu brauchen, die ihn auch zu Meetings begleiten könnte. Frau Meister könnte ja in beider Abwesenheit das Telefon auch von woanders bedienen. Praktischerweise war das kurz nachdem seine Frau sich von ihm hatte scheiden lassen, weil sie sich nach einem Lanzarote-Urlaub (ohne ihn natürlich) in einen 25 Jahre jüngeren esoterischen Aquarellmaler verliebt hatte. Für Frau Meister war das natürlich ein schwerer Schock. Ein noch schlimmerer war es, dass sie Anne, mir und Tom (dem ehemaligen Leiter der Werbeabteilung) zugeteilt wurde. Anfangs tat sie mir leid und ich war wütend auf unseren Macho-Chef, der sich irgend so eine Wasserstoff-Blondine frisch von der Sekretärinnenschule geholt hatte und seine lang gediente Kraft einfach abgelegt hatte. Ich bemühte mich, freundlich zu ihr zu sein und ihr anfangs möglichst wenig zuzumuten. Doch leider dankte sie das mit permanentem Nörgeln und vorwurfsvollen Blicken.

Genau genommen ging das morgens los. Wenn ich um 9.00 Uhr kam, war sie natürlich schon da. Das war auch o.k. so, weil ich meistens wesentlich länger arbeitete und außerdem ziemlich viel zuhause arbeitete. Das wusste sie natürlich auch – es hielt sie aber nicht davon ab, ganz nebenbei auf die Uhr zu sehen und zu sagen „Der Kaffee ist jetzt wahrscheinlich schon ungenießbar – ganz eingebrannt. Er steht ja auch schon seit fast 2 Stunden." Sie hatte mit ihrer ekligen Art genau das erreicht, was sie wahrscheinlich bezwecken wollte: nämlich, dass wir lieber soviel wie möglich selber machten, als es ihr zu geben. Loswerden konnte man sie nicht, weil der Chef natürlich „eine soziale Verant-wortung" hatte und er sie ja nicht mehr ertragen musste. Jedenfalls zog sie jetzt auch wieder eine ihrer Märtyrer-Mienen und jammerte „Ich weiß ja schon gar nicht mehr was ich den Leuten sagen soll. Den ganzen Vormittag ist Frau Mertens nicht zu sprechen gewesen. Die Leute sind schon ganz ungehalten". Jetzt wurde ich fast ungehalten. Tausend mal hatte ich ihr gesagt, dass sie die Leute fragen sollte, worum es ging und mir das stichpunktartig aufschreiben sollte. Manchmal fragte ich mich, wie sie die Telefonate von unserem Chef damals verwaltet hatte. Anne zog mich am Arm und warf mir einen Blick zu, der soviel besagte wie: Lass die alte Schachtel, wir haben jetzt wichtigeres zu tun...

Eine geschlagene Stunde brauchten wir dafür, die hotmail-Adresse einzurichten und eine kurze Nachricht auf englisch an die Anwaltskanzlei zu senden. Selbst mir fiel auf, dass das eine Katastrophe war. Wie konnte man sich eigentlich mit meiner Ausbildung und meiner Position so blöd anstellen?

Ich stellte mich kurz vor und gab genaue Angaben zu meiner Person bekannt. Ich bat um eine genauere Darstellung des Sachverhaltes, da ich beruflich sehr eingebunden sei und momentan keine Zeit hätte, nach New York zu fliegen. Es half nichts. Obwohl ich überhaupt keine Lust hatte, ich musste etwas tun. Nachdem ich gestern schon früh zu meinem Frust-Einkaufsbummel aufgebro-chen war, musste ich heute zumindest die wichtigsten Sachen erledigen. Und das waren leider nicht wenige.

Ich beantwortete mindestens zehn Nachrichten, diktierte vier Briefe, machte Termine aus und sah mir die Unterlagen für unser neues Projekt durch. Am liebsten hätte ich alle fünf Minuten nachkontrolliert, ob schon eine Antwort vorlag. Mir fehlte Motivation, Spaß und Belastungsfähigkeit. Keinen der üblichen Kriterien, die ich selber schön in irgendwelche Stellenausschreibungen schrieb, erfüllte ich selber im Moment. Allerhöchsten vielleicht „die Depressive des Monats". Obwohl ich schon mindestens 10mal neue Nachrichten abgeru-fen hatte, es nützte nichts – es lag keine vor.

Ich trieb mich ewig im Büro rum und ging schließlich um halb sieben entnervt nach Hause. Sicher, ich hätte zu Hause auch nach neuen Nachrichten schauen können, aber da hätte ich wieder aufpassen müssen, dass Tobias nichts mitbekommen würde. Das war auch der Grund, warum mir das Heimgehen so schwer fiel. Ich hatte heute überhaupt keine Lust, ein Gespräch mit ihm zu führen, oder überhaupt in seiner Nähe zu sein. Irgendwie schämte ich mich für meine Gedanken, es war nicht fair, so zu denken. Aber ich konnte auch nichts dafür, dass er mich im Moment nervte.

Das endgültige nach Hause gehen ließ sich noch durch einen kleinen Einkaufsbummel heraus zögern und ich kaufte ein paar Lebensmittel ein, ohne zu wissen, ob wir sie überhaupt brauchten. Als ich die Wohnungstür aufsperrte, sah und hörte ich nichts von ihm. Schließlich fand ich ihn missmutig im Arbeitszimmer am Computer. „Mir ist schlecht und ich habe Hunger" sagte ich in mäßig freundlichem Ton. „Hättest du halt unterwegs was gegessen – hast ja genug Zeit dazu gehabt". Oh, er war sauer. Es kam durchaus vor, dass ich so lange arbeitete, aber gewöhnlich rief ich dann an und sagte Bescheid. Nicht, dass es irgendeinen Unterschied gemacht hätte. Tobias war nicht der Typ Mann, der einem dann, wenn man geschafft und müde um neun Uhr abends aus der Arbeit kommt, mit einer Kanne Tee und einem warmen Abendessen empfing. Er machte maximal den Vorschlag, etwas essen zu gehen. Aber es war anscheinend einfach die männliche Gekränktheit, nicht Bescheid gewusst zu haben, dass man später kommen würde. Schnell dachte ich noch mal nach, ob ich vielleicht irgendeinen ausgemachten Termin oder eine gemeinsame Verabredung vergessen hatte, aber nein, mir fiel nichts ein.

Ich beschloss trotzdem, die Bemerkung zu überhören. „Machen wir uns was zu essen?" fragte ich stattdessen freundlich. „Ich habe zu arbeiten" kam als Antwort. Aha, ernstlich verstimmt. Ich begab mich also alleine in die Küche und machte mir lustlos ein paar Brote. Nachdem Tobias breit am Computer hockte, konnte ich auch nicht meine Mails überprüfen. Jetzt war wieder so ein Moment, wo es mich störte, dass wir alles gemeinsam hatten. Einen gemeinsamen Computer, eine gemeinsame Küche, ein gemeinsames Wohnzimmer, einen gemeinsamen Kleiderschrank, gemeinsamen Kühlschrank und letztlich auch ein gemeinsames Bett. Das musste sich jetzt ändern. Ich musste mir mehr Freiräume in unserer Wohnung schaffen. Diese gemeinsamen Abhängigkeiten hätten wahrscheinlich sowieso jede Emanze in die Verzweiflung getrieben. Und schließlich hatte ich gestern beschlossen, dass sich alles ändern sollte. Jawohl!!!

Ich ging mit meinen Broten ins Wohnzimmer und suchte im gemeinsamen Chaos den IKEA-Katalog. Wir hatten eine 3-Zimmerwohnung, die zwar ausreichend groß ist, aber leider eben nur 3 Zimmer hatte. Ein Wohnzimmer, ein Schlafzimmer und ein Arbeitszimmer. Am besten wäre es, das Schlafzimmer und das Arbeitszimmer aufzulösen und getrennte Zimmer zu beziehen. Bloß, wie macht man das mit dem Bett? Jeder brauchte dann sein eigenes Bett. Vielleicht waren diese Beziehungen sowieso viel harmonischer, weil die alte Frage „Gehen wir zu dir oder zu mir?" bei der Wahl des Bettes wieder aktuell würde. Und wann schlief man zusammen in einem Bett und wann getrennt? Nur zum Sex in einem Bett? Das wäre dann der kleine Wink mit dem Zaunpfahl „Schatz, willst du heute in meinem Bett schlafen?". Es gab schon einige Dinge, die mich am gemeinsamen Bett immer gestört hatten. Zum Beispiel, dass Tobias oft noch ewig im Bett las, und ich nicht schlafen konnte, wenn Licht angeschaltet war, auch wenn es eine noch so schummerige Nachttischlampe war. Oder dass er sich so breit im Bett machte. Oder dass er wenn er früh aufstand (und er stand immer früher auf als ich) immer das Licht anmachte, um seine Klamotten aus dem gemeinsamen Kleiderschrank zu holen. Fraglich war nur, wie ich Tobias von der Idee mit den getrennten Betten überzeugen sollte. Das sicherlich beste Argument der Welt traf nicht zu: Tobias schnarchte nicht.

Meine Überlegungen wurden unterbrochen. Tobias kam ins Wohnzimmer und warf sich stöhnend aufs Sofa. Seine schlechte Laune hielt nie lange an, somit war das nicht weiter verwunderlich. Er klaute sich ein Brot von meinem Teller und fragte „Wo warst du denn so lange? Hättest ja schon mal anrufen können?". Ich brummte etwas von der vielen Arbeit und vertiefte mich angestrengt in meinen IKEA-Katalog. „Was willst du kaufen?". Kurz überlegte ich, ob ich der Frage ausweichen sollte. Es wäre ja so einfach. Ach, ich schau nur so oder ich schaue nach bunten Blumentöpfen. „Ich schaue nach einem Bett." Tobias sah mich mit prüfendem Blick an. Unser gemeinsames Bett war ungefähr ein Jahr alt, von hervorragender Qualität und sehr teuer gewesen. „Oder zumindest ein Schlafsofa" schwächte ich ab. „Will sich Anne mal wieder für länger einquartieren?" Meine Freundin Anne hatte sich tatsächlich schon mal für drei Monate bei uns einquartiert, nachdem sie sich von ihrem Freund getrennt hatte und aus dessen Schloss ähnlichem Anwesen geflohen war. Das war allerdings schon fast ein Jahr her und Anne hatte inzwischen eine wunderbare eigene Wohnung und gehörte zur Gruppe der glücklichen Singles.

Somit hatte die Frage durchaus eine gewisse Schärfe. „Ich möchte das Bett für mich, und wenn Gäste kommen, können natürlich die drauf schlafen". Ich holte noch mal tief Luft „Findest du nicht, dass es uns gut tun würde, wenn wir nicht dauernd so eng zusammen sind und jeder sein eigenen Zimmer hätte. Wir würden uns wahrscheinlich viel besser verstehen". Tobias setzte sein Poker-Face-Gesicht auf – ein schlechtes Zeichen. „Mir ist bisher nicht aufgefallen, dass wir Verständigungs- oder sonstige Probleme miteinander hätten. Aber wenn du das sagst, wird das schon so sein. Und wenn du dir ein eigenes Bett zu legen willst, mach das nur. Wenn du irgendwann eine eigene Wohnung willst, oder einen eigenen anderen Mann, kannst du mir ja Bescheid sagen." Er stand auf und ging und ich wusste, dass es keinen Sinn hatte, ihm hinterher zu rennen. Trotzdem war ich erstaunt, als ich die Haustür scheppern hörte. Er war gegangen. Kurzzeitig wurde ich richtig panisch. Ob er am Ende ganz weg war? Dann siegte aber mein rationaler Verstand. Tobias würde nie Hals über Kopf ohne Computer usw. gehen. Aber das war ja wieder typisch Mann, dass er einfach beleidigt gegangen war und man nicht mal mit ihm normal reden konnte.

Kapitel 3

„Wieso tun wir Frauen uns das eigentlich an?" fragte ich am nächsten Morgen Anne, der ich bei unserer Tasse Kaffee alles erzählt hatte.
„Weil es auch seine Vorteile hat. Außer, du bist lesbisch oder bevorzugst diverses Spielzeug. Aber jetzt mal im Ernst: Was hast du eigentlich für Reaktion erwartet? Dass er sachlich mit dir diskutiert, ob eine Latex- oder eine Federkernmatratze für dich besser ist?"
Typisch. Selbst Anne verstand es nicht. Ich war gestern noch eine Weile im Wohnzimmer rum gesessen und war schließlich ins Bett gegangen. Ich hatte mich auch nicht mehr getraut, ins Internet zu gehen und den Briefkasten zu überprüfen, aus Angst, Tobias könnte jeden Moment wieder kommen. Schlaf hatte ich jedoch nicht gefunden, sondern dauernd unsere Beziehung überdacht und gegrübelt, wo er wohl hingegangen sein könnte.
Er kam erst um drei Uhr früh nach Hause. Vielleicht hatte er eine Freundin? Aber, das musste sogar ich zugeben, das war so unwahrscheinlich wie, dass Frau Meister 1000 Verehrer hatte. Nach stundenlangem Wälzen im Bett kam er endlich. Ich wartete und lauschte auf die Geräusche. Wasserrauschen, leises Fluchen, weil es kalt blieb, Zähneputzen und dann hörte ich nichts mehr. Er kam nicht. Wahrscheinlich schaute er trotz so später Stunde mal wieder in die

Glotze. Typisch! Er kam aber gar nicht ins Bett. Entweder hatte er die Nacht vorm Fernseher verbracht oder er hatte auf dem Sofa geschlafen. Hm, das war mir nun auch wieder nicht recht.

Im Gegensatz zu sonst war ich auf einmal sehr wach und erstaunlich nüchtern. Ich glaube, noch nie war ich zwischen Aufstehen und aus dem Haus gehen so schnell. „Wie ich das sehe, ist ja dein Tobias bald frei – dann kann ich ihn mir ja schnappen" lachte Anne mich an. „Untersteh dich" rief ich ehrlich empört. „Bloß, weil ich getrennte Zimmer wollte. Wieso das niemand versteht!". „Aha, gleichgültig ist er dir also noch nicht. Aber mal ehrlich: Wie kann du sagen „bloß getrennte Zimmer" und behaupten ihr hättet kein Problem? " Unsere Überlegungen wurden jäh unterbrochen – es war eine Nachricht eingetroffen!!!!

„Dear mrs Mertens,
thank you for your mail. We are sorry, but your presence in New York is indispensable because the opening of the will has to take place in New York. You are one of the heiress and you have to come by yourself. We are not allowed to tell you what the heir is. Please tell us as soon as possible, when you will come.
Best regards,
Andrew Johnson, Attorney

„Das gibt's doch gar nicht. Und was ist, wenn es doch bloß die Kaffeekanne ist" rief Anne empört. Schlapp ließ ich mich in meinem Schreibtischstuhl zurückfallen. Das gab's doch gar nicht. Jetzt musste ich nach New York gurken, um von der alten Schachtel eine Mokkatassensammlung zu erben. Von den damit zusammenhängenden Schwierigkeiten ganz zu schweigen. „Solange wir keinen Nachfolger für Tom haben, lässt mich der Chef nicht mal für einen Tag in den Schwarzwald, geschweige denn für ein paar Tage nach New York" stöhnte ich. „Na ja, das ist ja noch das Wenigste. Du hast es doch in der Hand. Wieso findet ihr eigentlich niemanden?".

„Ach, Anne. Das weißt du doch. Weil der Chef jemanden haben will, der kreativ ist, besser als die beste Konkurrenz, aber zu ausgeflippt soll er auch nicht sein und zu teuer schon gar nicht". „Du lädst jetzt sofort ein paar Kandidaten zum Vorgespräch und präsentierst die besten dem Chef. Mal unabhängig von deiner New York-Sache wollte ich das schon längst mit dir besprechen. Es geht so nicht weiter. Wir können nicht alle seine Aufgaben weiter mit machen, als wäre nichts geschehen. Irgendwann kommt der Alte auf die Idee, dass er die Stelle gar nicht mehr besetzen muss, weil alles so wunderbar klappt. Und wegen deines Urlaubs machst du dich nicht verrückt. Es sind schließlich dringende Familienangelegenheiten, das geht immer."

Anne hatte in jedem Fall recht. In Sachen Nachfolger von Tom musste etwas passieren. Die patente Anne diktierte mir dann sogar noch einen Text für eine Antwortmail. Ich würde mich so bald wie möglich melden, eben dann wenn ich einen genauen Termin für meine Anreise nennen konnte. Bei all der Aufregung fiel mir plötzlich meine Mutter ein. Die musste dann ja auch nach New York. Oh Gott, zu dieser Testamentseröffnung nach New York mit meiner Mutter und zurück dann mit einer Mokkatassensammlung und einem alten Regenschirm. Ich hatte einen immensen Nachdenkbedarf.

Wäre ich ein Mann, würde mir eine ausgedehnte Klositzung vermutlich helfen…Fragte sich bloß, wo ich die Ruhe zum Nachdenken haben würde In der Arbeit hatte ich massenhaft zu tun und dauernd steckte die blöde Frau Meister ihren Kopf durch die Tür und fragte mich irgendwelchen unsinnigen Mist über irgendwelche Kleinaufträge, die ich ihr frecherweise erteilt hatte. Eine Besprechung jagte die nächste und ich hatte gerade mal Zeit mir um 3 Uhr nachmittags ein zähes Sandwich aus der Kantine zu genehmigen. Außerdem hatte ich die Unverschämtheit besessen, Frau Meister zu beauftragen, mir sämtliche Bewerberunterlagen für die Nachfolge von Tom zu bringen. In der Branche brauchte man für solch eine Stelle eigentlich nicht mal eine Stellenanzeige aufgeben oder einen Headhunter ansetzen, weil es sich so schnell herum spricht und die interessierten Werbeleute sich ganz von selber melden. Nachdem ich mit dem Stelleninhaber eng zusammenarbeiten musste, war es für mich von besonders großem Interesse, dass der- oder diejenige in unser Team passen würde. Frau Meister brachte mit gestresstem Blick die Unterlagen. „Oh, sind schon wieder neue Unterlagen gekommen?" Frau Meister seufzte schwer „Ja, aber ich bin noch nicht dazu gekommen, Ihnen die früher vorzulegen und ich dachte der Chef ist ja sowieso nicht da..." Ich hatte jetzt keine Lust, mich mit ihr zu streiten, obwohl mir ja schon wieder böse Worte auf der Zunge lagen. Alles, was diese Frau von sich gab war Konfrontation und Frechheit. Aber nachdem ich wusste, dass mir Streit mit ihr nichts brachte außer Magenschmerzen, ließ ich es und widmete mich lieber den Unterlagen.

Lustlos blätterte ich in den Unterlagen und blieb bei der zehnten, einer neuen, Mappe hängen. Und zwar vorrangig nicht wegen der Aufmachung oder der Zeugnisse, sondern wegen des Bildes. Das Bild zeigte einen derart gut aussehenden Mann, dass mir richtiggehend der Atem stockte. Dunkelbraune, fast schwarze Haare, sehr helle Augen und ein perfektes Gesicht. Die Gesichtszüge waren so ebenmäßig und gut proportioniert wie auf einem Gemälde. Ich blätterte weiter, aber natürlich gab es weder weitere Fotos noch genauere Angaben zu seinem Körper. Er war auf jeden Fall ledig, 40 Jahre alt und wohnte momentan in Hamburg. Bei weiterer Durchsicht der Unterlagen, sank meine Hoffnung. Er war die letzten Jahre in Amerika für die ganz Großen der Branche tätig gewesen und ich fragte mich, wieso er sich überhaupt auf diesen Posten beworben hatte.

Sicher, er war gut dotiert und unsere Firma hatte einen ausgezeichneten Ruf, befand sich immer noch im Wachstum, aber es war kein Vergleich zu dem, was er bisher gemacht hatte. Die Unterlagen waren eine gute Mischung aus seriös, lässig und doch kreativ. Ich rechnete nach: mein Chef würde erst in drei Tagen wieder im Büro sein. Lang genug, um eine Begründung zu haben, den Bewerber schon vorab zu einem Gespräch ohne ihn einzuladen. Spontaneität war schon immer eine meiner Stärken und so schickte ich ihm eine E-Mail an die angegebene Adresse mit einer Einladung zu einem Gespräch für übermorgen. Ich blätterte die anderen Mappen durch, aber gegen ihn hatte keiner eine Chance, weder von der Qualifikation noch natürlich vom Äußeren. Das Telefon summte „Ja, Frau Meister?". „Ein Gespräch für Sie – ein Frank Assmann. Soll ich durchstellen?" Oh, der war aber schnell! „Ja, stellen Sie durch". Es schepperte und ich fragte mich, wie oft ich Frau Meister schon die Handhabung des Telefons und insbesondere den Vorgang des Verbindens erklärt hatte. Es schepperte noch mal und nachdem ich mit all dem Ärger schon Erfahrung hatte, wusste ich, dass ich meinen Gesprächspartner jetzt dran hatte.

„Mertens" „Hallo Frau Mertens, Frank Assmann hier. Schön Sie zu hören. Sie hatten mir eine Mail mit einer Einladung für übermorgen geschickt." Unglaublich, sogar die Stimme war sexy. Ich schluckte und kam mir ausgesprochen unbeholfen vor. „Schön, dass sie so schnell zurückrufen. Was halten sie von meinem Terminvorschlag?" piepste ich mit unnatürlich hoher Stimme zurück. „Ich komme sehr gerne – bloß nicht übermorgen, da muss ich schon wieder in New York sein. Was halten sie von heute Abend?" New York, diese Stadt verfolgte mich anscheinend im Augenblick. Hatte ich richtig gehört? Heute wollte er kommen? Von Hamburg? Prinzipiell hatte ich nichts einzuwenden. Heute war mir aus sicherlich verständlichen Gründen nicht viel an einem frühen Nachhausekommen gelegen. „Hallo, sind Sie noch dran?" „Ach ja, ich bin noch dran. Heute ist doch sicherlich für sie kaum machbar. Kommen sie nicht aus Hamburg?" stammelte ich ins Telefon.

Wahrscheinlich hatte mein Kopf inzwischen die Farbe einer Tomate und ich war mal wieder heilfroh, dass sich die Erfindung des Bildtelefons nicht durchgesetzt hatte. Aus mir völlig verständlichen Gründen. Eine grauenhafte Vorstellung, dass der Gesprächspartner am anderen Ende der Leitung sehen könnte, wie man die Haare nervös zwischen den Fingern zwirbelte, hektisch nach den benötigten Unterlagen suchte oder gar gedankenverloren in der Nase popelte. „Ja, aber in einer Stunde geht ein Flugzeug und ich könnte somit, wenn sie sich schnell entscheiden um 18.00 Uhr bei Ihnen sein". Oh Gott, oh Gott! Unmöglich konnte ich mich heute diesem Superman stellen. Ohne ein aufwändiges Schönheitsprogramm und ohne mich auf dieses Gespräch soweit vorzubereiten, dass ich ihn nicht die ganze Zeit verzückt anglotzen würde. „Ehrlich gesagt ist mir heute etwas knapp – ich habe noch ein Meeting in einer Stunde mit ungewissem Ausgang" log ich frech. „Aber wie wäre es denn mit morgen als Kompromiss?". Rascheln im Kalender am anderen Ende. „Ist auch o.k. Aber ich könnte auch erst wieder am Abend. Ist ihnen 18.00 Uhr zu spät?" Unter normalen Umständen hütete ich mich vor solch späten Terminen und einem Bewerbertermin um diese Uhrzeit würde ich nie zustimmen, aber in diesem Fall...„Ja, das klappt. Wissen sie, wie sie uns finden?" „Ja, kein Problem. Also, morgen um 18.00 Uhr." Wir verabschiedeten uns und ich fühlte mich völlig fertig.

Unmöglich, schimpfte ich mich. Wie eine pubertäre 14 jährige. Kaum schickt ein gut aussehender Mann ein Foto, flippst du aus und bekommst weiche Knie! In Wirklichkeit sah er wahrscheinlich grausig aus! Wahrscheinlich war es gar nicht er auf dem Foto, sondern irgendein bekannter Filmschauspieler, den bloß ich wieder nicht kannte, und er verkaufte die Sache dann als gelungenen Werbetrick. Ich sah ihn schon vor mir: kleinwüchsig bis zum geht nicht mehr, Tennisballfigur und Klamotten wie ein Zirkusclown. So einem Trick war ich schon mal aufgesessen. Alle hatten das ganz grandios gefunden. Und wie originell! Sie waren ja auch nicht mit ihm rum gesessen und mussten sich seine originellen Ideen anhören. Super gestylt in Anbetracht eines grandiosen Fotos und realistisch dann einem kleinen dicken mit glänzender Stirnglatze gegenübersitzend. Und ich hatte ihn für 18.00 Uhr bestellt. Wahrscheinlich war kein Mensch mehr im Haus und ich war diesem Blender ausgeliefert. Die Zeit verging wie lahme Schnecken und mit meiner Arbeit kam ich auch nicht recht weiter. Am liebsten wäre ich nach Hause gegangen, aber wer weiß, was mich da erwartete.

Es fiel mir wirklich schwer, Tobias in dieser Situation einzuschätzen. Eigentlich hatten wir uns bisher nur über Banalitäten gestritten, wer das Klo putzt oder halt die üblichen Haushaltsstreitereien. In den grundsätzlichen Dingen und in der ganzen Lebenseinstellung waren wir uns immer einig gewesen. Bis vor kurzem jedenfalls und ich fragte mich, wie so plötzlich diese Unstimmigkeit aufkommen konnte. Vielleicht stand er doch auf die harten Sachen? Ich musste den Dingen auf den Grund gehen. Kurz entschlossen packte ich meine Tasche zusammen und meldete mich bei Frau Meister ab. Die quittierte dies natürlich mit einem säuerlichen Blick auf die Uhr und auf ihre angeblich viele Arbeit, die sie sich neben dem Telefon aufgestapelt hatte. Ich möchte wetten, der untere, dicke Teil davon sind irgendwelche Illustrierten über die Reichen und Schönen dieser Welt.

Auf dem Weg zur U-Bahn kam ich an einem neu eröffneten Friseurgeschäft vorbei, dass mit Eröffnungsangeboten für Haarschnitte wie aus Paris warb. Ich zögerte kurz. Eigentlich hatte ich mich ja für Veränderungen entschieden aber was wäre wenn ich ausgerechnet morgen einen unmöglichen Haarschnitt haben würde, weil die Mitarbeiter die Eröffnungsangebote machten, um sich erst mal einzuschneiden?

Ach was, richtig vermurksen konnte man doch eigentlich nur bei Färben oder Dauerwelle, und beides hatte ich nicht vor. Entschlossen betrat ich den Laden und erkannte so ziemlich mit einem Blick, dass sämtliche Mitarbeiter schwul waren. Sie stürzten sich jedenfalls fast alle gleichzeitig auf mich los und begleiteten mich fürsorglich auf einen Stuhl. „Und was machen wir?" fragt der eine – und zwar nicht mich, sondern seinen Kollegen oder Freund, was auch immer. „Ich würde sagen: kürzen bis zur Schulter, Pony seitlich und dezente Strähnen, das passt zu ihrem Typ" flötete der andere, während er permanent mein Haar zwischen den Fingern rieb, wie bei der Probe eines Stoffes. „Also, ich weiß nicht, vielleicht lieber ganz kurz und weiß blondieren, sie ist doch mehr der energische, sportliche Typ". Meine Meinung schien hier anscheinend gar nicht gefragt zu sein. Dennoch hielt ich es für nötig mich einzumischen „Also, kürzen ist o.k., aber nicht ganz kurz, vielleicht..."

Ich kam gar nicht dazu, den Satz zu vollenden, denn der erste sprang schon auf und holte irgendeine Farbkarte „Du hast recht, dieses weißblond würde hervorragend zu ihren grauen Augen aussehen. Wieso bin ich nicht gleich draufgekommen?". Oh Gott, wo war ich hingeraten? Nummer 3 trat in Erscheinung und reichte mir ein Glas Champagner. Aha, wahrscheinlich wollten sie mich betrunken machen, bevor sie ihr Experiment begannen. Ich rechnete schnell nach. Für den Fall, dass es ganz schlimm kommen würde, konnte ich auf jeden Fall morgen vor meinem ersten Termin noch mal woanders zum Friseur gehen. Was soll's dachte ich mir und ergab mich meinem Schicksal. Ich schlürfte meinen Sekt, während die beiden, die sich übrigens als Holger und Paul vorstellten, um mich herum wirbelten. Nach dem zweiten Glas Sekt war es mir dann auch schon egal, was jetzt bei der ganzen Sache rauskommen würde. Ich schloss die Augen und träumte vor mich hin. „So, wir sind fertig. Augen auf!" rief Nummer 1 freudig. Vorsichtig öffnete ich erst ein Auge und dann das andere. War ich schon so benommen, dass ich in den falschen Spiegel geschaut hatte? Aus dem Spiegel schaute mich ein total verändertes Gesicht an. Die Haare waren etwas länger als streichholzkurz und fast weißblond aufgehellt. Die Farbe war noch die geringste Veränderung, weil ich von Natur aus sehr hellblond bin.

Ich strich mir durch die Haare und es fühlte sich an wie ein weiches Igelfell. Ich war begeistert! Nie hätte ich mich selber getraut, diese Frisur zu „bestellen". Bei anderen Frauen gefiel es mir immer total gut, aber feige wie ich war, wäre ich nie auf die Idee gekommen, es zu probieren. Meine grauen Augen waren auf einmal doppelt so groß. Das ganze Gesicht wirkte ausdrucksvoller und feiner. Völlig sprachlos schaute ich Nummer 1 und Nummer 2 an, die erwartungsvoll neben mir standen. „Es ist wunderbar" – das war das einzige, was ich raus brachte. Stolz lächelten beide und schauten sich ganz verliebt an. Sie waren beide so begeistert, dass sie tatsächlich nicht einmal Geld von mir wollten! „Wenn Leute begeistert von deiner Frisur sind, kannst du uns ja empfehlen, das ist Werbung und Bezahlung genug. Es schaut wirklich toll aus" schwärmte Nummer 3.

Ich verließ jedenfalls beschwingt und gutgelaunt den Laden. Vielleicht sollte ich mir gleich noch ein passendes Outfit zu dieser neuen Frisur besorgen. Als ich schließlich auf mein Zuhause zusteuerte, war ich um zwei Tüten reicher und einige Hundert Euro ärmer. Tobias war nicht da – auch recht. Ich verräumte meine Tüten und sah mich nach etwas Essbaren um. Eigentlich könnte ich ja mal wieder was Kleines kochen. Gerade als ich dabei war, die Nudeln abzugießen, kam Tobias zur Tür herein. Er sagte kurz hallo und ging an der Küchentür vorbei, eine Sekunde später kam er wieder rückwärts vorbei und sein Blick klebte förmlich an meinen Haaren. „Was hast du mit deinen Haaren gemacht?" So ziemlich die blödeste Frage, die man stellen kann, oder? „Abgeschnitten, sieht man doch". „Aha". Er ging wieder vorwärts ins Wohnzimmer. Das war ja wieder klar, dass ihm die Frisur nicht gefiel. Wir verbrachten dann noch ein relativ schweigsames Abendessen und ich ging kurz danach ins Bett. Früher ins Bett gehen hat den Vorteil, dass man sich schlafend stellen kann, wenn der andere kommt. Da erspart man sich jegliche Diskussion oder Gespräch. Es stellte sich dann allerdings heraus, dass diese Vorsichtsma0ßnahme völlig umsonst war, denn Tobias kam nicht ins Bett.

Am nächsten Morgen schaffte ich es erst, um 10.30 Uhr in die Arbeit zu kommen. Schuld daran war die endlos schwere Frage, was ich anziehen sollte, um meine neue Frisur wirkungsvoll zu präsentieren. Schließlich entschied ich mich für eine Kombination ganz in schwarz mit einem flauschigem Oberteil und einer engen Hose.

Anne wartete schon ganz ungeduldig mit dem Kaffee auf mich und war begeistert von meiner neuen Frisur. Ich berichtete schnell die neuesten Neuigkeiten und schmiss sie dann aus meinem Büro. Ich musste dringend meine Mutter anrufen und hören, was es bei ihr Neues gab. Meine Mutter war in heller Aufregung. Auch sie hatte inzwischen schon mitbekommen, dass ein Besuch in New York unabkömmlich war. „Sag mal Mama, wie wahrscheinlich ist es wohl, dass diese Tante uns nur eine alte Mokkatassensammlung vererbt und wir vorher wie die Trottel nach New York düsen?"

Meine Mutter holte daraufhin weit aus und erzählte von den Ländereien, Besitztümern und Autos etc. Bloß leider war sie erst bei den Urahnen der Tante. „Also, auf jeden Fall muss sie zum Schluss auch noch Geld gehabt haben." Sehr präzise Auskunft, das konnte alles und nichts heißen. Natürlich war sie ungeduldig und drängte mich, so schnell wie möglich einen Termin auszumachen. Dass ich Termine auch hier in der Arbeit ausmachen musste, interessierte sie natürlich überhaupt nicht. Sie war gedanklich schon wieder bei Hotelreservierung und sah sich wahrscheinlich im Geheimen schon als Großgrundbesitzerin.

Im weiteren Verlauf des Tages hatte ich so viel zu tun, dass ich mir kaum Gedanken zu meinem Gespräch heute Abend machen konnte. Frau Meister steckte um 16.00 Uhr den Kopf durch die Tür und fragte zuckersüß „Frau Mertens, brauchen sie dann noch was von mir?" „Nein, sie können gehen". Wieso konnte diese Frau nicht einfach sagen ‚Ich gehe jetzt'? Irgendein Großereignis musste doch heute wohl sein – bis um 17.00 Uhr hatten sich die Flure derart gelichtet, obwohl heute nicht Freitag war. Mir auch egal, ich versuchte mich auf das Gespräch mit diesem Herrn Assmann, wie immer er jetzt auch in

Natur aussehen mochte, zu konzentrieren. Dass er unverschämt gut auf dem Foto aussah, war eine Sache, dass er in unser Team passen musste, war eine andere.

„Sie sind Frau Mertens!?" Ich schaute erschrocken auf – meine Tür stand offen. Vorhin hatte ich eine volle Kaffeekanne und Tassen auf einem Tablett balanciert und danach anscheinend vergessen, die Tür wieder zu schließen. „Ja ich bin's. Und sie somit wahrscheinlich Herr Assmann." Ich kam um meinen Schreibtisch herum und reichte ihm die Hand. Es war unglaublich. Er sah noch tausendmal besser aus als auf dem Foto. Er war ungefähr 1,90 m groß, hatte dunkelbraune, fast schwarze Haare, hellgraue Augen, war braungebrannt und trug einen lässigen schwarzen Anzug, dessen Lässigkeit sich wahrscheinlich vor allem in einem sündhaft teuren Preis ausdrückte. Ich versuchte, mich zusammen zu reißen und ihn nicht dauernd anzustarren. Entweder er war es wirklich, oder der Schauspieler war gleich selber gekommen und das kleine dicke Würmchen sprang erst später aus seinem Karton heraus und rief „Ätsch". „Möchten sie eine Tasse Kaffee?" „Danke gern".

Irgendwie schaffte ich es, auf Professionalität umzuschalten und in mein Gespräch zu finden. Ich bin berüchtigt für meine Bewerbergespräche und unser Chef schaut mich mitten in so einem Gespräch manchmal ganz verwundert an, als wollte er sagen ‚jetzt weiß nicht mal ich, worauf sie hinaus will'. Jedenfalls verlief das Gespräch sehr gut und ich wusste, wir könnten froh sein, wenn wir ihn bekommen würden. Ich fühlte, wie mir die Knie weich wurden und es in meinem Kopf brummte. Das Gespräch war doch reichlich anstrengend gewesen. Ich schaute auf die Uhr und musste verwundert feststellen, dass es bereits 19.30 Uhr war. Wir hatten vereinbart, dass sobald mein Chef wieder da sein würde, wir ein 2. Gespräch vereinbaren würden. Ich hatte es für überflüssig gehalten, so zu tun, als ob ich noch überlegen müsste. „Ich habe sie mir nach unserem Telefongespräch ganz anders vorgestellt" hörte ich auf einmal. „So, wie denn?" fragte ich gespannt zurück und hoffte, er würde nicht sagen „klein, pummelig und verschüchtert", was nach meinem Superauftritt am Telefon eigentlich kein Wunder gewesen wäre. „Ich dachte, sie hätten längere Haare" sagte er ruhig mit einem leichten Lächeln im Gesicht.

Ich war schockiert und fasziniert zugleich. Ich war normalerweise was Männer angeht nicht schüchtern. Im Gegenteil, die meisten meiner Männerbekanntschaften hatte ich gemacht, weil ich sie angesprochen hatte. Hier befand ich mich in einem Konflikt. Unter normalen Umständen hätte ich ihn wahrscheinlich sofort gefragt, ob wir was zusammen trinken gehen wollen, aber die

Tatsache, dass er womöglich bei uns arbeiten würde, und eine Führungskraft sein würde, machte mir eine Entscheidung schwer. Ich wollte auf keinen Fall, dass der Eindruck entstehen könnte, ich befürwortete den Kandidaten, weil ich privat mit ihm gut konnte. Andererseits musste ich natürlich sehr eng mit ihm zusammenarbeiten und als Tom noch in der Firma war, hatten Anne, er und ich sehr intensiven privaten Kontakt. Wir waren sogar schon zusammen im Urlaub gewesen.

„Möchten sie mit mir essen gehen?" fragte er, gerade als ich den Mund aufgemacht hatte, um etwas Unverfängliches zusagen. Nachdem ich ein Bauchmensch bin und damit eigentlich immer gute Erfahrungen gemacht habe, lachte ich ihn an und sagte „Ja, lassen sie uns doch was essen gehen. Ich kenne einen guten Italiener". Trotz meiner extra für heute gewählten hohen Schuhe war er einen ganzen Kopf größer. Wir gingen über den Flur zum Aufzug und ich wunderte mich, dass nicht mal die Putztrupps zu sehen waren „Komisch, alle haben heute fluchtartig das Büro verlassen und jetzt sind nicht mal die Putzfrauen da." Frank Assmann blieb stehen und lachte. Ich überlegte, ob ich was Blödes gesagt hatte, lächelte unsicher und schaute ihn dann verwundert an. „Sorry, aber das gibt es doch eigentlich gar nicht, dass sie hier in Deutschland leben, arbeiten, Radio hören, Fernsehen schauen und sich drüber wundern, dass alle anderen heute nach Hause vor den Fernseher gerannt sind, um das Endspiel zu sehen." Ach so Fußball. Hatte mich noch nie interessiert und es verwunderte mich jetzt nicht, dass dieses Ereignis spurlos an mir vorüber gezogen war. „Da wundert es mich aber, dass sie den Termin für morgen auf heute verlegt haben" konterte ich. „Ach, man muss Prioritäten setzen".

Im Restaurant unterhielten wir uns über die Arbeit und sein momentanes Projekt in New York. „Wieso wollen sie eigentlich nach so einem Projekt in einer Firma wie dieser arbeiten?" fragte ich gespannt. „Ist das jetzt eine Frage fürs Einstellungsgespräch oder privat? Egal, ich sage es ihnen. Ich brauche einfach mal wieder Luft und Ruhe. Ich möchte einfach wieder für ein paar Jahre dasselbe Büro haben, dieselbe Wohnung und nicht dauernd von einem Ort zum anderen jetten. Außerdem gefällt mir München." Sogar seine Hände waren perfekt. „Und sie? Wie lange arbeiten sie schon hier?". „Ich habe vor drei Jahren in der Firma angefangen, eigentlich direkt nach dem Studium. Während des Studiums habe ich in einer Werbeagentur gejobbt. Eigentlich war ich bisher immer in München. Mir gefällt es hier einfach. Manchmal denke ich zwar auch, ein Tapetenwechsel täte gut, aber irgendwie schaffe ich es nie" lachte ich. „Tja, meistens schafft man es erst, wenn etwas Einschneidendes im

Leben passiert. Wenn man sich zum Beispiel in seiner Beziehung trennt oder einem der Job überhaupt keinen Spaß mehr macht" lächelte er und sah mich dabei so an, dass sich überall eine Gänsehaut bildete.

Einerseits war es ein wunderbares Gefühl, überall im Bauch Schmetterlinge zu haben, andererseits ärgerte es mich, dass ich so stark auf ihn reagierte, nur weil er optisch so gut wegkam. Aber es war nicht die Optik allein, das musste ich zugeben. Frank Assmann hatte Ausstrahlung, hatte eine sensible und gleichzeitig kraftvolle Art. Eigentlich das Optimum für diesen Beruf. Und das Optimum für einen Mann. „Und, bin ich gerade bei ihnen durchgefallen?" Er las in mir wie in einem Buch und das faszinierte mich derart, dass ich ihn ansah und mit leiser Stimme fragte „Als wir telefonierten, waren meine Haare noch lang, danach ließ ich sie abschneiden. Wie konnten sie das ahnen?"

Er griff über den Tisch nach meiner Hand und lächelte nur. Und in dem Moment spürte ich, wie bei mir die Sicherungen durchbrannten. Ich wusste, es gab jetzt keine Grenze und keine Hemmschwelle mehr. Ich würde wahrscheinlich auf der Stelle mit ihm ins Bett gehen, wenn sich die Gelegenheit ergeben würde. Hektisch griff ich nach meiner Jacke, drehte mich kurz zu ihm hin und sagte „Tut mir leid, ich muss jetzt gehen". Wie in Trance verließ ich das Lokal und rannte, sobald ich außer Sichtweite war, los. Ich wollte auf keinen Fall, dass er mir hinterherlief. Irgendwann konnte ich nicht mehr laufen und hielt mir ein Taxi an. Ich nannte Annes Adresse und hoffte, dass sie zuhause sein würde. Der Taxifahrer dachte wahrscheinlich auch, ich wäre vor einer Horde Schläger davongerannt und schaute während der Fahrt immer wieder besorgt in den Rückspiegel.

Völlig außer Atem und erschöpft klingelte ich bei Anne Sturm. Nach einigen Sekunden ertönte der Summer und ich stürmte die Treppen hoch. Anne stand im Bademantel in der Tür, ein Frotteehandtuch um den Kopf geschlungen und mit dem Telefon am Ohr. Mein Anblick erschreckte sie anscheinend derart, dass sie ins Telefon rief „Du, ich rufe dich morgen an, ich habe jetzt keine Zeit mehr – scheint ein Notfall zu sein".

Währenddessen war ich schon ins Wohnzimmer gegangen und hatte mich auf das Sofa gelegt. Mir war schlecht. Anne kam mit einem Glas in der Hand wieder rein und reichte es mir. „Was ist denn das?" „Schnaps, kannst du anscheinend im Moment gut gebrauchen. Was ist los mit dir?". Ich wusste gar nicht, wie ich es sagen sollte. Aber sie schaute mich so entsetzt und besorgt an, wahrscheinlich in Sorge, dass ich überfallen, vergewaltigt worden war oder mir sonst schlimme Dinge widerfahren waren, dass ich einfach von vorne anfing zu erzählen. Der Schnaps, der mir schnell zu Kopf stieg, verhalf nicht unbedingt zu einer flüssigen und überzeugenden Darstellung. Anne fühlte sich genötigt, zwischendurch ein „Auweia" von sich zu geben und sah mich am Ende meiner Erzählung nur mitleidig an. „Er hat also voll deinen Nerv getroffen, wie?". „So was ist mir noch nie passiert. Oh Gott, oh Gott, er muss denken ich bin völlig bescheuert. Bei mir sind einfach alle Sicherungen durchgebrannt. Was soll ich nur machen?" „Hm, keine einfache Frage. Zumal du ja noch ein anderes Problem zuhause sitzen hast." Was für anderes...? Tobias!" - den hatte ich völlig vergessen – irgendwie war er schon so weit weg.

Mein Leben hatte sich innerhalb weniger Tage in ein absolutes Chaos verwandelt. Und wieso? Eigentlich hatte alles mit diesem Brief aus New York begonnen. Der war an allem schuld. „Hast du überhaupt ein vernünftiges Bewerbergespräch führen können oder hast du ihn nur angehimmelt?" Typisch, Anne! Dachte wieder nur ans Geschäft und traute mir auch noch zu, dass ich nicht mal ein Gespräch führen konnte. Obwohl nach dem Auftritt, konnte ich ihr das nicht mal übel nehmen. Ich seufzte laut „Er wäre überaus geeignet, fachlich qualifiziert, sympathisch, beste Referenzen. Aber ich kann ihm ja schließlich kaum noch unter die Augen treten. Was soll ich tun? Am besten wir schicken ihm eine Absage!" „Du spinnst ja wohl komplett. Wenn der Chef das mitbekommt, kriegst du einen Haufen Ärger. Nein, wir brauchen eine andere Lösung. Und ich weiß auch schon eine. Du nimmst jetzt Urlaub wegen eines Sterbefalls und dringender Familienangelegenheiten und fliegst endlich nach New York. Dann bist du erst mal von der Bildfläche und ich führe die Gespräche weiter bzw. informiere den Chef. Du musst sowieso rüber, du kannst nicht warten, bis der Chef endlich jemanden einstellt. Wenn dieser Assmann den Job machen will und erst in 3 Monaten kann, stellt der Chef ihn eben in 3 Monaten ein und lässt uns die Arbeit machen"."Dieser Assmann darf den Job auf keinen Fall bekommen. Ich muss sonst kündigen" stöhnte ich. „Jetzt reiß dich zusammen. Wenn der Assmann den Job machen will, ist das ein riesiger Gewinn für unsere Abteilung und für dich auch. Und außerdem musst du dir sowieso irgendwas einfallen lassen. Du kannst ja sagen, dir ist schlecht geworden". Sehr erfindungsreich! „Und was mache ich mit Tobias?"

Anne sah mich nachdenklich an „Liebst du ihn?" „Ich weiß es nicht. Ich weiß es wirklich nicht. In letzter Zeit ist er mir dauernd auf die Nerven gegangen und ich kann nicht mal genau sagen, wieso". Wir redeten fast die ganze Nacht durch und am nächsten Morgen nach dem Aufwachen fühlte ich mich wie gerädert. Ich musste vor der Arbeit nach Hause, weil ich keine Klamotten hatte und Annes Sachen mir beim besten Willen nicht passten.

Als ich die Tür aufschloss, stellte ich im selben Moment erschrocken fest, dass Tobias noch da war. Er sah übernächtigt aus und irgendwie verzweifelt. Das hinderte ihn jedoch nicht daran, mich im Kasernenton zu fragen, wo ich heute Nacht gewesen wäre. „Warum fährst du mich so an?" „Ich will jetzt sofort wissen, wo du gewesen bist!" Tobias wusste genau, dass diese Art und solch ein Ton mich rasend machen. „Was bildest du dir ein, so mit mir zu reden. Ich bin nicht dein Eigentum!" „Und ich nicht dein Arschloch. Wenn du getrennte Betten willst, weil du lieber mit jemand anderem im Bett liegst, hättest du es mir gleich sagen können. „„Du spinnst ja wohl, nur weil ich eine Nacht nicht da war, denkst du sofort an andere Betten und andere Männer. Das ist ja mal wieder typisch!" „Ich weiß nicht was du denken würdest, wenn ich eine Nacht lang nicht auftauchen würde und nicht anrufen würde und dir nicht sagen würde, wo ich gewesen bin" maulte er. Es regte mich alles auf. Wie hatte ich mich auf ein Leben in trauter Zweisamkeit und Abhängigkeit einlassen können? Erklärungen, Rechtfertigungen, Beschuldigungen, Missverständnisse – alles Vokabeln einer typischen Beziehung.

Ich hatte es satt. „Glaub doch was du willst. Du regst mich auf. Du regst mich die ganze Zeit schon auf mit deiner penetranten klammernden Art" schrie ich, jetzt schon ziemlich wütend. „Klammernde Art, dass ich nicht lache! Wer hat denn bei jedem längeren Seminar woanders, das ich belegen wollte, rumgejammert? Du wolltest doch nicht mal vier Wochen alleine sein" schrie er zurück. Jetzt reichte es endgültig. Wie er wieder die Tatsachen verdrehte! Das letzte 4wöchige Seminar wäre mitten in einem schon Monate vorher geplanten Kurzurlaub in London gewesen. Er hatte sich angeblich nicht mehr an den London-Trip erinnert! Trotz gebuchter Flüge und Kreditkartenabbuchung von **seinem** Konto!!!

„Du bist ja bescheuert. Immer drehst und lügst du alles hin, wie du es brauchst!" „Du bist hysterisch. Du müsstest dich sehen können! Was Hässlicheres habe ich schon lange nicht mehr gesehen!" Jetzt riss mir endgültig der Geduldsfaden. Ich packte ein nahe liegendes Buch aus dem Regal und schmiss es mit voller Wucht nach ihm. Es traf ihn an der Schläfe und fiel in mehreren Einzelteilen auf den Boden. Tobias ging ebenfalls in die Knie, allerdings vor Schmerz. Erschrocken schaute ich ihn an und im selben Moment tat es mir leid, dass der Gaul mal wieder mit mir durchgegangen war. Ich reichte ihm die Hand und wollte ihm hoch helfen, aber mich traf nur ein kalter Blick. „Hau ab und lass mich bloß in Ruhe." Es ist schwer, Tobias ernstlich zu verstimmen, aber diesmal war es mir anscheinend gelungen. Trotzdem wagte ich noch einen Versuch und berührte mit der Hand seinen Kopf. Er packte mich grob an Handgelenk und stieß mich weg „Es reicht! Leb du deinen Leben und lass mich in Ruhe!"

Ich ging dann mit einem unguten Gefühl nach einer kurzen Dusche in die Arbeit. Tobias hatte sich im Arbeitszimmer eingeschlossen und antwortete nicht. Fix und fertig mit den Nerven kam ich in der Arbeit an. Frau Meister reichte mir mit vorwurfsvollem Blick einen Stapel Nachrichten. Die Mailbox zeigte auch zehn neue Nachrichten.

Kapitel 4

„Ich wollte Sie nicht erschrecken. Sie faszinieren mich und ich konnte nicht anders. Wie wäre es mit einem Neuanfang?
Liebe Grüße
Frank"

Es half nichts, ich musste wirklich weg. Ich rief die jetzige Chefsekretärin an und teilte ihr mit, dass ich dringend ein paar Tage Urlaub nehmen müsste aus besagten Gründen und Anne sich um alles weitere kümmern würde. Sie war ganz verständnisvoll – anscheinend klang meine Stimme wirklich verzweifelt. Ich versprach ihr, die genauen Daten mitzuteilen und auch Name und Adresse meines Hotels zu nennen bzw. in regelmäßigem Kontakt zu bleiben. Ich rief das Reisebüro an und hatte Glück. Ich konnte morgen einen Direktflug nach New York haben. Ich schickte sofort eine Nachricht an die Anwaltskanzlei und teilte mit, dass die Testamentseröffnung so schnell wie möglich erfolgen sollte. Jetzt musste ich meine Mutter auch noch anrufen und sie überzeugen, auch so schnell wie möglich zu fliegen, möglichst mit einer anderen Maschine und in ein anderes Hotel.

Es war schon vertrackt. Hier war es nicht auszuhalten und in New York würde ich meine Mutter am Hals haben. Ich erzählte ihr, dass ich aus geschäftlichen Gründen nach New York müsste und deshalb wenig zeitlichen Spielraum hätte. Um sicherzugehen, dass sie nicht das selbe Flugzeug und das gleiche Hotel buchen würde, versprach ich ihr, mich für sie um alles zu kümmern. Ich buchte ihr einen frühen Flug für übermorgen und ein Hotel in der Nähe der Anwaltskanzlei. Für mich suchte ich ein bekanntes Kongress- und Seminarhotel aus. Ich würde zwar eine kleine Weltreise in die Kanzlei unternehmen müssen, aber so konnte ich wenigstens erklären, wieso wir in unterschiedlichen Hotels wohnen müssten. Am liebsten wäre ich statt nach New York auf eine einsame Insel geflogen.

Die ganze Situation war so verdreht, dass mir außer depressivem Gejammer wirklich gar nichts einfiel. Dass in New York ein altes Mokkatassenservice auf mich warten würde, darüber wollte ich mir lieber keine Gedanken machen. Viel schwieriger war die Sache mit Tobias. Ich wusste nicht, was ich darüber denken sollte. Es war alles so schnell in eine negative Richtung gegangen, dass mir gar keine Zeit geblieben war, darüber nachzudenken, was ich eigentlich wollte. Aber eigentlich wollte ich nur noch alleine sein. Ich sehnte mich nach Abenden alleine auf dem Sofa mit ein paar guten Büchern. Einem Badezimmer ohne Rasierschaumdosen oder herumliegenden Boxershorts. Außerdem war ich mir beim besten Willen nicht über meine Gefühle für Tobias im Klaren. Die letzten Jahre war ich mir immer sicher gewesen, ihn zu lieben, aber jetzt konnte ich es nicht mit Bestimmtheit sagen. Das Gegenteil könnte ich allerdings auch nicht behaupten. Er war mir nach wie vor so nah, eigentlich war er der einzige Mensch, dem ich vertraute. Und beim Gedanken an die ganze verdrehte Situation stiegen mir die Tränen hoch. Wie sollte ich jetzt an meine Klamotten kommen, ohne eine neue Konfrontation mit ihm einzugehen? Wo sollte ich schlafen?

Die Gedanken an die Situation, die mich nach New York hier im Büro erwarten würde – womöglich mit Frank Assmann als neuem Werbeabteilungschef – verdrängte ich erst mal. Am besten wäre es, wenn diese Mrs. Cartland 2 mir gleich ein paar Millionen Dollar vermachen würde und ich nie mehr in die Arbeit gehen müsste. Ich hatte dann sowieso keine Zeit für Gedanken irgendwelcher Art, denn ich musste einen Haufen wegarbeiten.

Ich wollte meine Sachen wenigstens halbwegs geordnet an Anne übergeben und ihr nicht zu viel Unerledigtes übriglassen. Bis zum Nachmittag schaffte ich es tatsächlich, sämtliche Telefonate, Briefe und Mails abzuarbeiten, etliche Termine zu verschieben bzw. neu auszumachen und meinen Schreibtisch aufzuräumen. Nur die Mail von Frank Assmann ließ ich unbeantwortet, es war schon peinlich genug, was hätte ich ihm antworten sollen? Mir war leider schlecht? Oder: Ich hatte einen dringenden Termin vergessen? Oder: Sie haben mich so scharf gemacht, dass ich am liebsten sofort mit ihnen ins Bett gegangen wäre? Nein, da gab es wirklich keine Erklärung. Sollte ich ihn jemals wieder sehen – und ehrlich gesagt, meine einzige Hoffnung blieb, dass er das Angebot bei uns nicht wahrnehmen würde bzw. zuviel Geld wollte – musste ich einfach so tun, als wäre nie etwas gewesen. Einfach, na ja, man würde sehen.

Um sechs Uhr verabschiedete ich mich schweren Herzens von Anne. Sie wünschte mir Glück und ich musste ihr hoch und heilig versprechen, sie sofort anzurufen – egal um welche Uhrzeit. Mit einem mulmigen Gefühl ging ich nach Hause. Tobias war zum Glück nicht da. Zuhause, in unserer Wohnung überkam mich auf einmal tiefe Traurigkeit. Hier standen unsere gemeinsam ausgesuchten Möbel, hingen überall Bilder von uns, gemeinsame Erinnerungen. Es hatte sich soviel verändert in den letzten Tagen. Nichts war mehr so wie früher. Weg war dieses angenehme Gefühl, das ich sonst immer gehabt hatte, wenn ich nach Hause gekommen war. Stattdessen fühlte ich mich unwohl, und das nicht nur weil es mal wieder eiskalt war. Ich fragte mich, wie ich diesen Abend überstehen sollte. Ich holte aus dem Keller einen Koffer und fing an, zu packen. Es machte keinen Spaß. Normalerweise fuhr ich gerne weg – auch wenn es dienstlich war. Ich liebte es, in andere Städte zu fahren und auch fremde Betten in Hotels machten mir gar nichts aus. Tja, letztendlich war Tobias über getrennte bzw. fremde Betten irgendwie gestolpert. Lustlos knallte ich Klamotten in den Koffer und suchte das sonstige Zeug zusammen. Um zehn Uhr war ich fertig und tigerte durch die Wohnung. Kein Lebenszeichen von Tobias.

Kurzzeitig machte ich mir Gedanken, ob er wohl am Ende im Krankenhaus war und die Kopfwunde eine ernsthafte Verletzung war. Aber nein, so schlimm war es nicht gewesen. Schließlich war ich so verzweifelt, dass ich anfing, Wein zu trinken und dabei alte Fotos anzuschauen. Bei der zweiten Flasche heulte ich schon wie ein Schlosshund. Wäre er in diesem Moment gekommen, ich hätte ihn wahrscheinlich auf der Stelle um die Vergebung sämtlicher Fehler aus der Vergangenheit und Zukunft gebeten und ihm ewige Liebe geschworen. Aber er kam nicht. Um 2 Uhr früh ging ich ins Bett und schaffte es zum Glück gerade noch, den Wecker für morgen zu stellen.

Ich wachte mit fürchterlichen Kopfschmerzen auf. Jeder Zentimeter meines Körpers schmerzte. Ich hatte Mühe, die Augen überhaupt aufzubekommen. Mit großer Mühe schleppte ich mich in die Küche und kochte mir einen starken Kaffee. Nach zwei Schlucken schaffte ich es gerade noch aufs Klo und musste mich übergeben. Na bravo! Mit zittrigen Händen schrieb ich Tobias einen Zettel. Ich hatte vorher lange überlegt, was ich ihm schreiben sollte. Es war ja vertrackt. Würde ich schreiben, ich müsste geschäftlich weg, würde er am Ende in der Arbeit anrufen und die wiederum wären verwundert, dass er von meinem Trauerfall in der Familie nichts wusste. Aber die wahren Gründe sollte er ja auch nicht wissen und außerdem wäre es schwierig, ihm die auf einem Zettel darzulegen.

Es war sowieso schon schwierig genug gewesen, meine Mutter ruhig zu halten. Sie mit ihrem Spürhundinstinkt ahnte schon, dass was nicht stimmte. Ich vermutete, sie würde nur einen geeigneten Moment abpassen und mich überfallartig darauf ansprechen. Ich hatte mich deshalb dafür entschieden, unseren Streit als Motiv für meine Abreise herzunehmen. So schrieb ich also:

Lieber Tobias,
ich hoffe, Deinem Kopf geht es besser.
Ich glaube, ein bisschen Abstand und Zeit zum Nachdenken tut uns beiden gut. Ich fahre deshalb ein paar Tage weg. Ich melde mich vielleicht mal...
Bis bald,
Deine Toni

War ich überhaupt noch seine Toni? Egal, ich hoffte, er würde keine Aktionen unternehmen, um herauszufinden, wo ich war. Wo war er überhaupt? Wahrscheinlich wollte er mir jetzt beweisen, dass er seine Nächte auch woanders verbringen konnte! Typisch männlich verletzte Potenz! Als ob ich jetzt gleich glauben würde, dass er bei einer anderen Frau wäre! Bei einer, die auf hart steht, am Ende! Und wenn schon! Es klingelte! Im ersten Moment schaute ich erschrocken und gehetzt um mich. Es klingelte noch mal. Das war doch mein Taxi!

Erschöpft lehnte ich mich im Flugzeug in meinen Sitz und beglückwünschte mich nochmals zu der Findigkeit von mir, meine Mutter in ein anderes Flugzeug zu setzen. Ich hätte keinerlei Unterhaltung ertragen. Mein Kopf brummte immer noch und es fiel mir schwer, einen klaren Gedanken zu fassen. Was für eine verrückte Geschichte! Unvermittelt musste ich lachen. Und alles wegen einer alten Tante aus Amerika! Die Anwaltskanzlei hatte den Termin für die Testamentseröffnung auf übermorgen um 10.00 Uhr gesetzt. Meine Mutter würde morgen anreisen und das hieß, ich musste sie einen Abend irgendwie bei Laune halten. Ich hatte die Rückflüge offen gehalten, obwohl ich meine Mutter am liebsten übermorgen um 12.00 Uhr wieder ins Flugzeug gesetzt hätte. Aber ich konnte mich ja mit geschäftlichen Terminen rausreden.

Kapitel 5

Ich landete am frühen Nachmittag in New York und fuhr erst mal in mein Hotel. Ich war schon einmal hier gewesen und war jetzt reichlich froh über die anonyme etwas hektische Atmosphäre und das vorwiegende Geschäftspublikum. Nach dem Auspacken überlegte ich, ob ich mich auf den Weg nach Manhattan machen sollte oder auf den Weg in mein Bett. Ich entschloss mich erst mal zu einer Dusche, danach würde ich mich vielleicht richtig erholt fühlen. Der gewünschte Erfolg blieb leider aus und kurze Zeit später war ich auf dem Bett eingeschlafen.

Irgendwann stand ich noch mal auf, bestellte mir beim Zimmerservice etwas zu Essen und schlief gleich wieder weiter – bis zum nächsten Morgen. Da fühlte ich mich allerdings fit und ging wesentlich besser gelaunt zum Frühstück. Jetzt konnte ich endlich so frühstücken, wie ich mir das vorgestellt hatte. Jedes Mal wenn ich geschäftlich irgendwo war, konnte ich die Mengen und Delikatessen eines großen Frühstückbuffets nicht genießen, weil ich zuwenig Zeit hatte. Auch jetzt als ich mich setzte, konnte ich sehen, dass alle anderen Gäste das selbe Problem hatten. Nach meiner ersten Tasse Kaffee saß ich fast alleine im Frühstücksraum. Umso besser.

Ich hatte meine Mutter überzeugen können, dass sie es alleine schaffen würde, vom New Yorker Flughafen mit dem Taxi in ihr Hotel zu fahren. Vorsorglich hatte ich ihr einen Zettel gegeben, auf dem deutlich Hotelname und Anschrift draufstanden. Um Peinlichkeiten zu vermeiden, hatte ich den Zettel selber geschrieben und übergeben, da die Schreibweise nach Buchstabierung durchs Telefon bei den New Yorker Taxifahrern wahrscheinlich Entsetzen hervorgerufen hätte. Also konnte ich mich jetzt getrost auf den Weg nach Manhattan machen und auf dem Rückweg bei ihr im Hotel vorbeischauen. Sie saß schon wie ein aufgescheuchtes Huhn unten im Empfang. „Antonia endlich. Ich habe schon so lange gewartet" rief sie mir vorwurfsvoll entgegen. So lange... Ich schaute auf die Uhr. Sie konnte maximal seit 2 Stunden im Hotel sein. Sie saß an einem gemütlichen Bistrotisch und es standen ein Sherryglas, zwei Kaffeetassen, diverse Teller und Gebäck rum. „Na ja, so schlecht ist es dir doch nicht ergangen, oder?"

Sie redete ununterbrochen und war ganz entsetzt, dass ich schon auf einer Shopping-Tour war. „Morgen müssen wir unbedingt zusammen gehen. Wir können uns doch noch ein paar schöne Tage hier machen" rief sie freudig. Der Gedanke an Shopping-Touren mit meiner Mutter verursachte bei mir generell Übelkeit – aber Shopping-Touren in New York mit ihr mussten der reinste Horror sein. Sie würde feilschen und palavern und ich sollte dann übersetzen – oder noch schlimmer, sie würde mit dem Super „Neff-York, Sandwich-Englisch" auftrumpfen. Entweder man belegte einen Englisch Kurs und sprach passabel oder man sprach gar nicht – das war jedenfalls meine Meinung. Ich erzählte von geschäftlichen Terminen und brummte etwas von „mal sehen".

Sie belegte mich mit Beschlag und überredete mich zu einer Sightseeing-Tour. Glücklicherweise sagte sie kein Wort von Tobias und glücklicherweise war sie nach einem Abendessen in einem kleinen, feinen Restaurant sehr müde und es kostete mich wenig Überredungskraft, sie zu überzeugen, jetzt besser ins Bett zu gehen, um für morgen fit zu sein. Wir verabredeten uns direkt vor der Anwaltskanzlei und ich schrieb ihr wieder einen Zettel für den Taxifahrer. Eigentlich noch hellwach kam ich im Hotel an. Alleine wollte ich allerdings nirgends mehr hingehen und in der Hotelbar hingen natürlich nur einsame männliche Geschäftsleute rum. Das war der Nachteil eines solchen Hotels. Mal sehen, was das Fernsehprogramm hergeben würde. Als erstes rief ich bei Anne an – nur der Anrufbeantworter. Ach so, es war ja Tag in Deutschland. Also Arbeitsnummer. „Frau Bachmeier ist in einer Besprechung" schnarrte mir Frau Meister entgegen. Viel Spaß. Immerhin hatte ich mich auf diese Weise ganz pflichtbewusst auch in der Arbeit mal gemeldet.

Ich schaltete hin und her und dabei fiel mein Blick auf einen Strauß Blumen auf der Kommode, der heute früh noch nicht da gestanden hatte. Auch nicht schlecht, jetzt gab es neuerdings Blumen für weibliche Gäste. Es klopfte. „Zimmerservice". Ein wortkarger Mensch kam herein und füllte die Minibar auf. Mit einem Brummen, das alles Mögliche heißen konnte, verschwand er wieder. Auch recht. Fünf Minuten später klopfte es wieder. Was hatte er denn jetzt vergessen! Ich hatte mich gerade mit einer Cola und einer Packung Erdnüsse aus der Minibar bedient. Entnervt öffnete ich die Verriegelung und die Tür.

„Hallo" Entsetzt und ungläubig zwinkerte ich mit den Augen. Nein, es gab keinen Zweifel. Vor mir stand Frank Assmann. Ich schaute auf den Boden und hoffte, ein Loch würde sich auftun oder es würde sich genau in diesem Moment irgendeine Naturkatastrophe ereignen. Ich war unfähig, irgend etwas zu sagen, so entsetzt war ich. „Ich wollte sie eigentlich nicht schon wieder erschrecken. Deshalb habe ich dauernd angerufen, aber es ist seit fast 2 Stunden belegt und da dachte, ich komme einfach mal vorbei", Belegt? Mein Blick ging zum Telefon. Ich hatte den Hörer nicht richtig aufgelegt! „Wollen wir nicht in der Bar zusammen etwas trinken?" Wahrscheinlich sah ich aus, wie eine Kuh, wenn's donnert. Er tat so, wie wenn nie etwas gewesen wäre. Na schön, das konnte ich auch. Ich konnte es zumindest versuchen. „Achja, wieso nicht".

Ich stand immer noch wie festgewachsen in der Tür und wusste nicht, was ich als nächstes sagen oder machen sollte. „Ich gehe einfach schon mal vor" hörte ich und sah sein unwiderstehliches Lächeln. Er drehte sich um und ging. Ächzend ließ ich mich aufs Bett fallen. Mir zitterten die Knie und mir dröhnte der Kopf. Prima! Ich machte genau dort weiter, wo ich damals peinlich aufgehört hatte. Er musste ja wirklich denken, dass mich noch nie ein Mann angeschaut hatte, ohne dass ich rot wie ein Feuermelder geworden wäre. Und dabei kannte er noch nicht mal die Perserkatzengeschichte. Was sollte ich jetzt nur machen?

Das Telefon klingelte! Wer konnte das nur sein? Wahrscheinlich meine Mutter - die fehlte mir gerade noch. Ich nahm den Hörer ab. „Hallo, hier ist Anne. Ich muss dir dringend was sagen. Dieser Assmann hat angerufen und die Meister hat ihm deine Nummer und dein Hotel gesagt. Er meinte, er müsste dringend anrufen und mit dir geschäftlich sprechen. Nur damit du vorbereitet bist... Diese blöde Schnepfe würde wahrscheinlich sogar jedem auf die Nase binden, dass du immer die 2. Toilette von links in den Personalwaschräumen benutzt, wenn sie's wüsste". „Anne, es ist alles noch viel schlimmer. Vor fünf Minuten hat es geklopft und dieser Assmann stand vor der Tür!" „Waaas? In New York? Wieso denn das? Und wo ist er denn jetzt?" schrie sie so laut, dass ich unwillkürlich den Hörer etwas vom Ohr entfernte. „Ja natürlich in New York. Er wartet in der Bar auf mich. Tut so, wie wenn nichts gewesen ist. Was weiß ich, was er hier macht. Wahrscheinlich steht er auch auf der Geschirrliste von Mrs Cartland 2 und ist zu Testamentseröffnung eingeladen!" „Oh Gott, ist das alles verworren. Und gehst du jetzt runter in die Bar?" „Was soll ich schon machen? Wenn ich mich nicht total lächerlich machen will, gehe ich runter. Irgendwie wird mir schon was einfallen. Vielleicht nehme ich meine Kontaktlinsen raus, dann sehe ich ihn so unscharf, dass der schönste Mann unkenntlich wird."

Anne lachte „Ach eben, trink halt ein paar Gläser Champagner, dann fällt dir schon was ein. Was gibt's sonst Neues?" Ich erzählte ihr von meiner nervenden Mutter, dem Wetter und was man sonst noch so erzählt. „Hat Tobias in der Arbeit angerufen?" Hatte er zum Glück nicht. Wenigstens etwas. Anne erzählte noch, dass unser Chef ganz scharf auf eine Einstellung Frank Assmanns sei und Anne aufgefordert hätte, ihn zu gewinnen, egal um welchen Preis (na ja, seine Grenzen kannte man ja …). Am liebsten hätte ich noch ewig mit ihr telefoniert, aber Anne kannte einfach keine Gnade „So, jetzt hören wir auf. Du musst dich bestimmt noch umziehen. Also, Kopf hoch, das wird schon. Das wäre doch gelacht, wenn du diesen Assmann nicht rumkriegen würdest!".

Was sollte das denn? Wieso rumkriegen? Ich wollte ihn doch gar nicht! Eine unerledigte Männergeschichte reichte mir wirklich voll und ganz aus. Trotzdem zog ich mich lieber mal um und legte leichtes Make up auf. Nicht, dass er dachte, ich würde mich für ihn und seine blöde Bar extra aufstylen! Ob ich einen Piccolo vorher trinken sollte? Angesichts der Tatsache, dass ich normalerweise wenig Alkohol vertrug, wahrscheinlich zu riskant! Zum verzückten Stottern würde dann noch ein unsicherer Gang kommen und wahrscheinlich ein sexy Schluckauf.

Mit ungutem Gefühl fuhr ich mit dem Lift in die Lobby und ging in die Bar. Zwei Frauen, die in der rechten Ecke saßen, hatten ihn schon genau im Blickfeld und wandten sich enttäuscht ab, als ich aufkreuzte und mich ihm gegenüber setzte.

„Was machen Sie hier in New York?". Sicherlich ein blöder Beginn eines Gesprächs, aber erstens interessierte es mich und zweitens wusste ich nicht, wie ich das Gespräch sonst beginnen sollte. Mit ihm konnte ich schlecht über das New Yorker Wetter palavern. „Wissen Sie nicht mehr, dass ich ihnen in unserem ersten Telefonat erzählt habe, dass ich zu dem von Ihnen vorgeschlagenen Termin nicht kann, weil ich in New York bin?" fragte er und fuhr sich dabei etwas fahrig durchs Haar. Diese leicht nervöse Geste stärkte mein Selbstbewusstsein enorm. Ihm war also auch nicht ganz wohl bei dieser Unterhaltung! Jetzt kam doch das Gespräch gleich viel leichter in Gang. „Stimmt. Sie wollten ein Projekt zu Ende bringen, wenn ich mich recht erinnere. Was für ein Zufall, dass Sie im selben Hotel wohnen" sagte ich freundlich und sah im direkt ins Gesicht.

Ich musste ihm ja nicht erzählen, dass die Kommunikation zwischen Anne und mir so schnell und unbürokratisch verlief…„Es ist kein Zufall. Ich habe Ihre

Sekretärin genervt und schließlich hat sie mir das Hotel hier genannt. Da war ich natürlich sehr erstaunt, dass **Sie** in New York sind. Außerdem wollte ich Sie unbedingt wieder sehen. Und nachdem Sie auf mein Kärtchen nicht reagiert haben, dachte ich mir, ich bin unverschämt und klopfe an ihrer Zimmertür".

„Was denn für Kärtchen?" fragte ich perplex und dachte angestrengt nach. „In den Blumen war ein kleines Kärtchen mit meiner Telefonnummer". Die Blumen! Doch kein super Service für weibliche Hotelgäste! „Ach so, ich habe die Blumen nicht näher angeschaut" sagte ich lässig. Wir redeten schließlich über dies und über das. Es war eine gespannte Atmosphäre. Ich hatte permanent ein komisches Gefühl im Bauch und fühlte mich schwindlig. Er sah mich mit seinen grauen Augen derart intensiv an, dass ich mich fragte, wie all das heute enden sollte.

Ich bestellte mir einen dritten Campari, obwohl ich schon diese komischen Gefühle im Bauch hatte. Irgendwann um halb eins waren auch die letzten frustrierten, einsamen Geschäftsleute gegangen und wir saßen alleine in der Bar. Der Barkeeper sah aus, als wäre er heilfroh, wenn wir endlich gehen würden. „Wollen wir gehen?" fragte ich also und schnappte mir schon meine Handtasche. Wir bezahlten und ich steuerte auf den Lift zu. Er auch. Ich drückte den Knopf und die Tür vom Lift ging auf. Ich drehte mich um, um mich zu verabschieden, aber er war schon halb im Aufzug drin. Was sollte denn das?

Er glaubte doch wohl nicht, dass er sich jetzt einfach in mein Zimmer mit einschmuggeln konnte? Zugegebenermaßen fand ich ihn attraktiv und interessant wie schon lange keinen Mann mehr und der Gedanke, ihn zu küssen, war mir nicht unangenehm, aber überrumpeln wollte ich mich schon aus Prinzip nicht lassen. Ich wollte das ob, wann und wie bestimmen.

„Ich habe mein Zimmer im 18. Stock" sagte er und schaute mich nachsichtig an. Wahrscheinlich hatte ich derart entsetzt und blöd ausgesehen, dass er sich dazu genötigt fühlte. Er wohnte wirklich auch hier! Der Aufzug glitt lautlos nach oben und stoppte im 18. Stock. Er musste raus, also sollte auch er sich überlegen, was er zur Verabschiedung sagen sollte. Erwartungsvoll schaute ich ihn an und genau in dem Moment geschah es. Er schob seine Hand in meinen Nacken und küsste mich. Ich fühlte wie mir die Beine nachgaben und sich alles durcheinander im Kopf drehte. Gerade als ich anfing, den Kuss zu erwidern, löste er sich von mir, sagte „Gute Nacht" und trat einen Schritt zurück.

Noch ehe ich etwas sagen konnte, schlossen sich die Aufzugtüren und ich fuhr weiter nach oben. In meinem Zimmer angekommen, lief ich rastlos hin und her. Es ärgerte mich. Ich fühlte mich nicht mehr verwirrt, ich fühlte mich verärgert. Wie konnte er mich einfach so küssen und dann als es anfing, Spaß zu machen, gehen? Ich war hellwach, an Schlaf war nicht zu denken. Ich fühlte mich wie eine aufgezogene Spieldose, die man aber fest hielt anstatt sie laufen zu lassen. Mein Blick blieb am Blumenstrauß hängen und ich popelte die tatsächlich vorhandene unauffällige weiße Karte aus dem Strauß. Der Text war nicht sehr ergiebig, allerdings stand eine Telefonnummer drauf, eindeutig nicht die vom Hotel. Na warte, Frank Assmann, nicht nur du kannst Spielchen spielen. Ich rief die Rezeption an und fragte nach, ob Mr. Assmann außer Haus sei, weil unter 18145 niemand abnahm. Wunschgemäß erklärte mir die Dame, dass Mr. Assmann 18163 hätte und ob sie verbinden sollte. Nein, Danke!

Ich kramte meine Sachen durch und fand leider kein passendes Nachtgewand. Nachdem ich mit solchen Treffen nicht gerechnet hatte und es in New York bekannter weise kühl ist, hatte ich mehr auf Bequemlichkeit als auf Chic geachtet. Na ja, mit einem schwarzen Body drunter ließ sich das trotzdem sehen. Einen kurzen Moment ging mir Tobias durch den Kopf, als ich drüber nachdachte, wie das alles ausgehen würde. Aber ich fühlte mich so frei, wie noch nie und irgendwie mit Tobias nicht mehr verbunden. Ich frischte mein Make up etwas auf und parfümierte mich ausgiebig. Als ich mich im Spiegel betrachtete, war ich durchaus zufrieden. Seitdem ich diesen ultrablonden Kurzhaarschnitt hatte, sahen dunkle Sachen einfach immer gut aus. Ich rief den Zimmerservice an und ließ mir eine Flasche Champagner mit zwei Gläsern bringen. Wie viel Zeit war seit unserer Verabschiedung vergangen? 45 Minuten – das sollte doch reichen.

Ein Problem waren bloß die Schuhe. Was sollte ich für Schuhe zu diesem Aufzug anziehen? Ich laufe in Hotels – unhygienisch wie ich bin – immer in Socken rum, weil ich Schlappen jeglicher Art hasse. Aber draußen im Gang? Vielleicht barfuss? Nein, bis ich angekommen wäre, wären meine Füße kohlrabenschwarz – nicht sehr erotisch. Aber normale Schuhe waren auch nicht das richtige. Schließlich hatte ich einen Geistesblitz und ging ins Bad. Hatte ich es doch richtig in Erinnerung gehabt, dass es Frotteschlappen gab! Die würde ich anziehen und vor seiner Zimmertür ausziehen. Vorsichtig öffnete ich meine Zimmertür und schaute hinaus. Kein Mensch zu sehen, die lagen anscheinend schon alle im Bett. Sollte ich die Treppe nehmen? Da war es zwar unwahrscheinlicher, dass mir jemand begegnete, aber es war selbst mir als unerschrockene Person zu unheimlich.

Ich drückte den Knopf für den Aufzug. Er kam, die Türen öffneten sich und prompt – was hatte ich nur für Glück – kamen zwei Männer heraus. Sie schauten mich erstaunt und amüsiert an.

Es war klar, was sie sich dachten. In einem Business-Hotel stand eine Frau mitten in der Nacht im Schlafanzug, unmöglichen Frotteschlappen und Champagner mit 2 Gläsern in der Hand am Aufzug. Eindeutiger konnte eine Situation kaum sein.

Ich lächelte freundlich zurück und ging erhobenen Hauptes in den Aufzug. Ich drückte die 18 und hoffte inständig, dass der Aufzug nicht noch mal halten würde und ich irgend jemand begegnen würde. Ich atmete auf, als die 18 erlosch und sich die Türen öffneten. Auf dem Flur war auch keiner zu sehen. Als ich vor der 18163 stand atmete ich noch mal tief durch und hoffte inständig, dass die Zimmernummer die richtige war. Ich strich mir noch mal durchs Haar und klopfte energisch an. Nichts rührte sich. Ich klopfte noch einmal. Mein Herz schlug mir bis zum Hals. War er noch mal weggegangen? War es die falsche Tür? Ich klopfte wieder so fest ich konnte. Zwei Zimmer weiter öffnete sich die Tür und eine Frau streckte den Kopf heraus und verschwand wieder. Prima! Morgen musste ich wahrscheinlich wo anders frühstücken, so lächerlich hatte ich mich heute gemacht!

Plötzlich öffnete sich die Tür und er stand vor mir. In einer schwarzen Unterhose, T-Shirt und mit verstrubbelten Haaren. Ich hielt die Flasche und die Gläser vor mich und machte einen energischen Schritt nach vorne.

„Ich dachte, wir trinken noch ein Glas zusammen, nachdem du dich so schnell verabschiedet hast" sagte ich und ging an ihm vorbei ins Zimmer. Endlich hatte ich meine alte Sicherheit wieder gefunden, jedenfalls fast. In seinem Zimmer sah es natürlich nicht so chaotisch aus wie bei mir. Der Fernseher lief, das Bett war aber unberührt, also hatte er nicht geschlafen.

„Ich bin im Sessel eingeschlafen". Nicht mal seine Gedankenleserei konnte mich so aus der Bahn werfen, wie am Anfang. „Kannst du die Flasche aufmachen, ich kann das immer nicht" sagte ich und reichte ihm die Flasche. Schweigend öffnete er die Flasche, goss ein und ich fragte mich ob er sauer oder nur müde war. Sonderlich überrascht hatte er jedenfalls nicht gewirkt. Vielleicht passierte ihm das ständig, dass ihn die Frauen bis ins Hotelzimmer verfolgten.

Während ich nachdachte, merkte ich, dass er mich anschaute und sein Blick an meinen Füßen hängen blieb. „Oh Gott, ich habe die Schlappen noch an, die wollte ich eigentlich vor der Tür ausziehen" lachte ich und schleuderte sie von mir. Er reichte mir ein Glas, setzte sich in gebührenden Abstand in den Sessel und fragte „Und jetzt?".

Nur nicht verunsichern lassen, dachte ich mir. „Jetzt? Ich dachte, wir setzen die Unterhaltung dort fort, wo sie unterbrochen wurde" sagte ich mit nur ganz leicht zitternder Stimme. Er lächelte „Und wo war das?". Mein Gott, der Mann machte es einem schwer. So sehr in die Offensive hatte mich noch kein Mann gedrängt. Ich durfte bloß nicht dran denken, wie angenehm ein Zusammenarbeiten im Büro werden würde, wenn er mir jetzt einen Korb gab oder mir sagte, dass er eigentlich doch verheiratet sei, 10 Kindern hätte und denen einen Seitensprung nicht zumuten könnte. Andererseits war ein Zusammenarbeiten sowieso schwierig, bei all den Sachen, die schließlich schon passiert waren. Also nahm ich meinen ganzen Mut zusammen, stellte mein Glas ab, stand auf und ging auf seinen Sessel zu.

Ich ließ mich auf der Lehne nieder und näherte mich seinem Gesicht. Er schaute mich unverwandt an und bei diesem Blick wurde mir schon wieder etwas schwindlig. Der Halt auf der Sesselkante war nicht der beste und bei einem kleinen Schritt nach rechts blieb ich an einem meiner weg geschleuderten Schlappen hängen und wäre fast ganz von meiner wackligen Position gestürzt. Ich musste lachen – ganz die perfekte Verführung... „Eigentlich wollte ich ja barfuss kommen – mit Schlappen muss ich erst noch üben" flüsterte ich in sein Ohr. „Ach, du machst das schon ganz gut so" antwortete er und zog mich zu sich auf den Sessel. Wir küssten uns und irgendwann später lagen mein Body und mein Schlafanzug auf dem Boden und wir zogen in sein Bett um.

Ich lag in seinem Bett und sah durch meine halb geschlossenen Augen, dass er mich anschaute. „Was ist?" fragte ich. „Ach, du bist eine ungewöhnliche Frau" sagte er. „Das hast du niemals gerade gedacht" sagte ich entschieden und öffnete die Augen ganz. Er lachte „Stimmt."

Es war inzwischen 5 Uhr früh. Mit Schaudern dachte ich an den Termin beim Anwalt. Ich musste vor allem schauen, dass ich meine Mutter so schnell wie möglich loswerden konnte. Einkaufstouren konnte ich heute beim besten Willen nicht brauchen. „Wann fliegst du nach Hause?" fragte Frank. Ich hatte mich schon fast daran gewöhnt, dass er meine Gedanken immer erriet. Ich überlegte, das Wochenende stand vor der Tür, Anne hatte mir versichert, dass in der Arbeit alles o.k sei, der Chef vollstes Verständnis für meine Tour hatte und außerdem bester Laune war. Wollte ich denn bleiben?

„Ich habe heute noch zu tun und wollte dann übers Wochenende hier bleiben" sagte er gerade. Mehr nicht, kein Bleib doch auch oder ähnliches. Wir hatten nicht über uns gesprochen, über das, was diese Nacht passiert war und wie wir weiter damit umgehen wollten. Ich traute Frank zu, dass er in der Lage wäre, wieder zur Tagesordnung überzugehen, sich freundlich von mir zu verabschieden und in 4 Wochen mit mir sachlich eine Präsentation besprechen würde. Männer können so etwas ja anscheinend immer, vielleicht war das einfach angeboren.

„Ich würde gerne sagen, dass du bleiben sollst. Aber erstens weiß ich gar nicht, was du hier machst und was du für Pläne hast und zweitens möchte ich dich nicht drängen".

„Verdammt, sei doch nicht so diplomatisch und kalkuliert. Wenn du sagst Bleib doch und ich habe andere Pläne, werde ich dir das schon sagen. Warum kannst du nicht einfach sagen, was du willst?" rief ich etwas enttäuscht.

Ich wusste allerdings ja selber nicht, was ich wollte. Er schüttelte den Kopf, lachte, küsste mich und sagte „Bleib doch das Wochenende mit mir hier und zieh in mein Zimmer. Ist dir das eindeutig genug?".

Ich schlief schließlich irgendwann ein und wachte erschrocken, in der Annahme, ich hätte verschlafen auf. Ich war todmüde, im Kopf drehte sich alles und mir fielen nach und nach wieder die Ereignisse des gestrigen Abends und der Nacht ein. Frank schlief neben mir tief und fest. Ich löste mich vorsichtig aus seinem Arm, zog mich an und schlich in mein Zimmer, zum Glück ohne unerwünschte Begegnungen im Aufzug oder im Gang. Ich musste das Frühstück auslassen, wenn ich rechtzeitig ankommen wollte, nachdem die Taxifahrt eine Ewigkeit dauern würde.

Kapitel 6

Natürlich stand meine Mutter schon aufgeregt vor der Tür. Sie hatte sich ganz in der Erwartung einer großen Erbschaft mit einem riesigen Hut a la Denver Clan ausstaffiert.

„Wo warst du denn gestern Abend? Ich habe dauernd bei dir im Zimmer angerufen, aber du hast nie abgehoben" rief sie mir in ihrer bekannt vorwurfsvollen Tonlage vor. „Ich war in der Bar – mit Geschäftskollegen" – das war nicht mal ganz gelogen. Ich schob sie eilig hinein in die Kanzlei – ein absoluter

Nobelbau, in dem innen alle nur im Flüsterton sprachen. Wir wurden begrüßt und es begann eine endlose Phase der Formalitäten und Identifizierungen und Legitimationen. Ein Wunder, dass sie nicht Fingerabdrücke nehmen wollten. Wir wurden in einen Saal geführt und ich blieb unwillkürlich stehen. Der Raum war proppenvoll, mindestens 30 Leute saßen bereits auf ihren Stühlen. Alles vorwiegend ältere Semester. Man wies uns unsere Plätze zu. Anscheinend sollte es gleich losgehen.

Meine Mutter nickte gönnerhaft in alle Richtungen. Es würde entsetzlich peinlich werden, wenn wir mir der Tassensammlung und einem alten Besteck wieder heim mussten. „Du musst mir alles sofort übersetzen" sagte meine Mutter aufgeregt. Wahrscheinlich würde sie dauernd etwas sagen oder dazwischenfragen, so dass ich nicht mal die Chance bekommen würde, etwas zu verstehen. Eine Minute später erfuhr ich, dass sich das Problem erübrigen sollte, weil nämlich Mrs. Cartland, sich an ihre alten Wurzeln erinnernd, ihr Testament in Deutsch verfasst hatte und es deshalb auch in Deutsch verlesen werden musste und seinerseits ins Englische übersetzt wurde – für die anderen Zuhörer und Erben. Es begann mit allgemeinem Blabla, dass man das Erbe ausschlagen konnte usw. Mich überfiel wieder die Müdigkeit und ich fragte mich, wieso ich diesen ganzen Schwachsinn eigentlich auf mich genommen hatte. Wie hatte ich meiner Mutter glauben können, dass da tatsächlich etwas zum Erben da wäre für uns? Ehrlich gesagt, hatte ich den Eindruck, dass sie angesichts dieser Veranstaltung auch langsam Zweifel beschlichen hatten und sie das bloß nicht zugeben wollte. Ich konnte nur mit Mühe die Augen offen halten und mich auf die schlechte deutsche Vorlesung konzentrieren. Es war anscheinend schon losgegangen. Keine Ahnung, schließlich war ich noch nie auf einer Testamentseröffnung gewesen.

„My last will

Ich, Antonia Katharin Richardson, geborene Hausmann wohnhaft unter obiger Adresse erkläre in Vollbesitz meiner geistigen Kräfte und bei voller Gesundheit folgendes Vermächtnis:

Nach Abzug der Kosten für mein Begräbnis und offen stehender Rechnungen vererbe ich den Rest wie folgt:

Mein Hausmädchen und meine treue Pflegerin Janet Sanders erhält eine Summe von 10000 Dollar.

Meine liebe Nachbarin Kate Mossburn erhält für die unterhaltsamen Teestunden 5000 Dollar.

Die Summe von 50000 Dollar soll einer caritativen Einrichtung für aidskranke Kinder zukommen.

James Ross vom Bootsklub erhält die silberne Taschenuhr, gezeichnet mit Inventarnummer 112.

Christopher Page aus meinem Bridgeclub erhält meine antike Golfausrüstung, gezeichnet mit Inventarnummer 113.

Mathilda Sommer aus meinem Damenkreis erhält die antike Rubinbrosche, gezeichnet mit Inventarnummer 114.

Michael Osborn aus meiner Boccia-Runde erhält die Münzsammlung, gezeichnet mit Inventarnummer 115.

Christina Osborn aus meiner Boccia-Runde erhält den Opalring, gezeichnet mit Inventarnummer 116.

Manuela Blair aus meinem Deutsch-Klub erhält die antike Wilhelm-Busch-Sammlung, gezeichnet mit Inventarnummer 117.

Eva Collins aus meinem Reitklub erhält das Gemälde von Monet, gezeichnet mit Inventarnummer 118.

Jessica Fisher aus dem Nachbarschaftsverein erhält das Gemälde von Spitzweg, gezeichnet mit Inventarnummer 119.

Joseph Fisher aus dem Nachbarschaftsverein erhält die antike Weltkugel, gezeichnet mit Inventarnummer 120.

Myrthle Master aus dem Walking-Verein erhält die antike Mokkatassensammlung, gezeichnet mit Inventarnummer 121.

Da war sie also die Mokkatassensammlung!
Ich hatte es ja gewusst. Es war das totale Fiasko. Wieso hatte ich mir das angetan? Ich hatte die letzten Minuten die Augen schon geschlossen gehabt und wäre fast vom Stuhl gefallen vor Müdigkeit. Das Wort Mokkatassen hatte mich aus dem Halbschlaf gerissen. Am liebsten wäre ich aufgestanden und gegangen. Das war ja einfach lächerlich. Die leiernde Stimme vorne sprach unermüdlich weiter und die jeweils Benannten lächelten jedes Mal verträumt und glücklich – als gäbe es nichts Tolleres als eine antike Weltkugel zu erben.

Gerry Master aus dem Rosenzüchter-Verein erhält die Buchsammlung Garten, gezeichnet mit Inventarnummer 122.

Pia Smith aus dem Damenklub erhält die Buchsammlung Erotische Gemälde, gezeichnet mit Inventarnummer 123.

Die Stimme. Sie gehörte einem alten weißhaarigen Mann, der prima zu den anwesenden älteren Semestern passte, bekam einen anderen Klang. Er machte eine kleine Pause und fing mit wichtigem Blick an zu lesen:

Mein Haus inklusive sämtlicher Nebengebäude vererbe ich meiner Nichte Emilia Mertens, wohnhaft in Deutschland, die mir immer in bester Erinnerung und Verbundenheit geblieben ist.

Unglaublich! Ich schaute meine Mutter an, die ein zufriedenes Lächeln auf dem Gesicht hatte, als ob sie nie etwas anderes erwartet hätte und freundlich nickte. Sie hatte also tatsächlich etwas Anständiges geerbt! Ich war zwar misstrauisch, aber ein Haus in New York ließ sich sicherlich immer irgendwie zu Geld machen. Aber es ging weiter und ich hörte gespannt zu. Wahrscheinlich hatte ich vorhin überhört, dass ich irgendeinen antiken Regenschirm erben sollte und jetzt kam gar nichts mehr...

Und jetzt komme ich zu dem für mich wichtigsten Punkt. Ich hatte das Glück, einmal im Leben einen Mann kennen zu lernen, den ich mein ganzes Leben lang geliebt habe, auch wenn er leider viel zu früh gestorben ist. Wir waren aber immerhin 10 glückliche Jahre lang verheiratet. Unsere Ehe war so glücklich, weil sie uns heilig war. Ich halte nichts von modernen Beziehungen, ausprobieren und einfach zusammenleben. Eine Ehe ist etwas Beständiges und Wichtiges. Etwas Heiliges.

Meine Nichte Emilia habe ich immer sehr geliebt, wir haben uns nachdem ich in die Staaten gegangen bin bloß leider viel zu selten gesehen. Und noch viel seltener habe ich ihre süße Tochter Antonia gesehen. Ab einem gewissen Alter wird Reisen doch sehr beschwerlich und die jungen Leute haben auch andere Sachen zu tun, als ihre alten Großtanten zu besuchen. Emilia hat mich aber immer mit vielen Bildern und Geschichten über ihre süße Tochter auf dem Laufenden gehalten. Jedenfalls ist sie die einzige jüngere Nachkomme, die ich habe und ich möchte ihr deshalb auch etwas hinterlassen, das sie immer an mich denken lässt. Ich weiß, dass sie sehr erfolgreich ist, sehr hübsch und auch sehr glücklich mit dem Mann, mit dem sie zusammenlebt ist. Deshalb möchte ich Antonia Mertens, wohnhaft in Deutschland, die Summe von 500.000 Dollar hinterlassen – unter einer Bedingung. Antonia erhält die Summe nur, wenn sie innerhalb von 7 Monaten nach Testamentseröffnung rechtmäßig

verheiratet ist. Ich weiß, dass sie nie nur des Geldes wegen heiraten würde und vielleicht ist dies deshalb ein kleiner Anreiz, ihrem Leben die gewisse Sicherheit und Ordnung zu geben. Leider kann ich bei der Hochzeit nicht mehr dabei sein, meine Krankheit lässt mir diese Zeit nicht mehr, und somit auch sicherlich bald kommende Urgroßneffen nicht mehr kennen lernen. Ich wünsche Antonia alles Glück dieser Erde und dass ihre Wahl auf einen Mann fällt, der sie verdient hat und genauso glücklich macht wie mein Mann dies getan hat. Liebe Antonia, überlege also gut....
Sollte Antonia zum angegebenen Stichtag nicht verheiratet sein, fällt das Geld an die Stadtverwaltung New York. Das Geld ist auch im Falle einer Heirat vom Zugewinn ausgeschlossen und gehört allein Antonia.

Ich danke an dieser Stelle all jenen, die mir in meinem Leben Spaß bereitet haben und mir geholfen haben, das Leben bis zur letzten Minute zu genießen. Ich bin sehr zufrieden und kann nun in Ruhe aus diesem Leben ziehen.

Mir blieb die Luft weg! Was hatte diese Alte sich ausgedacht? Ich konnte es nicht glauben. Sie wollte mir 500.000 Dollar, eine halbe Million Dollar, vererben, aber nur wenn ich vorher heiraten würde? Meine Mutter schaute ganz verzückt, wie wenn dieser wunderbare Gedanke auch auf ihrem Mist gewachsen sein könnte. „Toni, wie schön, da können Tobias und du endlich heiraten" rief sie verzückt.
Oh Gott, oh Gott. Den Rest bekam ich nur noch in Trance mit. Der Grauhaarige überreichte mir einen Zettel, auf dem noch einmal schwarz auf weiß stand, was ich nicht glauben wollte, ich musste unterschreiben und hörte dauernd neben mir meine Mutter glücklich murmeln. Ich hatte endgültig die Nase gestrichen voll.
„Pass auf, jetzt sag ich dir mal was! Ich werde mich nie von irgend jemanden, auch nicht von deiner senilen, leider verstorbenen Tante zur Heirat zwingen lassen. Und Tobias werde ich schon gleich gar nicht heiraten. Dann soll halt der Staat New York Brücken von dem Geld bauen oder die Polizei-Pferde füttern, ist mir egal. Dieser Termin war Zeitverschwendung, ich bereue jede Minute. Ich habe jetzt zu tun, ich bin nicht nur zum Spaß hier. Soll ich dir einen Flug reservieren oder sonst was?" Sogar meine Mutter wusste, dass es jetzt besser war, ruhig zu sein. „Nein Toni, dein Vater kommt heute und wir wollen noch ein paar Tage Urlaub machen. Du kannst dich unbesorgt deinen Geschäften widmen. Und du wirst sehen, die Freude kommt bestimmt noch.".

Sie war natürlich in bester Laune, wahrscheinlich war dieses Haus locker ein paar Millionen Dollar wert.

Irgendwie schaffte ich es, nicht völlig die Nerven zu verlieren, verpflichtete sie zum absoluten Stillschweigen jedem gegenüber, was mein Supererbe anging, und verfrachtete sie in ein Taxi. Ich nahm gleich das nächste und warf mich in den Sitz. Ich war wie betäubt. Nur ein paar Stunden Schlaf und jetzt diese Nachricht. Als der Taxifahrer vor meinem Hotel anhielt, wusste ich nicht, ob ich schreien oder heulen sollte. Ich schleppte mich zum Aufzug und in mein Zimmer. Meine Handtasche schleuderte ich irgendwohin und dann suchte ich etwas Hochprozentiges in der Minibar.

Es klopfte. Nicht schon wieder der Minibartyp. Ich öffnete, es war Frank. Ich sah seinen erschrockenen Gesichtsausdruck. Er umfasste mein Gesicht mit beiden Händen und fragte nur „Geht es Dir nicht gut?". Da war es mit meiner Fassung vorbei.

Ich brach in Tränen aus und schluchzte „Mir geht es beschissen, aber bitte frag mich nicht warum, ich kann es dir jetzt nicht erklären. Ich bin einfach fertig, wütend, müde, traurig, aufgewühlt, alles Mögliche". Die meisten Männer einschließlich Tobias hätten an dieser Stelle keine Ruhe gegeben, bis sie gewusst hätten, was der Grund war. Sie hätten immer wieder gefragt, irgendwann mit dem Vorwand, dass es einem besser gehen würde, wenn man drüber reden würde.

Nicht so Frank. Er nahm mich in die Arme, legte mich aufs Bett, zog mir die Schuhe und die Jacke aus, deckte mich zu, setzte sich an die Bettkante und streichelte meinen Kopf. Er fragte nichts, er sagte nicht ‚Alles nicht so schlimm, wird schon werden' oder ähnliches, er war einfach da. Ich merkte, wie ich mich allmählich abregte und wie die Müdigkeit wieder siegte. Irgendwann wachte ich auf und hatte wahnsinnigen Durst und Hunger. Ich hatte heute noch nichts gegessen. Ich setzte mich auf und sah Frank im Sessel zusammengekrümmt schlafen. Der Anblick dieser 1,90 in dem kleinen Sessel, verursachte mir schon Rückenschmerzen.

Er öffnete die Augen und lächelte. „Warum bist du nicht zu mir ins Bett gekommen und hast geschlafen?" fragte ich verwundert. Er stand auf und entfaltete sich mit schmerzlichen Grimassen. „Ach, dir ging es nicht gut und da wollte ich es nicht einfach voraussetzen, dass du mich in deinem Bett willst" sagte er. Ich schloss die Augen wieder, um besser nachdenken zu können. Wieder hatte ich das Gefühl, dass die Ereignisse schneller waren als mein Begreifen. Vielleicht würde ich irgendwann einfach zuhause in München aufwachen, neben mir Tobias und es würde sich herausstellen, dass alles ein schlechter oder lustiger Traum war. Leider sah es momentan aber nicht danach aus. Ich wusste beim besten Willen nicht, wie ich meine Gedanken sortieren sollte und wie ich halbwegs ruhig bleiben sollte.

Es war einfach unglaublich! Was hatte diese Mrs. Cartland sich eigentlich gedacht? Was bildete sie sich ein? Wahrscheinlich ein schöner Wunschtraum von ihr: ‚Und wenn ich mal gestorben bin, sitze ich auf einer weißen Wolke als Engel, schaue nach unten und sehe wie alle Menschen glücklich sind mit dem was ich ihnen vermacht habe. Die einen mit ihrer Weltkugel und ihren Mokkatassen, meine Nichte mit meinem Haus und ganz besonders meine kleine Toni, der ich zum Glück ihres Lebens verholfen habe. Wie schön...‘ Es war nicht so, dass ich mir ernsthaft Gedanken zum Thema Heiraten machte. Niemals würde ich mich von dieser Schachtel erpressen lassen! Es war auch nicht so, dass ich schlecht verdiente und wenig Geld hatte. Andererseits war diese Summe natürlich eine ganz andere Dimension und sie würde mich völlig unabhängig machen.

Aber darüber wollte ich gar nicht nachdenken, es kam überhaupt nicht in Frage. Abgesehen davon hatte ich mich meines aussichtsreichsten, von Mrs. Cartland für mich vorgesehenen, Heiratskandidaten ja entledigt. Tobias war sozusagen aus dem Heiratsroulette draußen. Unwillkürlich musste ich grinsen. Ich konnte Frank ja jetzt nach unserer ersten gemeinsamen Nacht gleich einen Heiratsantrag machen und ihm etwas Geld dafür anbieten. Ich hatte nicht einmal Lust, Anne anzurufen, obwohl sie sicherlich gespannt auf meinen Anruf wartete. Der Gedanke, diese Geschichte auch noch jemanden erzählen zu müssen, verursachte mir Übelkeit. Und vor allem würden die Zuhörer das ganze vermutlich auch noch witzig finden. Wie konnte man auf so eine blöde Idee kommen?

„Toni?" Ich öffnete wieder die Augen und schaute Frank prüfend an. Wahrscheinlich hatte er sowieso schon wieder mit seiner Hellseherei alles erraten und würde mir gleich antworten ‚Nein, ich will dich nicht heiraten‘. Wenn es so war, ließ er sich jedenfalls nichts anmerken, sondern sagte nur sehr nachdrücklich, dass er schrecklichen Hunger hätte und ob wir nicht Essen gehen wollten. Da konnte ich natürlich auch nicht Nein sagen, sprang schnell unter die Dusche und beeilte mich mit Fertigmachen. Ich konnte Frank nicht durchschauen und wusste nicht, wie wir miteinander weitermachen sollten. Er hatte mich zwar vorhin umarmt, aber in meinem desolaten, verzweifelten Zustand hätte das wahrscheinlich jeder flüchtig Bekannte gemacht. Dann hatte er es vorgezogen, im unbequemen Sessel zu schlafen anstatt bei mir im Bett und jetzt hatte er sich auch zwar sehr freundlich, aber nicht gerade liebevoll verhalten. Vielleicht hatte er mich heute Nacht bloß nicht zurückweisen wollen und eigentlich war ihm die ganze Sache unrecht. Aus arbeitsmäßigen Aspekten konnte einem die Sache ja auch nur unrecht sein.

Ich musste aber ehrlich für mich zugeben, dass ich schrecklich verliebt war. Seine etwas andere Art faszinierte mich. Wieso konnte nicht mal irgend etwas in meinem Leben einfacher sein? Nachdem ich mir der Sache so unsicher war, hatte ich meine Klamotten mit ins Bad genommen und zog mich jetzt umständlich in dem kleinen Hotelbad um. Blöd natürlich! Aber wäre es nicht auch komisch gewesen, nackt oder nur mit Handtuch ins Zimmer zu gehen und sich seelenruhig dort anzuziehen, wenn es dem anderen vielleicht unangenehm war? Na ja, war ja einerlei, jetzt war ich jedenfalls fertig und ich musste schleunigst was essen, meine Magen rebellierte schon wie verrückt.

Im Restaurant fing er an, ganz unbefangen Vorschläge für unser gemeinsames Wochenende zu machen und redete munter drauflos. Er fragte mit keiner Silbe, was jetzt vorhin eigentlich los war und was ich überhaupt in New York machte. Ich registrierte aber auch, dass er jeden näheren Körperkontakt vermied und ein eher freundschaftliches Verhalten an den Tag legte. O.k., sollte mir auch recht sein. Eigentlich war es mir gar nicht recht, ich hatte mich schon zu weit vorgewagt und kam jetzt nicht mehr so einfach von ihm los. Aber ein zweites Mal würde ich mich bestimmt nicht nachts in sein Hotelzimmer schleichen. Ich würde eben sehen müssen, wie ich damit fertig würde und musste das Ganze unter dem Thema one night stand abhaken. Es würde ein hartes Wochenende werden, aber das passte ja zu meiner schlechten Serie. Ich begann im Restaurant die Leute zu beobachten und zu schauen, wer Eheringe trug. Früher war es mir nie aufgefallen, dass anscheinend so viele Leute verheiratet waren. Oder war das nur in Amerika so? Hatten sie automatisch nicht nur höhere Scheidungsraten sondern auch höhere Hochzeitsraten? Andere wären wahrscheinlich glücklich über so ein Erbe, weil sie sowieso vorgehabt hatten, zu heiraten.

Ich zwang mich, an etwas anderes zu denken und wandte mich wieder Frank zu. Ich hasste unausgesprochene Sachen. Ich hatte einen großen Redebedarf. Es war z.B. auch Tobias immer ein Gräuel, dass ich nach jedem Streit darüber reden wollte. Dass ich wollte, dass er meine Position und Meinung anhörte und kannte, auch wenn er vielleicht im Recht war. Er hasste das. Im konnte auch nicht verstritten ins Bett gehen. Das führte schon mal dazu,. dass ich Anne und halb eins in der Nacht nach einer Meinungsverschiedenheit vom Nachmittag anrief und die Sache aus der Welt schaffte, weil ich sonst nicht hätte schlafen können.

Genauso störte mich jetzt, dass ich nicht wusste, wie wir zuhause mit der Sache umgehen sollten. Für mich würde keine Welt untergehen, wenn außer der einen Nacht nichts mehr wäre aber ich wollte es wissen. Also fragte ich ihn ganz unvermittelt, als er sich gerade eine voll beladene Gabel in den Mund schob, wie er sich das eigentlich vorstellte mit uns. „Ich stelle mir eigentlich gar nichts vor. Wir machen es so, wie du es dir vorstellst" antwortete er.

Er konnte wohl seine Gefühle ein- und ausschalten, wie es meine Vorstellung erforderte, oder wie sollte ich das verstehen?

„Wieso kannst du nicht einfach spontan sein und dich so verhalten, wie du fühlst. Dann müsste ich nicht fragen" rief ich vielleicht für dieses Restaurant etwas zu laut – aber es verstand ja sowieso niemand.

„Du willst, dass ich mich spontan verhalte? Stehst du auf Sex in einem gutbürgerlichen amerikanischen Restaurant? Und auf die Folgen, die so was hier vermutlich hat?" fragte er mit einem Grinsen und einer mindestens so großen Lautstärke wie ich vorhin. Ich musste lachen. „Du hast dich vorhin nicht so verhalten, wie wenn dir danach wäre" gab ich zu Bedenken und fühlte mich trotzdem schon gleich ein bisschen besser. „Als ich heute früh aufgewacht bin, warst du nicht da, deine Klamotten waren weg und du hast keine Nachricht hinterlassen. Als ich mittags zu dir ins Zimmer kam, warst du völlig aufgelöst und fertig. Ich hatte eigentlich Grund anzunehmen, dass dir alles nicht so recht war. Es ist völlig o.k., du brauchst mir nichts zu erklären und bist mir in keinster Weise Rechenschaft für dein Leben schuldig."

Ich beschloss, ehrlich zu sein, jedenfalls teilweise und ein bisschen. „Ich bin in New York wegen einer etwas unerfreulichen Familienangelegenheit. Meine Mutter ist auch hier und kostet mir den letzten Nerv. Ich habe mich vor kurzem von meinem Freund getrennt und ihm trauert sie noch nach. Ich wollte sicherlich eigentlich am liebsten, dass zwischen uns beiden alles auf einer freundschaftlichen Basis bleibt, allein wegen der eventuellen Arbeitssituation, aber Gefühle kann man manchmal nicht betrügen und ich bin ihnen eben erlegen" sagte ich, lächelte ihn an und beglückwünschte mich innerlich zu dieser wunderbaren kleinen Rede.

Er lächelte nur und legte den Arm um mich. Rückblickend kann ich die nächsten Stunden nur als Trancezustand beschreiben. Ich erlebte Sex mit ihm wie im Rausch und irgendwann befand ich mich auf den Weg zum Flughafen, sämtliche Telefongespräche auf meinem Handy, egal ob von meiner Mutter oder der Arbeit hatte ich weggedrückt. Ich hatte die Realität einfach verdrängt, weggedrückt wie die Anrufe auf dem Handy.

Kapitel 7

„Und wie geht's jetzt weiter?" Anne saß mit mir im Flughafenrestaurant und schaute mich erwartungsvoll an, nachdem sie angestrengt meinem ausführlichen Bericht gelauscht hatte und mir angesichts der Turbulenzen verziehen hatte, dass ich sie nicht sofort angerufen hatte.

„Was weiß ich, wie's weiter geht" rief ich entnervt. In New York 2 tolle Nächte zu verbringen und wieder hier zu sein und nicht zu wissen, wie man sich der gemeinsamen Wohnung nähern sollte, waren zweierlei Sachen. Ich starrte vor mich hin und zerbröselte den alten Keks, den es zu meinem Milchkaffee gegeben hatte.

„Ich werde mir eine Wohnung suchen müssen, oder Tobias muss sich eine suchen, was weiß ich..." „Es ist also definitiv aus?" fragte Anne. Den ganzen Heimflug hatte ich versucht, meine Gefühle für Tobias zu analysieren und über meine Zukunft nachzudenken. Eigentlich war ich zu keinem Ergebnis gekommen. Einerseits wollte ich nicht mehr mit Tobias zusammenleben, andererseits fühlte ich noch was für ihn – war es Mitleid, weil ich ihn betrogen hatte? Und was war mit Frank? Und wen sollte ich heiraten? Eigentlich ja keinen. Heiraten, was für ein Schwachsinn! Da war mir eine Beziehung irgendwie schon zu eng geworden und dann sollte ich HEIRATEN! Eigentlich war es auch nicht anders, wegen des Geldes zu heiraten als wegen einer Aufenthaltserlaubnis. Hatte ich auch schon immer verachtet. Andererseits hatte ich mich mittlerweile so in die Ecke getrieben, dass ich dieses Geld gut gebrauchen könnte. So ohne Freund, bald womöglich ohne Job usw. „Ja" sagte ich tapfer „es ist definitiv aus".

Anne sah mich forschend an „Dann kann ich dir ja jetzt sagen, dass Tobias in der Nacht, bevor du nach New York geflogen bist, bei mir war". Nicht zum ersten Mal in den letzten Tagen und Wochen hatte ich das Gefühl, dass mir jemand den Boden unter den Füßen wegzog. Ich wusste nicht, was ich sagen sollte, ich wusste nicht mal wie ich reagieren sollte. Anne war meine Freundin. Sollte ich sagen ‚Ja, klar, und war's schön? ', oder sollte ich mich aufregen und fragen ‚Was fällt dir ein, als meine beste Freundin...‘. Anne verhielt sich äußerst klug, sagte gar nichts und beobachtete mich nur. Und wieder mal siegte unsere Freundschaft und die Ehrlichkeit.

„Ich weiß überhaupt nicht, was ich dazu sagen soll, ich weiß nicht mal wie ich darüber denken soll" gestand ich. Tief in mir spürte ich allerdings sehr wohl sich ausbreitende Wut und Verletztheit darüber, dass Anne und natürlich auch Tobias gleich die erste Gelegenheit genutzt hatten. Dass sie miteinander geschlafen hatten, war mir klar. Wäre Tobias nur bei ihr gewesen, hätte sich ausgeheult und auf dem Sofa übernachtet, hätte Anne mir das anders gesagt. Und was wäre eigentlich gewesen, wenn ich nicht gesagt hätte, dass es aus ist? Dann hätten sie es mir wohl verschwiegen, oder wie? Irgendwie musste ich jetzt alleine sein. Anne war im Moment auch keine gute Gesellschaft. Wenn ich nur wüsste, wohin... Vielleicht sollte ich mich gleich hier in ein Flughafenhotel einmieten. Aber ich hatte nur dreckige Wäsche in meinem Koffer.

Es stellte sich heraus, dass alle Ängste bezüglich der Wohnung umsonst gewesen waren. Zaghaft sperrte ich die Tür zu unserer Wohnung auf und wäre fast in Ohnmacht gefallen. Im Bücherregal im Flur fehlte die Hälfte der Bücher, an der Garderobe hingen nur noch meine Jacken und Mäntel. Ich ging wie betäubt durch die ganze Wohnung. Überall das selbe Bild, es waren zwar alle Möbel da, aber alles andere von Tobias war verschwunden. Ich ließ mich kraftlos auf einen Stuhl in der Küche fallen und sah im selben Moment einen Brief auf dem Tisch liegen. Mit zitternden Händen öffnete ich ihn.

„Liebe Toni,
alles ist ganz anders gekommen, als wir es dachten. Mir ist in den letzten Tagen klar geworden, dass alles, was ich für richtig und gut hielt in unserer Beziehung, Dir eigentlich nicht gepasst hat. Außerdem ist die Tatsache, dass wir beide in der Lage waren, uns so schnell mit anderen Partnern zu trösten, sicherlich kein Indiz für eine stabile Beziehung.
Ich möchte Dir noch sagen, dass ich Dich wirklich sehr geliebt habe und ich hoffe, dass du so glücklicher wirst"

Ich ließ das Papier fallen. Er war einfach so verschwunden. Nach den 4 Jahren Zusammenleben war er mit einem 6-Zeiler aus meinem Leben verschwunden. Selbstverständlich perfekt ohne Spuren und ohne Angaben, wohin. Er wollte das letzte Wort haben. Angst beschlich mich: Ob er wohl zu Anne gezogen war? Ich durchlebte in den darauf folgenden Minuten ein Wechselbad der Gefühle. Trauer, Wut, Ohnmacht, Fassungslosigkeit, alles auf einmal. Ich stand auf und öffnete die Schränke und Kommoden. Aber perfekt wie Tobias nun einmal war, war wirklich jedes Stück von ihm verschwunden. Ich war nicht in der Lage, einen klaren Gedanken zu fassen. Normalerweise hätte ich in dieser Situation keine Sekunde gezögert und Anne angerufen, aber jetzt war alles anders. Wer weiß, vielleicht war er mit all seinen Sachen bei ihr in ihre perfekt gestylte Single-Wohnung gezogen? Wo sollte er schließlich so schnell überhaupt hin mit seinen ganzen Sachen und seinem kostbaren Computer?

Das Telefon klingelte! Ich hob den Hörer ab und brachte kaum einen Ton raus, als ich mich meldete. „Antonia, endlich erreiche ich Dich. Wir haben uns schon Sorgen gemacht..." Meine Mutter! Kurzfristig überlegte ich, ob ich den Hörer wegknallen sollte und die nächsten 24 Stunden nicht mehr ans Telefon gehen sollte, aber sie würde in der Arbeit anrufen und ein riesen Theater veranstalten und meine Arbeitssituation mit meinen jetzigen und künftigen Kollegen war wirklich schwierig genug. Ich entschloss mich, kurzen Prozess zu machen.

„Mutter, hör mir zu, hör mir bitte gut zu und unterbrich mich jetzt nicht. Ich habe mich von Tobias getrennt, er ist ausgezogen, ich werde weder ihn noch einen anderen heiraten, ich wünsche keine Debatten darüber und ich will auch jetzt nicht weiter reden, alles klar? Ich wünsche Euch noch eine schöne Zeit und lass mich bitte die nächsten Tage in Ruhe, ich melde mich wieder. Tschüß". Das war geschafft, ich legte den Hörer auf und zog das Kabel aus der Telefonbuchse. Sie würde es sicherlich nach dem 10. Anruf kapieren und meinen armen Vater weiternerven.

Es war schwer zu beschreiben, wie ich die nächsten Stunden verbrachte. Zuerst lief ich immer wieder durch die Wohnung und registrierte in jedem Winkel der Zimmer die Sachen, die fehlten. Tobias war wirklich sehr akkurat aus meinem Leben verschwunden. In unserem Arbeitszimmer lagen noch die Verlängerungskabel am Boden, mit denen die unzähligen Stecker seines Computers verbunden gewesen waren. Waren anscheinend meine, sonst hätte er sie vermutlich auch mitgenommen.

Ich fühlte mich so leer, dass ich nicht weinen konnte. Er hatte mich mit dieser Aktion wirklich kalt erwischt. War mir im Flugzeug der Gedanke, mich von ihm zu trennen, noch vernünftig und ertragbar vorgekommen, warf mich die Tatsache, dass er das, was ich theoretisch gedacht hatte, praktisch schon vollzogen hatte, völlig aus der Bahn. Es gab keinen Menschen, den ich jetzt anrufen konnte, der mir jetzt helfen konnte. Ausgerechnet Anne, eigentlich der einzige Mensch, dem ich rückhaltlos vertraut hatte, kam jetzt überhaupt nicht in Frage.

Ich ertrug es nicht, in unserem Bett zu schlafen, also schlief ich gar nicht. Ich wanderte immer wieder rastlos durch die Wohnung und als es endlich wieder Morgen wurde, schleppte ich mich in die Arbeit.

Mein Anblick musste großes Entsetzen hervorgerufen haben, jedenfalls tauchte nach kurzer Zeit unser Chef in meinem Zimmer auf und beschwor mich, wieder nach Hause zu gehen und mich zu erholen. Er murmelte irgendetwas von „Familienangelegenheiten nehmen einen immer so mit" und kurzfristig musste ich fast lächeln, weil seine Familienangelegenheiten natürlich etwas aufreibend waren... Ich konnte trotzdem nicht einmal einen vernünftigen Satz drauf antworten, sondern starrte auf meine Schreibtischunterlage. Mein Chef lief zu organisatorischer Höchstform auf „Also, Frau Mertens, so geht das nicht. Ich bestelle Ihnen ein Taxi und einen Arzt nach Hause. Sie müssen auf der Stelle ins Bett. Sollen wir jemanden für Sie anrufen?". Oh Gott, bloß niemand anrufen. Ich verlangte noch mit schwacher Stimme, man möge mir die Mails nach Hause schicken und mich per Handy auf dem Laufenden halten und fügte mich dann. Zum Glück konnte ich meinen Chef davon überzeugen, dass ich den Arzt selber anrufen würde.

Jetzt war ich wieder zuhause, genau dort, wo ich überhaupt nicht hin wollte. Ich fühlte mich wie der einsamste Mensch auf der Welt. Mir liefen jetzt doch die Tränen übers Gesicht und ich suchte in der Hosentasche nach einem Taschentuch.

In der Hand hielt ich außer einem verknüllten Tempo auch den Zettel mit der Handynummer von Frank. Verzweifelt starrte ich auf die Nummer. War es wirklich schon so weit mit mir gekommen, dass ich in dieser Situation nur ihn anrufen konnte? Ausgerechnet den Mann, der maßgeblich an dieser elenden Situation beteiligt war?

Jahrelang war Anne meine beste und einzige Freundin gewesen. Eine Freundin, zu der ich Tag und Nacht gehen konnte und die meine innersten Gefühle und Gedanken kannte und teilweise sogar vorausahnen konnte. Und jetzt war sie gefühlsmäßig für mich so weit weg. Im Geist ging ich die sonstigen Freunde durch. Ja, da gab es schon welche. Aber die Intensität der Freundschaft hatte sich immer auf gemeinsame Treffen, Sektfrühstück, Silvesterfeiern und maximal einen unverbindlichen Wochenendtrip beschränkt. Grauenvoll der Gedanke, einen dieser Freunde jetzt anzurufen und sich auszuweinen. Und zwar nicht nur für mich grauenvoll, sondern auch für den oder diejenigen.

Allein schon der Gedanke, über eine Trennung von Tobias mit ihnen zu reden verursachte mir Bauchschmerzen.

Es gab nichts mehr zu essen. Ich müsste einkaufen gehen. In diesem Zustand? In diesen Stunden wurde mir bewusst, wie selbstverständlich es für mich all die Jahre gewesen war, nicht allein zu sein. Damals war ich von zuhause ausgezogen und hatte mit einer Freundin eine WG gegründet. Verschiedene Wohnungen, WGs usw. waren im Lauf der Jahre gefolgt. Aber eigentlich hatte ich nie richtig alleine gewohnt. Kurz bevor ich Tobias kennen gelernt hatte, war ich alleine in diese Schnäppchenwohnung meiner Mutter gezogen. Aber das Alleinsein hatte mir so wenig behagt, dass ich fast nur zum Schlafengehen zuhause war oder eben Freunde zu Besuch waren. Und jetzt in diesem Moment war ich nicht nur alleine, sondern auch verlassen worden. Alkohol – irgendwie musste ich mich benebeln. Stunden rum bekommen, Tage, irgendwie die Zeit weiterlaufen lassen. Und hoffen, dass irgendwann ein anderer Zustand eintreten würde.

Ich war nicht in der Lage von mir aus aktiv zu werden. Irgendwann registrierte ich, dass es klingelte. Ich versuchte es zu ignorieren. Es klingelte weiter. Schließlich klopfte es an der Wohnungstür. Immer energischer, immer lauter. Ich schleppte mich zur Tür und öffnete ihr einen Spalt.

Anne! „Hau ab". „Toni, Mensch mach dir Tür auf oder ich hol den Hausmeister. Los, sofort". Nur weil ich wusste, dass sie diese Drohung sofort wahr machen würde, öffnete ich die Tür und schwankte beim zurücktreten. Sie stand vor mir mit Tränen in den Augen.

„Toni, es tut mir so leid. Ich habe unsere Freundschaft kaputt gemacht. Bitte verzeih mir" schluchzte sie. Ich konnte nicht mehr klar denken. Ich wollte heulen, nicht sie sollte das machen. Ich war die Verlassene, die Betrogene. Gut, ich hatte Tobias genau genommen auch betrogen, aber nicht mit seinem besten Freund. Andererseits erkannte sogar ich in meinem völlig desolaten Zustand, dass es darum nicht ging. Es war egal, wer mit wem betrogen worden war. Die Probleme hatten vorher begonnen und wenn ich auch nicht wusste, was aus mir und Tobias werden sollte oder nicht, so wusste ich doch, dass ich Anne nicht verlieren wollte. Wir hielten uns bestimmt eine halbe Stunde in den Armen und heulten.

Schließlich putzte Anne sich kräftig die Nase und fragte zaghaft „Und jetzt? Soll ich dir davon erzählen?". Nein,. bloß nicht. Ich wollte keine Details, wollte nichts hören über sie und Tobias. Über ihr möglicherweise neues Glück. Zu scharf war der Gegensatz zu meinem eigenen Scherbenhaufen. „Nein danke" brachte ich krächzend heraus. Wem sollte es auch nutzen? Meine eigene Unzufriedenheit hatte uns auseinander gebracht und letztlich die beiden zusammen.

„Aber vielleicht interessiert es dich, dass der Chef und Frank Assmann sich einig geworden sind und er bereits unterschrieben hat" sagte sie. Oh Gott, es war doch wirklich schon alles schlimm genug. „Ich weiß ehrlich gesagt nicht, wie ich jemals wieder einen Fuß in die Arbeit setzen soll" erwiderte ich mit zitternder Stimme. „Im letzten jour-fix schlug der Chef vor, ob du dich nicht aufgrund deiner Familiensituation beurlauben lassen möchtest. Wir wären ja jetzt wieder zu dritt und dann könnten wir anderen beiden deine Arbeit vorerst mitmachen. Das wäre doch eigentlich gut für dich, dann könntest du erst mal deine Situation sortieren".

Fassungslos sah ich sie an. Erst hatte sie mir den Mann mehr oder weniger ausgespannt – o.k. ich hatte ihn auch nicht mehr gewollt – und jetzt drängte sie mich auch noch aus dem Job heraus. „Und von was soll ich leben so ohne Job und im unbezahlten Urlaub?". Schon wieder ganze die alte sagte sie „Ach, du könntest wie früher Kolumnen schreiben und dir ganz nebenbei einen Mann zum Heiraten suchen, dann sind deine ganzen Probleme doch sowieso gelöst". Vielleicht war ich ja wirklich nicht mehr zurechnungsfähig in meiner Situation, aber ich schaffte nicht mal gedanklich den Sprung von letzter Woche, wo eigentlich noch alles so halbwegs in Ordnung war zu jetzt, wo meine beste Freundin mit meinem Freund geschlafen hatte und mich nebenbei auch noch ganz lässig aus der Firma mobbte, mit der lapidaren Empfehlung, ich könne mir doch einen Mann zum Heiraten suchen.

Irgendwie schaffte ich es 3 oder 4 Tage später in der Arbeit zu erscheinen. Mein Chef war bester Laune und bat mich gleich in sein Büro. „Frau Mertens, ich danke Ihnen für Ihre Vorarbeit in Sachen Stellenbesetzung Werbung. Wir sind uns ganz glänzend einig mit Herrn Assmann geworden und nach Abschluss seines Projektes in New York wird er bei uns einsteigen. Ich denke, in 3-4 Wochen wird es soweit sein. Bis dahin, wird er schon einzelne Tage hier an den Meetings teilnehmen bzw. sich über die laufenden Projekte informieren. Ich habe den Eindruck, Sie sind im Moment nicht so ganz auf der Höhe. Ich schätze Sie sehr, das wissen Sie, deshalb fühle ich mich auch für Sie verantwortlich. Frau Bachmann hat mir ein bisschen erzählt, wie schwierig alles ist..."

Mir wurde ganz heiß vor Wut. Was fiel Anne nur ein!

Ich schaute meinen Chef nur stumm ein. Mein Mund war wie ausgetrocknet. Es war, wie wenn sich die Welt auf einmal gegen mich verschworen hatte. Es klopfte. Die liebliche dynamische neue Sekretärin steckte den Kopf herein „Herr Assmann wäre jetzt da". „Ah, wundervoll. Soll gleich reinkommen" rief mein Chef gutgelaunt. Ich fühlte mich wie auf dem Schleudersitz. Die Tür ging auf und Frank kam herein.

Wie viele Stunden, Tage war es her, dass ich in seinen Armen, in seinem Bett gelegen hatte? Wie viele Stunden, dass er mir zärtlich verrückte Sachen ins Ohr gestöhnt hatte? Vermutlich sah ich aus wie die Kuh wenn's donnert, während er wie üblich kühl, freundlich, perfekt gestylt und einfach wunderschön ins Büro schlenderte und erst mir, dann meinem Chef die Hand schüttelte. Mit einem sanften beruhigenden Blick nickte er mir fast unmerklich zu. Wieder schien er meine Gedanken, meine Gefühle, mein Elend zu erraten. Meinem Chef fiel nicht weiter auf, dass ich nicht viel sagte, während er munter von den laufenden Projekten erzählte. Vielleicht hatte er mich aber auch geistig schon abgeschrieben und hielt mich einfach für nicht zurechnungsfähig. „So Frank, was halten Sie davon, wenn wir jetzt zusammen Mittag essen gehen? Antonia, begleiten Sie uns?" – mein Chef war wieder in seiner dynamisch aufgeräumten Stimmung.

Ich nickte schwach und hörte Frank sagen „In Ordnung gerne – ich möchte vorher noch kurz mit Frau Mertens über eines ihrer Projekte sprechen. Wann wollen wir uns treffen?". Benommen ging ich aus dem Büro heraus, bzw. ließ mich von Frank in eines der Besprechungszimmer schieben. „Was ist eigentlich mit dir los?" hörte ich ihn fragen und mit einem Mal brach alles aus mir heraus. „Mein Gott, wie ich euch alle hasse. Was ist das für eine blöde Frage. Erst schleimst du mich voll, anscheinend nur um den Job hier zu bekommen, reist mir in New York hinterher, schläfst mit mir und lässt dir dabei natürlich alles offen. Meine beste Freundin spannt mir in der Zeit meinen Freund aus und zum krönenden Abschluss schlagt ihr mir alle Urlaub vor. Und dann fragst du mich auch noch blöd, was los ist!" schrie ich und stürmte aus dem Zimmer. Beim Herausgehen sah ich an den erschrockenen Gesichtern der Umstehenden, dass ich wohl auf alle Fälle zu laut gewesen war.

War mir alles egal. Ich stürmte zu meinem Schreibtisch, packte Tasche und Schlüssel und rannte an den unschlüssig herum stehenden Kollegen vorbei nach draußen. Okay, die Show ist vorbei, ihr könnt aufhören zu glotzen. Die Luft draußen kühlte mein Gemüt etwas ab und ich merkte, wie mir die Tränen die Wangen herunter liefen.

Was hatte ich getan? Jeder in der Firma konnte nur denken, ich hätte nicht alle Tassen im Schrank. Depressiv zu sein, wäre noch harmlos gegen den Auftritt, den ich hinterlassen hatte. Aber wie sollte ich sachlich, munter und gutgelaunt gemeinsam mit meiner ehemals besten Freundin, die mit meinem Freund geschlafen hatte und mich dann aus der Firma heraus mobben wollte und meinem letzten Lover, der anscheinend nur mit mir geschlafen hatte, um den Job zu bekommen, arbeiten? Von den ganzen anderen Problemen mal abgesehen.

Ich hatte so gut wie keinen Job mehr, eine kalte Wohnung, eine nervige Mutter und war Begünstigte in einem Testament, das mir aber nur etwas brachte, wenn ich heiratete. Wirklich tolle Aussichten. Und so wie es aussah, konnte ich entweder arbeitslos in meiner kalten Wohnung sitzen oder mir schnell einen Mann suchen, damit ich wenigstens Geld hatte.

Ich versuchte irgendwie halbwegs nüchtern zu denken. Mal angenommen, ich hätte all diese Probleme nicht, und vor allem diese Geldprobleme nicht, was würde ich machen wollen? Die blöde Anne hatte gar keine so schlechte Idee gehabt. Ich hatte es geliebt, Kolumnen zu schreiben. Im Gegensatz zu meiner Problematik, tolle Werbesprüche zu kreieren und das eben nicht jederzeit zu können, war mir für die Kolumnen immer irgendwas eingefallen. Mehr aus Bequemlichkeit hatte ich den Job in meiner jetzigen Firma angenommen., Es war bequemer jeden Tag in die Arbeit zu gehen, die Krankenversicherung geregelt zu haben, sich nicht um Aufträge kümmern zu müssen und am Ende des Monats Geld auf dem Konto zu haben, ohne Rechnungen zu schreiben und sich engagieren zu müssen.

Aber es engte auch ein. Immer wieder hatte ich das Gefühl und die Gedanken verdrängt, dass es mich nicht befriedigte. War nicht die Arbeit auch ein Teil meiner Unzufriedenheit gewesen? Hatte ich es nicht anderen – so auch Tobias - geneidet und missgönnt, dass sie mit sich und dem Rest der Welt so zufrieden waren? Die Suche und die Frage nach innerer Befriedigung – ja Erfüllung – hatte ich immer als lächerlich und esoterisch abgetan. Ich hatte mich eigentlich mit der Mittelmäßigkeit begnügt, weil es bequemer war. In Gedanken versunken hatte ich automatisch den Weg nach Hause eingeschlagen.

Es war egal, dass es erst Mittag war. Ich hatte sowieso alles versaut. Noch etliche Meter von meinem Haus entfernt, sah ich schon eine Menschenansammlung auf der Strasse stehen. Und je näher ich kam, erkannte ich, dass es sich ausnahmslos um Männer handelte. Wild gestikulierende Männer. Und eine Nachbarin aus dem Haus. Die alte Krähe, die immer meinte, außer ihr würde niemand die Hausordnung richtig machen. Die am liebsten jedem Besucher befehlen würde, am Hauseingang schon die Schuhe auszuziehen. Ihr Mann, ein echter Blockwart, parkte immer rechtzeitig zur Dämmerung das Auto um, damit es erstens genau unter der Straßenlaterne stand und zweitens vom Fenster zu beobachten war. Nun handelte es sich nicht um das Sondermodell von Ferrari oder Lamborghini, sondern um einen VW Polo in weiß, aber egal. Schließlich hörte ich die Krähe rufen „Das ist sie". Meinte sie mich?

Eigentlich konnte es nicht schlimmer kommen. Was hatte ich verbrochen? Das Wasser in der Badewanne laufen lassen? Nein, so viele männliche Bewohner gab es in unserem Haus nicht. Instinktiv blieb ich stehen. „Antonia?" – ein Mann löste sich aus der Gruppe und trat mir mit einem Blumenstrauß entgegen.

Hatte ich im Lotto gewonnen? Nachdem ich schon ewig nicht mehr spielte, und Lottofeen ja bekanntlich weiblich sind, konnte es das nicht sein. Ein anderer drängte sich vor „Wie soll denn das jetzt überhaupt gehen? Wir können doch nicht einfach hier auf der Straße stehen wie die Deppen". Ein anderer meldete sich zu Wort „Ich habe meine Vita dabei. Möchtest du sie sehen? Außerdem habe ich ein Lied für dich geschrieben". Ich kam mir vor wie im falschen Film. Was wollten die denn alle von mir. „Was wollt ihr von mir?" fragte ich also. „Bist du gar nicht Antonia? Willst du uns verarschen, ey" meldete sich ein ausgemacht unsympathischer Kraftprotz zu Wort. Die Krähe schaute missbilligend und trotzdem neugierig. Natürlich ein gefundenes Fressen für sie.

Was für ein Glück, das mir die Wohnung gehörte, sonst müsste ich vermutlich auch noch mit einer Kündigung rechnen. Hin und her gerissen, endlich erfahren zu wollen, was diese Typen vor meiner Haustür zu suchen hatten und dem Widerwillen es zu erfahren so lange die alte Krähe hier herumstand, verdrehte ich entnervt die Augen.

„Alles der Reihe nach. Komm du mal mit mir mit. Ihr anderen wartet, jeder kommt dran. Und Sie Frau Schmitt sollten lieber im Haus nach dem Rechten sehen" sagte ich mit möglichst ruhiger, fester Stimme.

Ich schnappe mir den am harmlosesten Aussehensten, einen Öko mit Jutetasche, und zerrte ihn mit nach oben. Ich sperrte die Tür auf und schob ihn in den Flur. „Was willst du?". Entgeistert schaute er mich an und zog die Zeitung aus seiner Tasche. Ich riss sie ihm aus der Hand – es war die Süddeutsche – und las folgende große Anzeige:

> *Attraktive großzügige und gebildete Anfangsdreissigerin sucht den Mann fürs Leben!*
> *Die große Erbschaft habe ich schon, was mir fehlt, ist der passende Mann zum Heiraten!*
> *Du solltest ungebunden (unverheiratet) und bereit für ein großes Abenteuer und die Ehe sein!*
> *Zusammen können wir die tollsten, exklusivsten Sachen machen!*
> *Ich liebe kreative, außergewöhnliche Sachen! Lass dir also was wirklich Verrücktes einfallen, um mich zu überzeugen! Ich bin schlank, absolut gutaussehend, weiblich, verrückt, temperamentvoll und sehr großzügig!*

Darunter mein Name, meine volle Adresse und meine beiden Telefonnummern. Erst jetzt fiel mir der Blick des Bewerbers auf, der dauernd zu meinem permanent klingelnden Telefon schielte. Mein Handy war irgendwo, umso besser. Unvorstellbar, was diese Anzeige gekostet haben musste! „Hör zu, das stimmt alles nicht. Es ist ein…ein Aprilscherz! Wie ein Aprilscherz. Ich habe gar keine Erbschaft. Und jetzt geh und erzähl es den anderen Typen auch, o.k.?". Ich schob den verwirrt blickenden Menschen (wo war eigentlich sein kreativ verrückter Einfall?) zur Tür raus und lächelte entschuldigend.

Dann schaltete ich die Klingel ab und zog den Stecker des Telefons. Endlich Ruhe! Wer konnte diese Anzeige aufgegeben haben? Eigentlich wussten nur meine Eltern und Anne von dieser Sache. Aber Anne musste es weiter erzählt haben. An jemanden, der mir wohl nicht allzu wohl gesonnen war. Tobias! Frank? Anne selber? Ich traute ihr mittlerweile alles zu.

Sie hatte sich sofort nach meiner Abreise Tobias geschnappt, ohne zu wissen, ob mit Frank was passieren würde, oder nicht. Zuletzt hatte sie mich dann noch mehr oder weniger aus der Firma gedrängt. O.k. für meinen peinlichen Auftritt konnte sie nichts, aber dem Chef meine Beurlaubung einzureden, war ja auch schon genug. Es klopfte an meiner Tür. Leider habe ich keinen Spion, aber ich war mittlerweile vorsichtig genug, um nicht einfach zu öffnen.

Als ich runter auf die Straße blickte, fiel ich fast in Ohmacht. Alles voll! Voll mit Männern, die nach oben in Richtung Fenster schauten. Wie dämlich war die männliche Bevölkerung eigentlich? Auf einmal bemerkte ich, dass sie gar nicht in meine Richtung zum Fenster schauten sondern auf irgendeinen anderen Punkt oben.

Und dann sah ich es! Einen als Spiderman verkleideten Fassadenkletterer mit Rosen zwischen den Zähnen, der auf mein Fenster zusteuerte. Oh mein Gott! Das Spektakel hatte inzwischen auch die Nachbarn aus den anderen Häusern gelockt und es herrschte mittlerweile unten eine Jahrmarktähnliche Atmosphäre. Vermutlich würden sie bald Würstchen grillen und verkaufen.

Ich ließ die Rollos herunter und sank erschöpft auf mein Sofa. Es klopfte und klopfte immer weiter an meine Tür. Und an mein Fenster. Aha, Spiderman war angekommen.

Ich schwankte zwischen der Idee, ein Schlafmittel zu nehmen und lange genug zu schlafen, um dem Wahnsinn zu entkommen und Selbstmordgedanken. Es erledigte sich alles von selbst – ich hatte kein Schlafmittel und wenn ich hier und heute aus dem Fenster sprang fing mich vermutlich irgend so ein Wahnsinniger unten auf und erwartete als Dank von mir, dass ich ihn heiratete. Die Wohnung konnte ich in absehbarer Zeit jedenfalls nicht mehr verlassen. Vermutlich würde ich irgendwann verhungern.

Früher hätte ich vermutlich über so eine Geschichte gleichzeitig gelacht und mitleidig den Kopf geschüttelt. Wie kann man sich so aus der Bahn werfen lassen? Hätte ich vermutlich gefragt. Bei mir hatte eine Kettenreaktion des Negativen eingesetzt und ich wusste auch nicht wie ich sie aufhalten sollte. Eigentlich war mir irgendwie alles egal. Ich würde nie wieder in die Arbeit gehen. Nie wieder mit einem Mann reden.

Wovon ich leben würde? Keine Ahnung! Vielleicht würde mein nervlicher Zustand sich so weiter verschlechtern, dass ich irgendwann ein Handtuchgeschäft mit meiner Mutter eröffnen würde. Ich war schrecklich gleichgültig, und schrecklich müde. Die ganzen Katastrophen und schlaflosen Nächte holten mich ein. Erschöpft sank ich auf dem Sofa zusammen und dämmerte vor mich hin.

Kapitel 8

Auf einmal wurde ich von lautem Gedonner und Schütteln am Arm geweckt. Was war denn hier los? Völlig desorientiert schaute ich in besorgte Gesichter. Eine ganze Armee stand in meinem Wohnzimmer. Wollten die mich alle heiraten?

Ich setzte mich mühsam auf und registrierte verwirrt diverse Polizisten, Sanitäter und anscheinend einen Notarzt, der besorgt vor dem Sofa kniete. „Wie geht es ihnen jetzt? Was haben Sie genommen und wie lange ist das her?" fragte er mich eindringlich.

Genommen? Was denn genommen? Ich hatte Probleme, mich zu orientieren und meine Gedanken zu ordnen. Dachte er, ich hätte Tabletten genommen?

Langsam konnte ich meine Gedanken wieder sortieren und musste an die Ansammlung von Männern denken. „Sind sie noch da?" fragte ich. „Wer?" - Besorgte Blicke untereinander.

Oh Gott, vielleicht dachten sie, ich spräche von Außerirdischen oder Stimmen aus der Heizung. Dass mein Leben etwas aus den Fugen lief, war eine Sache und wohl nicht mehr zu vermeiden, aber in der Psychiatrie wollte ich nun wirklich nicht landen.

Wenn ich doch nur einen Kaffee hätte. Mit letzter Kraft schüttelte ich energisch den Kopf und versuchte mich zu erinnern, wo ich die Zeitung abgelegt hatte, die ich dem Öko abgenommen hatte. Auf dem Tisch. Mühsam stand ich auf, alle Anwesenden schienen plötzlich in Alarmbereitschaft versetzt zu sein. Ich nahm die Seite und hielt sie dem am wichtigsten dreinschauenden, einem Polizisten- hin.

„Da, irgend ein Scherzbold hat dies veröffentlich. Ich habe keine Erbschaft und schon sowieso suche ich keinen Mann. Ich bin schlecht gelaunt und schrecklich müde. Wenn sie mir einen Gefallen tun wollen, schaffen sie mir die ganzen Typen vom Hals, sonst könnte ich vielleicht sogar noch auf die Idee kommen, Tabletten zu nehmen".

In dem Augenblick meiner wundervollen Ansprache klirrte es laut und eine meiner Scheiben ging zu Bruch. Im selben Moment kam ein kleiner Hubschrauber hereingeflirrt. Sämtliche Anwesenden – ausschließlich Männer – standen mit offenen Mündern da. Die Polizisten verließen energisch, anscheinend in Sachen Aufklärung unterwegs, die Wohnung.

Der Hubschrauber zog ein paar verwirrte Runden durch das Wohnzimmer und geriet auf einmal ins Straucheln. Wie in einem drittklassigen Thriller drehte er sich ein paar Mal um die eigene Achse und stürzte trudelnd nach unten. „Da hängt was dran" rief einer der Sanitäter aufgeregt. „Vermutlich ein Heiratsantrag" erwiderte ich müde. Der Sanitäter fummelte an dem Hubschrauber herum und zog ein Zettelchen heraus, das er mir freudig und mit erwartungsvollem Gesicht reichte. Um ihn nicht zu enttäuschen, faltete ich ihn auf und las laut vor:

Den Mond hole ich dir vom Himmel, die Sterne dazu,
ich bin der beste Lover weit und breit,
nimm mich und sei gescheit!

In unzähligen Sexratgebern (du findest einen unter deiner Fußmatte) habe ich mein Talent und Wissen an andere weitergegeben. Du sollst es alleine live von mir bekommen! Der nächste Ratgeber ist bereits im Druck und wird deinen Namen tragen. Du magst es verrückt, also magst du es auch wild. Ich bin auch dick im Geschäft mit erotischen Drehs – bestimmt lässt sich da was Tolles bei dir arrangieren! Man sieht sich, ruf mich an. Wenn ich abends komme, willst du, dass ich mindestens bis zum Mittagsessen des nächsten Tages bleibe, das garantiere ich dir!
Didi

Ich blickte in die Runde – sprachlose Gesichter. Der Notarzt, relativ jung und eigentlich wirklich ganz gut aussehend, verbiss sich anscheinend mühsam ein Lachen.

„Ja, lachen Sie ruhig. Sie haben ja nicht einen Sack voll bescheuerter Männer vor der Tür lungern, die alle auf eine reiche Erbin hoffen, eine neugierige Nachbarin, die vermutlich schon die Bildzeitung informiert hat, Kollegen, die sie raus mobben wollen, eine verrückte Mutter – ach, was erzähle ich Ihnen das alles, egal" – resigniert ließ ich mich wieder ins Sofa sinken.

Es klopfte und klingelte irgendwie an allen Ecken. Der Notarzt hatte anscheinend beschlossen, für Ordnung zu sorgen. Jedenfalls wies er die Sanitäter und den Hausmeister, der die Wohnungstür geöffnet hatte, an, die Wohnung zu verlassen, er mache das schon und sie sollten den Notarztwagen mitnehmen, er würde dann die Ambulanz rufen. Wann? Wenn er mich dann endgültig einwies?

Als alle scharrend und mit mitleidigen Blicken (vermutlich eher wegen meiner augenscheinlichen Durchgeknalltheit als wegen meiner Situation) meine Wohnung verlassen hatten, stöhnte ich auf und überlegte, wie ich den Notarzt jetzt auch noch losbekommen und mir Alkohol besorgen könnte. Vermutlich sollte ich einfach einem der Superlover einen Einkaufsauftrag geben. Wild entschlossen ging ich zum Fenster, was wiederum den Notarzt alarmierte, der vermutlich dachte, ich wolle springen und mich gleich am Arm packte.

„Hey, ganz ruhig, was machen sie denn?". Allmählich platzte mir der Kragen „Jetzt passen sie mal auf – ich weiß nicht, wer sie gerufen hat, aber ich glaube, ich habe ihnen ausschnittsweise schon von meinem Desaster erzählt. Das lässt sich glaub ich nur mit Alkohol aushalten und nachdem die Typen alle so wild darauf sind, landen zu können, sollen sie halt was besorgen". Entschlossen öffnete ich das Fenster und brüllte der immer noch nicht kleiner gewordenen Menge zu „Hey, bitte 3 Flaschen Sekt und Schokolade. Ich liebe euch alle".

Wildes Gejohle und Stimmengewirr – ich knallte das Fenster wieder zu und im selben Augenblick sah ich tatsächlich 2 Fotografen und diverse Männer mit Block bewaffnet.

„Na also, da habe ich doch nicht zu viel versprochen, oder? Wie heißen Sie eigentlich und warum gehen Sie nicht?" fragte ich. „Ich kann ja jetzt kaum gehen, eigentlich müsste ich Sie einweisen, Sie machen überhaupt keinen besonders fitten Eindruck. Soll ich Ihnen was zur Beruhigung geben und warten bis jemand kommt, der sich kümmert? Ich heiße übrigens Manuel Sörensen".

„Wie, Sie sind gar kein Arzt? Und Sörensen? Klingt wie Knäckebrot, kommen Sie aus Schweden?" fragte ich und blickte auf sehr blonde, sehr kurze Haare und sehr blaue Augen mit sehr langen schwarzen Wimpern. Schade, braune wären natürlich besser gewesen. Aber sehr groß war er der Knäckebrot Doktor. Leicht amüsiert erwiderte er „Doch doch, aber wer stellt sich denn schon mit Doktor vor? Also, was ist jetzt? Rufen Sie jemanden an? Ich fühle mich wie in einer comedy und wenn ich jetzt nicht eigentlich schon Feierabend hätte, würde ich denken, ich bin bei Verstehen Sie Spaß".

„Tja, an wen denken Sie denn so? Mein Freund ist ausgezogen, meine Freundin fällt auch aus, weil sie ihn jetzt poppt, ich kann noch meine Mutter anrufen, wenn die kommt, würden Ihre ganzen Mittel aus dem Koffer aber vermutlich nicht reichen. Ich habe noch meinen letzten Lover, der aber nur mit mir im Bett war, um die Stelle in der Firma zu bekommen, die mich jetzt rausmobben will. Wir könnten auch schnell gemeinsam die Herren da unten durchsehen, vielleicht eignet sich da ja einer als Krankenschwester".

Wie konnte ich ihn so schnell wie möglich wieder loswerden? Vermutlich nur, in dem ich einen absolut geradlinigen, vernünftigen Eindruck hinterließ und er ohne ärztlich schlechtes Gewissen wieder abziehen konnte. Wild entschlossen stand ich vom Sofa auf und öffnete Kühlschrank und Gefrierfach. Wenn ich nur an Essen dachte, wurde mir zwar absolut übel, aber essen machte immer einen guten Eindruck. Und mal ganz ehrlich. Ich hatte keinen Schimmer, wann ich das letzte Mal etwas gegessen hatte. Ich zog eine Tiefkühlpizza aus dem Fach und schob sie in den Ofen. Dr Manuel sah mich wieder mit leicht amüsiert besorgtem Blick an „Die Folie sollten Sie vielleicht noch entfernen, sonst wird es furchtbar stinken".

Ach, eigentlich war doch alles egal, sollte er mich doch einweisen, vielleicht würden die mich mit Medikamenten einfach so zudröhnen, dass ich von nichts etwas mitbekam. Und ich wäre wenigstens von diesen ganzen Verrückten weg.

Völlig lethargisch und orientierungslos ließ ich mich mit dem Rücken den Kühlschrank entlang auf den Boden sinken.

Dr. Manuel öffnete den Ofen, enthäutete die Pizza und schob sie wieder hinein. Er öffnete den Kühlschrank und holte eine Flasche Cola hervor, goss mir ein Glas ein und reichte es mir. Es hämmerte schon wieder an der Tür. Dr. Manuel öffnete einen Spalt und ich hörte ihn sagen „Ja ja, vielen Dank, ich werde es ihr ausrichten, das ist wirklich sehr cool von dir. Nein, ich bin nicht im Rennen. Ich bin nur der schwule Berater". Ich lugte um die Ecke, aber er hatte es irgendwie tatsächlich schon wieder geschafft, die Tür zu schließen und kam mit Sekt, einer großen Auswahl an Schokolade, Pralinen und einem Buch unter dem Arm zurück.

Mittlerweile konnte ich an seinem Gesichtsausdruck lesen, dass er nun wirklich interessiert an der Geschichte war und nicht mehr nur amüsiert. Er reichte mir das Buch und nachdem ich gesehen hatte, dass es tatsächlich der Sexratgeber des verrückten Hubschrauberpiloten war, legte ich es zur Seite. Warum sollte ich es jetzt schon lesen, wenn es dann eines mit mir als Hauptdarstellerin gab? Die Pizza war fertig. Ganz geschickt in der Küche holte er sie raus, schnitt sie und reichte mir auf dem Teller ein großes Stück. „Sind Sie wirklich schwul?". Ich musste das einfach fragen –was für eine Verschwendung! Klar, schwule Männer sind super Freunde, die besten Shoppingbegleiter, haben immer ein offenes Ohr, einen guten Geschmack, können kochen usw. – von daher konnte es bei ihm natürlich tatsächlich stimmen, aber er sah einfach gut aus in seinen weißen Klamotten, mit der leicht gebräunten Haut, den blauen Augen und den feinen Fältchen um die Augen. Ich glaubte auch, er war doch nicht mehr so jung, wie ich anfangs gedacht hatte.

Er blickte von dem Sexratgeber auf, den er vor sich auf den Knien aufgeschlagen hatte – aus den Augenwinkeln konnte ich sehen, dass es auch nicht sehr appetitliche Bilder zu sehen gab (vermutlich die Erotik Drehs).

„Das ist er auch noch selber" rief er fassungslos und reichte mir das Buch. Tatsächlich! Ein besonders ekliges Bild von einem Mann in kniender Position – ähnlich eines Hängebauchschweines – trug die Unterschrift „Didi, der Meister selbst demonstriert uns die Positionen der Erfüllung". „Tja, solche tollen Typen wollen mich heiraten". Ich hatte mittlerweile schon ein Glas Sekt getrunken und fühlte mich dank Alkohol, Pizza und der Aussicht auf Schokolade tatsächlich etwas besser.

„Also, was ist jetzt? Schwul oder nicht schwul?" fragte ich kauend und reichte ihm ein weiteres Stück Pizza. „Was interessiert Sie das denn eigentlich? Nicht schwul, aber das war doch die beste Beruhigung für den Typen. Jetzt hat er schon den ganzen Kram geholt, da wollte ich ihn nicht gleich seiner Chance berauben" seufzte er und setzte sich gleich danach aufrechter hin.

„So, und jetzt gibt es irgendwie nur 2 Möglichkeiten, entweder Sie erzählen mir die ganze Geschichte und überzeugen mich davon, dass Sie es hier alleine schaffen bzw. rufen jemanden an oder ich muss Sie einweisen". Oh, strenger Dr. Manuel. Eigentlich war er wirklich ganz süß. Aber was sollte ich schon erzählen? „Mein Gott, ich habe doch schon fast alles erzählt. Es gibt nun mal Situationen im Leben, da läuft einfach nicht nur alles Scheiße, sondern auch noch besonders skurril ab. Deswegen bringe ich mich aber nicht um oder mache sonst einen Blödsinn. Es ist aber jetzt im Moment wirklich ganz nett, und ich finde es toll, dass du dageblieben bist und jetzt mit mir Pizza isst." Blieb nur zu hoffen, dass mein charmantes Lächeln und mein Überwechseln auf das „Du" ihn überzeugen konnten.

„Wenn die Männer da unten nicht real wären, ich die Anzeige nicht gelesen und den Hubschrauber gesehen hätte, könnte ich so was vermutlich nicht glauben und müsste wegen Verdacht auf Psychose wirklich einweisen. Irgendwie ist es natürlich auch lustig" prustete er auf einmal los und verschluckte sich fast an seiner Cola. Mit hoffentlich herablassendem Blick betrachtete ich ihn „Tja, so viele Frauen wollen dich vermutlich nicht heiraten" – dann versuchte ich aufzustehen, um mal unauffällig einen Blick in den Spiegel zu werfen. Das entsetzte mich so, dass ich mich am liebsten wieder fallen gelassen hätte. Meine Haare klebten am Kopf, Reste von irgendwelcher Schminke (von wann wohl?) waren quer übers Gesicht verteilt, meine Augen rot gerändert und mein T-Shirt merkwürdig verfleckt. Oh Mann, kein Wunder, dass er mich einweisen wollte. Es scharrte wieder an der Tür und irgendwie hatte ich diesmal den Eindruck, jemand wollte sie aufbrechen bzw. dilettantisch versuchen, sie mit irgendwas zu öffnen.

Wir sahen uns an. „Also, das muss jetzt mal ein Ende haben". Energisch stand Dr. Manuel auf und öffnete die Tür einen Spalt, wich aber gleich wieder nach hinten, weil ihn grelles Blitzlicht traf. „Frau Mertens, was macht die Suche nach einem Heiratskandidaten? Wer wird's denn werden. Gibt es schon erste Favoriten?". Manuel trat mit Druck gegen die Tür, schloss sie und lehnte sich dagegen. „Gib mir mal mein Handy aus der Jackentasche" rief er mir zu und ich begann seine Taschen zu durchwühlen. Nicht sehr aufschlussreich,. Kaugummis, eine Taschenlampe und schließlich das Handy. Ohne von der Tür wegzugehen, suchte er eine Nummer und wählte sie schließlich.

„Hallo Christopher, hier ist Manuel. Ja, danke ganz gut. Kannst du mir einen Gefallen tun? Schillerstraße 12, da ist ein Pulk liebeskranker Männer, kannst du sie alle heimschicken und vielleicht für die nächsten Stunden jemand abstellen, der sicherstellt, dass Haus und Wohnung nicht weiter belagert werden? Außerdem ist eine Scheibe eingeworfen, da müsste eine Notverglasung her. Jaja, genau, ach du hast schon gehört. Genau, ich bin's jetzt schon geworden – ich erzähl dir das ein andern mal, o.k.? Danke dir, Ciao".

Er klappte das Handy zu „Also, jetzt kommt sofort ein Einsatzkommando und die schaffen die dann fürs erste Mal weg, ist halt nur die Frage wie lange" – mit amüsiertem aber mittlerweile auch mitleidigem Blick schaute er mich an. „Gibt es keinen Ort, wo du hin könntest? Für ein paar Nächte wenigstens? Die werden dir hier keine Ruhe lassen." Resigniert schüttelte ich den Kopf „Ne, schon komisch irgendwie. Da hat man eigentlich einen Haufen Freunde und wenn's dann so kommt, ist irgendwie keiner übrig. Ich könnte ins Hotel gehen, aber ich glaube, das würde mich völlig depressiv machen.

Er sah mich nachdenklich an „O.k, ich kann dir die Heilsarmee anbieten, die liegt auf dem Weg zu mir nach Hause, ansonsten kannst du wenn du willst erst mal zu mir kommen. Ich habe viel Platz, meine Freundin hat vor ein paar Wochen die Flucht ergriffen. Aber jetzt muss was passieren, die werden sich nicht lange verjagen lassen und ich brauch dringend eine Dusche" sagte er und kramte in seinen Taschen.

Unschlüssig trat ich von einem Bein auf das andere. Ich brauchte auch eine Dusche. Und wohin? Ich konnte Frank anrufen, aber der widerte mich an. Wer wusste, was er mit Anne schon ausgeschachert hatte. Hier bleiben war auch unmöglich – ich könnte nie das Haus verlassen. Aber mitgehen? Mit einem wildfremden Notarzt? Andererseits war die ganze Situation so daneben, es kam wirklich nicht mehr drauf an.

„O.k., das ist nett von dir. Ich muss auch duschen und muss irgendwelche Sachen suchen" antwortete ich unschlüssig.

Manuel sah mich ernst an, „Pass auf, du kannst hier nicht bleiben. Ich gebe gerne zu, dass ich sehr an der ganzen Geschichte interessiert bin, rein aus Neugier, aber du musst keine Angst haben, dass ich mich an dich ran schmeiße oder dich bedränge. Ganz ehrlich habe ich die Nase von Frauen im Moment ziemlich voll. Ich habe eigentlich seit 2 Stunden frei, mag dich hier nicht alleine lassen und will aber auch nicht stundenlang überlegen, was man machen könnte. Wenn du magst komm mit, ansonsten musst du dir überlegen, wen du anrufst, ich kann dich hier nicht alleine lassen".

Ich hatte niemanden zum anrufen. Bevor ich meine Mutter anrief, würde ich mich lieber einweisen lassen. Ich musste ein paar Sachen einpacken und sollte ich hier noch duschen oder bei ihm? „Kann ich noch schnell duschen?" fragte ich. „Es geht nicht um den Abtransport in den Knast – klar kannst du duschen" erwiderte er wieder mit diesem leicht amüsierten Blick.

Nach der Dusche suche ich meine Tasche und warf relativ wahllos Klamotten hinein? Brauchte ich Arbeitsklamotten? Würde ich wieder in die Arbeit gehen? Ich warf alles rein: Shirts, Jeans, Röcke, Hosenanzüge, Kosmetika, kreuz und quer. Ich sah immer noch schaurig aus, die roten Ränder um die Augen waren geblieben, aber immerhin erwies sich der neue Haarschnitt als wirkliches Phänomen. Die Haare glänzten wieder und sahen wie frisch geschnitten aus. Ich sah mich um, die ganze Wohnung war mir fremd. Obwohl ja meine Sachen noch da waren, war es irgendwie nicht mehr ich, die hier wohnte.

Manuel stand am Fenster und hatte wohl die Situation beobachtet. „O.k, jetzt sind sie erst mal alle weg, der Zeitpunkt ist günstig. Ich habe nur kein Auto da, entweder hole ich die Rufbereitschaft oder wir nehmen ein Taxi". Im Sprechen hatte er sich umgedreht und betrachtete mich erstaunt „Wir können mein Auto nehmen – was ist?" fragte ich aufgrund seines amüsierten Blicks leicht aggressiv. „Unglaublich, was eine Dusche und neue Klamotten ausmachen. Eigentlich siehst du jetzt fast wieder normal aus". „Na Danke. Das ist mal ein tolles Kompliment".

Ich wuchtete meine Tasche und griff mir Autoschlüssel und Geldbeutel. „Also dann los".

Als ich meine Tür absperrte – warum eigentlich? - öffnete sich die Nachbartür und meine Nachbarin steckte den Kopf durch die Tür. Außer ein paar Worten und „Guten Morgen" hatten wir bisher nie ein Wort gewechselt. Sie wohnte noch nicht lange hier und ich wusste auch nicht, was sie machte und ob sie alleine wohnte. Sie war ca. Mitte 40 und hatte einen auffallenden roten Kurzhaarschnitt. „Haben Sie ein Problem in der Wohnung? Kann ich Ihnen helfen?"

Sie blickte auf meine volle Tasche. Bevor sie noch etwas erwidern konnte, schulterte ich meine Tasche und antwortete knapp „Nein, alles klar. Sie können gerne sämtlichen hier auftauchenden Männern verkünden, dass ich mich in Richtung Flitterwochen auf Hawaii befinde und bedienen Sie sich ruhig an allen Männern, wenn Ihnen einer gefällt. Ich brauche sie alle nicht mehr. Danke aber für ihr Angebot".

Sie wollte noch etwas sagen, ich hatte Manuel aber schon am Arm gepackt und die Treppen herunter geschoben. Das fehlte mir jetzt noch: Plausch mit der Nachbarin!

Auf der Straße musste ich erst mal angestrengt überlegen, wo ich mein Auto geparkt hatte. Wann war das überhaupt gewesen? Wie viele Tage war das her? Nachdem ich immer mit der U-Bahn in die Arbeit fuhr, verwendete ich das Auto nur fürs Weggehen oder weitere Fahrten. Ich war aber anscheinend auf dem richtigen Weg, denn schon von weitem sah ich, dass auch mein Auto nicht verschont geblieben war. Mein kleiner schwarzer Flitzer war mit roten Herzen besprüht worden und viele Dosen hingen an ihm. Unzählige Briefe klemmten unter den Scheibenwischern. „Dein Auto ist glaub ich doch nichts. Aber wir können ja die Briefe als Lektüre mitnehmen" sagte Manuel mit trockener Stimme und ignorierte meinen schwankenden Schritt.

„Das sicherste ist doch die Rufbereitschaft, weil jeder Taxifahrer meldet vermutlich die Adresse und dann haben wir die Bildzeitung eben bei mir vor der Tür sitzen". Manuel zückte sein Handy und telefonierte. „Wer kommt jetzt?" fragte ich leicht alarmiert. „Jetzt kommt ein leerer Ambulanzwagen und nimmt uns zum Krankenhaus mit, da steht mein Auto in der Tiefgarage und dann fahren wir. Wenn du ganz sicher sein willst, reden wir im Krankenwagen nicht darüber, dass du zu mir willst und ich setze mich nach vorne, o.k.?".

Ich nickte schwach und fühlte Wut in mir aufsteigen. Wem hatte ich diesen ganzen Scheiß eigentlich zu verdanken? In den letzten Stunden war ich so mit den sich überschlagenden Ereignissen beschäftigt gewesen, dass ich diese Frage völlig aus den Augen verloren hatte. Allerdings hatte ich auch keine Ahnung wie ich das raus finden sollte. Anne wusste es bestimmt, würde es mir aber wohl kaum ehrlich sagen – wenn sie es nicht sogar selbst gewesen war.

Der Krankenwagen kam und ich blieb stehen während Manuel mit den Sanitätern sprach und mir schließlich die hintere Tür öffnete, auf die Pritsche wies und sich selbst nach vorne setzte. Ganz der arrogante Arzt. Toll! Die Fahrt war holperig und ich fragte mich, wie man sich wohl fühlen musste, wenn es einem schlecht ging und man so durchgeschüttelt wurde. Vielleicht besser, weil der anwesende Notarzt einem dann die Hand hielt statt sich angeregt über Fußballergebnisse zu unterhalten.

Die Fahrt dauerte nicht lange und Manuel öffnete meine Tür, griff nach meiner Tasche und führte mich Richtung Krankenhaus.

„Schaffst du das alleine oder sollen wir mit?" fragte ein Sanitäter mit mitfühlendem Blick. „Ach wo, das schaffe ich schon, ich schreibe nur die Einweisung und den Papierkram und liefere sie auf Station ab".

Mir wurde heiß und kalt. Hatte er mich jetzt doch gelinkt? Ich versteifte mich unter seinem Griff, spürte jedoch wie er mich in den Arm zwickte und zischte, ich solle jetzt bloß den Mund halten. Er trat ein, winkte noch mal und ging zielstrebig mit mir die Gänge entlang bis wir zu einem Aufzug kamen, wo er mich losließ.

„Spinnst du eigentlich?" fragte ich empört. Sein Blick war nicht mehr amüsiert, sondern leicht gereizt.

„Wer wird denn von 1000 geilen Männern verfolgt? Von der Bildzeitung usw.? Ich bin ja bloß froh, dass die Polizei dich nicht sucht. Frauen haben einfach alle einen an der Klatsche, keine Ahnung warum ich mir das eigentlich antue". Oh, er war verärgert. Eigentlich verständlich. Kurz vor Feierabend einen Einsatz bei einer durchgeknallten, von Männern verfolgten zerstörten, im dreckigen Shirt rum sitzenden Frau zu haben, die dann noch so undankbar war wie ich wenn sie gerettet wurde…

Wir fuhren im Aufzug nach unten. Ich rieb mir die Augen und sah ihn an „Hör zu es tut mir leid. Ich dachte wirklich du willst mich jetzt doch irgendwie in der Klapse abliefern. Es ist supernett was du machst und ich weiß auch nicht, warum du dir das antust.".

„Ist schon gut. Lass mich duschen und was essen, dann beruhige ich mich schon wieder" seufzte er und öffnete die Aufzugtür, die direkt in die Tiefgarage führte. Ich trottete ihm hinterher bis er schließlich bei einem schwarzen Kombi stehen blieb und den Kofferraum für meine Tasche öffnete. „Müssen wir jetzt eigentlich wie im Fernsehen darauf achten, ob wir verfolgt werden"? fragte er, während er die Auffahrt raus fuhr und sich zügig in den Verkehr einfädelte.

Wir fuhren auf den Ring und dann nicht allzu weit bis zu einer ruhigen Wohngegend, wo er vor einem sanierten Altbau anhielt und auf einem reservierten Stellplatz „Dr. Sörensen" parkte.

„Hier wohnen eigentlich fast nur Männer im Haus, alle mehr in der Arbeit als zuhause, dementsprechend dürften sie auch eher nicht über deinen Bildzeitungswettbewerb informiert sein. Außer natürlich du möchtest dir hier einen Kandidaten akquirieren. Wobei wir die Zeitung unbedingt irgendwo kaufen müssen, das interessiert mich". Mich interessierte es ehrlich gesagt überhaupt nicht, aber bitte, wenn ich ihm damit ein Vergnügen bereiten konnte.

Schweigend folgte ich ihm ins Haus und in den Aufzug. Im 5. Stock stiegen wir aus und ich sah, dass es 2 Wohnungstüren in dem Stockwerk gab. Also musste die Wohnung groß sein – bei 2 Wohnungen pro Stock und der Größe des Hauses…Ja, und die Wohnung war wirklich groß – beim Eintreten hatte ich das Gefühl, der Flur wäre so groß wie meine ganze Wohnung. Nach dem Flur kam man in einen sehr großen offenen Küchenbereich, der direkt in ein riesiges Wohnzimmer mit Blick auf eine große Dachterrasse mündete.

„Ich habe hier unten noch ein Arbeitszimmer mit Sofa und Bad und oben 3 Zimmer und ein Bad. Ein richtiges Bett habe ich nur in meinem Schlafzimmer. Aber in den anderen Zimmern stehen Sofas, oder wenn dir das lieber ist, können wir auch eine Matratze auslegen, ist vielleicht auf Dauer für deinen Rücken besser".

Auf Dauer? Von welcher Dauer ging er denn aus? Ich folgte ihm die Treppe nach oben. Rechts ein großes Schlafzimmer mit Balkon, anscheinend seines, mäßig aufgeräumt und links daneben direkt angrenzend ein Bad und 2 weitere Zimmer. Alles war farblich perfekt aufeinander abgestimmt. Handtücher im Bad zu den Kacheln, die duftigen Gardinen passten zu den Holzböden, unten die Geschirrtücher passten garantiert auch zu dem Rest (Gardinen gab es nicht, aber dann vermutlich zu den Töpfen).

„Meine Exfreundin hat das alles so penibel eingerichtet und abgestimmt, mit jeder Woche, die sie länger weg ist, verblasst der Style" lachte Manuel leicht verbittert.

„Hat sie gar nichts mitgenommen von den Sachen?" fragte ich ganz praktisch, nachdem mir auffiel, wie wenig Lücken es hier gab im Gegensatz zu meiner Wohnung, die nur noch aus Bruchstücken bestand. „Naja, natürlich hat sie das eine oder andere mitgenommen, aber bei den meisten Sachen hat anscheinend selbst sie sich das nicht getraut" antwortete Manuel jetzt eindeutig verbittert. Ich blickte ihn an, er sah weg. „Warum? Wie meinst du das?". Er war offensichtlich noch nicht über die Trennung hinweg, ich ja auch nicht, aber bei ihm gab es deutlich mehr Wut als bei mir. „Sie hat das alles mit meinem Geld bezahlt" sagte er einfach und sah sich dabei um, als ob er all die mit seinem Geld gekauften Sachen am liebsten rauswerfen würde.

Während er redete, hatte er die Notarztjacke abgestreift und war in Richtung Bad gegangen. „Ich geh schnell duschen. Sieh dich ruhig um und überleg dir welches Zimmer du magst, mir ist es wirklich egal. Du kannst jedes haben. Wenn du ein eigenes Bad willst und lieber etwas Distanz magst, ist unten sicher besser, andererseits haben die oberen Zimmer alle einen besseren Blick und gehen auf den Balkon raus. Mach wie du meinst." Im Reden hatte er schon sein Shirt abgestreift und ich drehte mich lieber um. Chemische Reaktionen auf Notärzte, die mich noch vor einer Stunde in die Psychiatrie einweisen wollten, sollten lieber unterbleiben.

Ich konnte keine Entscheidung treffen. Wieder erfassten mich diese Unruhe und diese Leere. Meine Gedanken fingen an zu kreisen. Um die Arbeit – sollte ich wieder hingehen? Sollte ich mich krankschreiben lassen, kündigen, mich beurlauben lassen? Und Frank? Empfand ich eigentlich etwas für ihn? War es nur Lust gewesen? Die Faszination des Anders sein? Die Faszination, dass jemand meine Gedanken lesen konnte. Über was hatten wir uns eigentlich unterhalten? Wusste ich eigentlich noch etwas über ihn? Und Tobias? Was empfand ich für ihn? Bei dem Gedanken, dass er weg war, dass er mit meiner besten Freundin geschlafen hatte?

Auf einmal stand Manuel hinter mir. „Willst du nicht erst mal deine Jacke ausziehen? Und dich setzen?" fragte er mit überraschend sanfter Stimme. Er nahm meine Jacke und schob mich in Richtung Sofa. Dann ging er in den Küchenbereich und drückte irgendwelche Knöpfe an einer neumodischen Espressomaschine. Er stellte je ein Glas Wasser und eine Tasse Milchkaffee vor uns hin.

„Machst du das eigentlich öfter?" fragte ich ihn, in meinem Kaffee rührend. Er sah mich fragend an „Was?". „Deine Patienten mit heim nehmen?". Manuel zog eine Augenbraue hoch „Sehe ich so aus? Nein, natürlich nicht. Bis vor kurzem hat meine Freundin noch hier gewohnt, da hätte ich sowieso keinen Platz gehabt. Außerdem fahre ich nur ab und zu Notarzteinsätze und natürlich mache ich so was eigentlich überhaupt nicht. Deine Geschichte war einfach so skurril, du hattest niemanden und ich wollte dir die Psychiatrie bzw. das Krankenhaus ersparen".

„Was machst du sonst?" fragte ich neugierig. Manuel wand sich ein bisschen als ob ihm die Frage unangenehm wäre. Ich blickte ihn aber fest und durchdringend an. An meiner schrecklichen Geschichte weidete er sich schließlich auch und was sollte es schon schlimmes geben? „Ich mache das einfach so, im Moment zur Ablenkung und sonst weil es zu wenig Notärzte gibt und weil mir öfters mal ein bisschen öde ist". „Wieso, wo bist du denn sonst?" fragte ich jetzt erst recht gespannt, klang ja fast wie Frankenstein in der Freizeit. Manuel seufzte, anscheinend hatte er resigniert „Ich bin Gynäkologe, im Krankenhaus". „Und da ist einem langweilig? Bei den ganzen Geburten und kranken Frauen und was weiß ich noch allem?". Das konnte ich nicht glauben, meine

Gynäkologin erzählte immer Schauergeschichten aus ihrer Krankenhauszeit. Er seufzte noch mal tief „Ich bin Oberarzt, da wird einem schon mal langweilig, glaub mir".

Oberarzt? Wie alt war er denn? Und wieso war ich überall nur von solchen beruflich erfolgreichen Menschen umgeben? Vermutlich war ich die einzige Person weit und breit, deren Job völlig in Scherben lag, ohne Aussicht auf Erfolg und Regeneration. Ich sank noch ein bisschen in mich zusammen und fragte schon fast kleinlaut „Wie alt bist du eigentlich?". Wieder ein Seufzen „39, warum?".

Oh Mann, 39 und Oberarzt! Ich war ja nicht so drin in der Arztszene, vielleicht hatte ich früher mal ein paar Arztromane in der Badewanne gelesen, aber sonst hatte ich nichts damit zu tun aber selbst mir fiel auf, dass das schon sehr jung sein musste. Noch dazu sah er viel jünger aus! Kein graues Haar, durchgängig wuschelig, blond und voll, schlank, kein Gramm Fett zu sehen. Im besten Fall sah ich so alt aus wie ich war, aber auf keinen Fall jünger. Es war einfach alles ungerecht. Irgendwie konnte ich mir wirklich nicht vorstellen, dass mich irgendwas noch aufheitern oder ablenken könnte. Na ja, gut, da hatte ich mich getäuscht.

Es klingelte im selben Moment an der Tür. Manuel stand auf, anscheinend froh über die Ablenkung und öffnete die Tür. Wie bei einem Wirbelsturm wehte es eine kleine, leicht dickliche rothaarige Frau hinein, die sofort loskeifte. „Wie konntest du das tun? Du dreckiger Hurensohn. Du denkst wohl, du kannst dir jetzt einfach die nächste in deinen Luxusstall holen und durchvögeln, oder wie? Und so wie die aussieht, wird sie dir bestimmt einen Stall voll Kinder machen. Ihr habt das alles nicht verdient, alles hat sie dir hier gemacht! Wie es vorher ausgesehen hat. Und du kleine Schlampe wirst auch noch sehen, auf was du dich einlässt. Wie siehst du eigentlich aus! Du fette Kuh! Du frigide Schlange, du hast es dir doch bisher selbst besorgt, Du…"

Ich war sprachlos und Manuel war es anscheinend auch eine gewisse Zeit gewesen, bis zu dem Moment, an dem sich der geballte Hass auf mich ergoss. Er öffnete in einer schnellen Bewegung die Tür, schubste die Frau hinaus und sagte sehr ruhig „Abhauen oder Sicherheitsdienst. Überleg es dir – und komm nie wieder!". Sie war überrascht und geriet ins Stolpern, mit einem letzten Schubs war sie draußen und Manuel hatte mal wieder bewiesen, dass er ungebetene Gäste schnell hinaus schaffen konnte.

Mit ein paar Schritten war er an der Stereoanlage und Musik übertönte das Geschrei der Frau. Ich überlegte, ob ich fragen sollte, wer das gewesen war.

Seine Exfreundin ja wohl kaum. Egal, ich war neugierig und Manuel wollte bestimmt auch mehr von meiner Story hören.

„Was war denn das?" fragte ich vorsichtig. Manuel rieb sich die Augen und sah auf einmal sehr müde aus „Die Mutter meiner Exfreundin. Eine wahre Furie". „Oh Mütter sind natürlich was Schreckliches. Meine ist auch wirklich schlimm" beeilte ich mich mitfühlend zu sagen. „Antonia, so schlimm kann deine Mutter gar nicht sein. Ich hätte es gleich am Anfang wissen müssen. Wer so eine Mutter hat und es nicht schafft, sich abzugrenzen, ist selber nicht weit davon entfernt".

Oh Gott, war ich abgegrenzt zu meiner Mutter? Ich glaube, es gäbe für mich nichts Schlimmeres, würde jemand sagen, ich wäre – auch nur ein bisschen – wie meine Mutter. Ich wusste nicht, was ich sagen sollte. Es interessierte mich brennend. Was hatte sie mit einem Stall voll Kinder gemeint? O.k. sie hatte mich eine frigide Kuh genannt, aber im Moment war ich das vielleicht ja auch. „Ich weiß nicht, was ich jetzt sagen soll. Du hast mir schon so viel geholfen, ohne etwas von mir zu wissen. Ich würde dir auch gerne helfen, allerdings will ich auch nicht neugierig fragen und dir weh tun. Sag mir einfach, was ich tun soll!"

Und sag jetzt bloß nicht, du willst nicht drüber reden, flehte ich innerlich. Ich war eigentlich sogar bereit, meine ganze vertrackte Erbtantengeschichte im Gegenzug auf den Tisch zu legen. Manuel hatte anscheinend genug Geld, der würde sich wenigstens nicht von meinem Heiratsroulette erpresst fühlen. „Ich rede eigentlich nicht darüber, aber du wohnst ja jetzt hier und womöglich lauert sie dir auch noch mal auf. Eigentlich gibt es nicht viel zu erzählen. Karen, meine Exfreundin, ist Model. Sie sieht gut aus usw. und hat diese schreckliche Mutter, die unser Leben eigentlich immer wenn nicht dominierte dann doch entscheidend beeinflusste. Eigentlich passte es schon lange nicht mehr zwischen uns. Wir waren einfach zu verschieden. Karen wollte auf Partys gehen, ich hatte nach einem Tag Klinik keine Lust auf schicke Menschenmassen. Ich habe mir schon immer das gekauft, was mir gefällt, ob es nun das richtige Label hat oder nicht. Ich kaufe auch den Wein, der mir schmeckt und nicht den vom Weingut eines Herrn X, weil der in den passenden Kreisen verkehrt. Wir waren da einfach sehr gegensätzlich, aber ich dachte immer, ich würde sie lieben und sie mich usw. Dann wurde sie ungeplant schwanger. Trotz aller Differenzen habe ich mich sehr gefreut. Ich bin 39 und ja, der Gedanke, ein Kind zu haben, war einfach schön. Für Karen brach eine Welt zusammen. Sie befürchtete, nicht mehr modeln zu können und ihre Karriere unterbrechen zu müssen. Nachdem sie sowieso schon immer mein Geld sehr großzügig ausgegeben hatte, versuchte ich sie zu beruhigen, dass das nur vorübergehend wäre und wir uns dann ein Kindermädchen suchen könnten usw. Irgendwie funktionierte das auch und ich dachte, alles wäre o.k. Ich wollte am liebsten täglich Ultraschall machen und unser Baby anschauen. Eines Tages kam ich abends heim und sagte zu ihr, ob wir nicht morgen zusammen in die Klinik zum schallen wollten. Sie lächelte mich nur kühl an und teilte mir mit, dass sie es sich doch anders überlegt und das mit dem Kind gelöst hätte. Ich verstand erst mal gar nicht, was sie mir sagen wollte, bis ich begriff bzw. sie es mir erklärte. Sie war längst bei verschiedenen Ärzten gewesen und hatte dann das Kind schließlich abgetrieben. Es war unvorstellbar für mich! Ich bin Gynäkologe und sie geht einfach irgendwo hin und lässt unser Kind von irgendwem abtreiben. Ich flippte total aus, schüttelte sie, schrie sie an, warf ihr ganzes Zeug über den Balkon nach draußen. All die Klamotten, Kosmetika und den ganzen Scheiß. Ich war völlig außer mir. Viel mehr gibt es dazu nicht mehr. Ich habe sie rausgeschmissen und seitdem vegetiere ich vor mich hin. Anscheinend ist ihre Mutter nicht ganz so damit einverstanden und hat mich immer beobachtet. Als sie dich jetzt mit der großen Tasche sah, rief sie das wohl auf den Plan".

Manuel wirkte nach diesen Sätzen völlig erschöpft und ich war sprachlos. Diese Gefühllosigkeit war unglaublich. Wäre Manuel eine Frau gewesen, ich hätte keine Sekunde gezögert und ihn in den Arm genommen. Egal, mir standen die Tränen selber in den Augen und der Kloß tief im Haus. Ich wechselte die Sofaseite und nahm ihn spontan in die Arme. Ich spürte seine Anspannung und sein innerliches Schluchzen.

„Weißt du, wenn Männer nicht immer meinen würden, sie dürften nicht richtig laut heulen, würde es ihnen glaub ich besser gehen. Richtig lautes Heulen befreit" murmelte ich in sein Haar. Wir saßen eine ganze Weile so da und auch mir gab es Trost, für ihn da zu sein. Mein eigenes Elend erschien mir auf einmal sehr klein dagegen. Andererseits war ich schon immer so unpatent gewesen. Anne hätte vermutlich sofort gewusst, was zu tun wäre. Mit Kissen, warmen Tee, einem Schnaps was weiß ich. Ich hatte unschlüssig immer noch eine Hand auf seiner Schulter abgelegt und wusste nicht, was ich tun sollte. Ich erinnerte mich aber daran, wie wohltuend ich Frank empfunden hatte, der gar nichts gesagt hatte und mich einfach gestreichelt hatte. Frank! Da war er wieder in meinen Gedanken!

Ich schob die Gedanken an den Gedankenleser mit den sanften Händen beiseite und drückte Manuel tiefer in die Kissen. Dann ließ ich meine Hand auf seiner Schulter und streichelte mit der anderen sanft und monoton über den Kopf. Ich kam mir komisch vor, andererseits war es für Frank damals einfacher gewesen, da ich im Bett lag und wir außerdem die Nacht vorher miteinander verbracht hatten.

„Entschuldige, aber ich glaube, ich verliere auf die Art meine Kontaktlinsen" hörte ich auf einmal und schreckte auf. Oh nein, ich streichelte mittlerweile nicht mehr seine Stirn sondern irgendwie seine Augen und Manuel blinzelte schon so komisch. „Oh, das tut mir leid. Ich bin irgendwie immer so blöd". Mist, nicht mal so was konnte ich. Manuel machte mittlerweile gar nicht mehr einen so schlimm betroffenen Eindruck und sah mir offen ins Gesicht. „Danke Toni, es ist schon gut. Ich habe an der Sache wirklich ganz schön zu kauen, keine Frage, aber ich denke das Schlimmste ist rum und irgendwie muss es ja weiter gehen. Aber eines möchte ich dir noch sagen, wirklich, glaub das nicht von der alten Schreckschraube. Ich würde mich lieber völlig fernhalten von Frauen, ich habe dich nicht mitgenommen, weil ich irgend einen Ersatz oder irgendeine fürs Bett suche. Wir können uns hier denke ich so aus dem Weg gehen, wenn du das willst, dass wir uns kaum begegnen".

„Oh nein, bitte nicht. Ich will dir gar nicht aus dem Weg gehen. Dann hätte ich ja auch ins Hotel gehen können. Klar, ich will dir nicht auf die Nerven gehen, aber ich bin froh, wenn ich nicht alleine bin. Ich fürchte bloß, ich kann mich nicht so richtig nützlich machen. Ich kann eher nicht kochen, so ein stilistisches Händchen habe ich auch nicht, na ja putzen kann ich" beeilte ich mich zu sagen. Manuel lachte „Das macht die Putzfrau. Nicht erschrecken, die kommt 2x die Woche und wäscht auch die Wäsche. Gehst du eigentlich arbeiten?".

Tja, toll, diese Frage. Ging ich arbeiten. It's your turn Mrs Martens. Jetzt kam wohl mein gruseliger Teil der Geschichte.

Relativ nüchtern erzählte ich meine Geschichte. An seinem Gesicht ließ sich nicht ablesen, was er dachte – ein echtes Pokerface.

Ich ließ auch die Seiten der Geschichte nicht aus, die mich eher ungünstig präsentierten, was sollte es, es war alles passiert und er hatte auch die ganze grässliche Geschichte von sich raus gelassen. Während ich erzählte, lief er rückwärts (ich lief nur rückwärts wenn ich Leuten den Anblick meines Pos ersparen wollte) in den Küchenbereich und holte eine Weinflasche und 2 Gläser. Vermutlich wollte er damit volle Aufmerksamkeit demonstrieren. Das

Erzählen befreite komischerweise und an manchen Stellen musste ich fast selber schmunzeln. Andererseits machte mir das Erzählen auch wieder klar, wie vertrackt die ganze Sache eigentlich war. Chaos in den Gefühlen, Chaos in der Arbeit, kein Geld, viel Geld mit Mann, schreckliche Mutter, viele schreckliche Männer vor der Tür…

„Den Rest kennst du ja und jetzt bin ich hier" schloss ich mein Märchen und nahm einen großen Schluck aus dem Weinglas.

Dabei fiel mir ein, was Tobias immer bemängelt hatte „Entschuldige, ist eine schlechte Angewohnheit von mir. Ich trinke immer schon vor dem Anstoßen und so" seufzte ich.

Manuel nahm ebenfalls einen Schluck und sah mich nachdenklich an „Solche brutalen Brüche in allen Richtungen schreien immer nach einem Neuanfang. Wenn nicht jetzt wann dann. Rechne dir aus, wie viel Geld du brauchst und überleg dir, wie schnell du Geld mit Kolumnen oder dem was du machen willst, verdienen kannst. Dann nimm dir die Zeit, genieß dein Leben wieder und lass es passieren. Vielleicht begegnest du dem Mann deines Lebens und heiratest, dann wirst du auch noch reich. Vielleicht auch nicht, dann wirst du vielleicht glücklich. So wie es jetzt ist, kannst du nicht weitermachen".

Das ahnte ich ja selber. Aber ich hätte am liebsten einen Guru oder Aladin aus der Wunderlampe gerufen, der mir gesagt hätte, was ich machen sollte. „Und was soll ich mir all den Leuten machen? Mit Frank? Mit Anne? Mit dem Arsch, der mir die Annonce zugedacht hat?" fragte ich.

„Nichts. Es gibt keine Lösung. Frank hat womöglich nie das gemacht, was du ihm vorwirfst. Dass er mit dir geschlafen hat, muss nichts mit dem Job zu tun haben. So wie du es schilderst, hätte er den sowieso bekommen. Dass er mit dir ein Wochenende verbracht hat, muss aber ebenso wenig heißen, dass er dich liebt. Deine Freundin hat mit deinem Exfreund geschlafen, vielleicht auch mit Frank, vermutlich ist sie einfach eifersüchtig auf dich" analysierte Manuel.

„Anne ist niemals eifersüchtig auf mich! Sie ist perfekt im Gegensatz zu mir. Sie braucht keine Zigaretten, sie macht immer das richtige zum richtigen Zeitpunkt, es ist immer ordentlich bei ihr, ihre Arbeit ist perfekt, sie schaut besser aus usw." rief ich dazwischen.

Manuel lächelte nur fein und schüttelte den Kopf „Das ist deine Perspektive der Dinge. Du siehst nur das, was du nicht hast. Sie sieht aber das, was sie nicht hat und du nicht siehst. Männer wollen normalerweise keine perfekten Frauen, sie wollen chaotische Frauen. Perfekte Frauen wirken bedrohlich, chaotische Frauen menschlich. Um chaotische Frauen meint man, sich kümmern zu müssen. Wer will schon eine perfekte Frau? Wen stören schon ein paar Zigaretten ab und zu? Die Optik wird von euch Frauen viel zu sehr überbewertet. Wenn du eine Freundin hast, die z.B. Model ist, ist es natürlich nett, wenn die jeder toll findet. Wenn sie aber dann kein Essen genießen kann, Wiegen die liebste Beschäftigung wird und es eine Katastrophe ist, wenn in einem Hotelzimmer keine Waage steht, willst du keine perfekte Frau mehr. Wenn sich die Haut einer Frau weich anfühlt und sie gut riecht, ist es dann ein Unterschied, ob sie 50, 60 oder 70 Kilo wiegt?".

Oh je, diesen Mann mussten eigentlich alle Frauen lieben. Welch ein Plädoyer! Seine Ansprache verunsicherte mich aber trotzdem. Schließlich hatte ich mich Jahre lang Anne gegenüber unterlegen gefühlt. Andererseits war sie immer an komische Männer und noch merkwürdigere Affären geraten. Und hatte mich immer glühend um Tobias beneidet... Aber hatte mein Chaos je Männer angezogen?

Im Moment konnte ich mir nicht vorstellen, dass Männer sich jemals wieder von mir angezogen fühlten würden. Ich musste dieses Thema verdrängen. Eigentlich wollte ich nicht mehr in die Arbeit. Nach dem letzten Auftritt sowieso nicht. Es reizte mich auch, wieder zu schreiben, aber es wäre gelogen, würde ich freudig optimistisch „Ja" schreien, wenn es um das Aufgeben meiner sicheren Existenz ginge.

Statt dessen saß ich auf dem Sofa meines Notarztes, der mich eigentlich einweisen wollte, auf Frauen nicht gut zu sprechen war, eine Ex-Schwiegermutter in petto hatte, die meine eigene Mutter noch um einiges übertraf, in meiner Wohnung tummelten sich geldgeile, liebeskranke Irre, die vermutlich von meiner rothaarigen Nachbarin bedrängt wurden. Waren das glänzende Perspektiven für einen Neuanfang???

Ich konnte im Laufe des Abends Manuel nicht davon abhalten, zur Tankstelle zu fahren und sich die kommerzielle Klatschzeitung zu kaufen.

„Und? Willst du es sehen? Zu lesen gibt es ja nicht viel..." fragte er lachend als er zurück kam. Ich nickte und er reichte mir die Zeitung. Ich war auf allerhand vorbereitet gewesen, aber die Realität warf mich dann doch um. Diverse Fotos von mir, unmöglicher Art. Ein aktuelles anscheinend von der Straße aus gemacht als ich in meiner Wohnung am Fenster stand, in abgerissenem Look mit den vielen Streifen im Gesicht. Diverse alte Fotos, keine Ahnung wo sie die aufgetrieben hatten. Eines, das ich schon immer gehasst hatte, weil es mich unvorteilhaft im Bikini zeigte und mir mal wieder bestätigte, dass Bikinihöschen, die an der Seite zu binden waren, nur von magersüchtigen Frauen getragen werden konnten.

„Wo haben sie nur die Fotos her?" fragte ich fassungslos. Manuel sah mich ungläubig an „Wo sie die herhaben? Das ist doch klar. Die kommen von der selben Person, die die Annonce aufgegeben hat. Wo sollen die denn sonst so ein Bikinifoto herhaben? Sehr sexy, die Oberweite übrigens".

Ich schmiss die Zeitung nach ihm und er konnte sich vor Lachen gar nicht mehr wieder einkriegen. Der so genannte Artikel zu den Bildern ließ nichts aus, eröffnete eine Jagd auf mich in der Stadt und rief alle männlichen, heiratsfähigen und auch zeugungsfähigen !!! Männer dazu auf, sich auf die Suche nach mir zu machen und mich zu überzeugen. Die Krönung war dann noch ein Interview mit Didi, der angab, im Notfall auch ein Zelt vor meiner Wohnung aufbauen zu wollen und vermutete, dass ich mich in einer sexuellen Notkrise befinden würde und deshalb vermutlich hormonell unterversorgt irgendwo untergetaucht wäre. Didi und der Interviewer waren sich einig, dass ich nur guten Sex bräuchte, dann würde es mit mir schon wieder aufwärts gehen. Der Artikel schloss mit der Bemerkung, dass die Spur nun erkaltet sei und Hinweise auf der Hotline gerne entgegen genommen würden.

Es war mindestens wie in einem schlechten Traum. Hormonell unterversorgt! Und wer war der oder diejenige, die das ganze steuerte?

Manuel hatte sich nun wieder eingekriegt, hatte allerdings Schluckauf, was ihn nicht daran hinderte, das Thema weiter zu bereden „Irgendjemand ist es anscheinend viel Geld wert, dir das Leben so schwer zu machen. Bei allem regionalen Interesse der Zeitung an so einem Scheiß, das hat sicherlich Geld gekostet. Ich kann hormonelle Unterversorgung übrigens behandeln, wenn du willst. Medikamentös natürlich" prustete er und lachte schon wieder so viel und laut, dass er vor Schluckauf und Lachen kaum atmen konnte.

Leider konnte ich nicht mitlachen. Perverserweise musste ich daran denken, wie es wohl wäre, wenn Manuel eine hormonelle Unterversorgung nicht medikamentös behandelte. Er sah wirklich gut aus!

Kapitel 9

Die nächsten Tage verbrachte ich rastlos in Manuels Wohnung. Manuel ging mal arbeiten, mal hatte er frei, wir sprachen unbefangen miteinander, kochten auch mal etwas zusammen, aber ansonsten verhielt er sich eher zurückhaltend. Er beredete weder meine unglückliche Situation, noch fragte er bei jedem Heimkommen, was ich denn so gemacht hätte.

Immerhin war er so lieb, mir eine Krankmeldung zu besorgen, die mir für die nächsten 4 Wochen Luft zum Nachdenken verschaffte. Keine Ahnung, ob das mich weiterbringen würde…

Irgendwann hielt er es vermutlich dann doch nicht mehr aus und fragte mitten beim Abendessen (bestelltes Essen vom Thailänder) „Willst du nicht mal probieren, was zu schreiben? Hast du ein Notebook? Sollen wir deinen PC holen? Du kannst auch an meinen wenn du willst, ist kein Problem". Oh Mann! Aber ja, er hatte natürlich recht. Nur vom Starren und Zeit totschlagen, würde nichts passieren. Wenn ich nicht mehr in die Arbeit wollte, musste ich schreiben. Oder was ganz anderes machen. Darüber hatte ich mir auch schon 1000 mal Gedanken gemacht. Keine Werbeagentur würde mich nehmen, so ohne abgewickelte Kampagnen und noch dazu in meinem Zustand. Ich taugte nichts als Sekretärin, Putzfrau, Empfangsdame usw. Ganz klar, so selbstkritisch war ich schon. Ich konnte eigentlich nichts. Außer vielleicht schreiben. Vielleicht auch nicht. Früher hatte ich Kolumnen geschrieben über Frauen, über Frauen und Männer, über lästige Haustiere, es war einfach so aus mir herausgesprudelt. Ich war durch die Stadt gezogen, hatte mich mit Freunden getroffen und dort einen unerschöpflichen Fundus an Stories gefunden.

„Ich habe das Gefühl, einfach nur blockiert zu sein, nichts zu können, einen leeren Kopf zu haben. Weder wüsste ich, was ich schreiben sollte, noch wüsste ich, ob es überhaupt gut ist und wenn ich was geschrieben hätte, wüsste ich nicht, wo ich es hinschicken sollte" jammerte ich. Manuel lächelte – ich glaube, ich musste aufpassen, mich nicht neu zu verlieben, aber dieses sanfte nachsichtige Lächeln konnte vermutlich nicht nur kranke oder schwangere Frauen aufrichten, sondern ließ mich auch meine Welt immer gleich viel leichter ertragen.

„Du redest den ganzen Tag unheimlich viel. Die Sachen, die du an einem Tag erlebst, und ich meine jetzt nicht mal die liebeskranken Männer mit Sexratgebern vor deiner Tür, erleben andere im ganzen Leben nicht. Du beschreibst sie komisch, du betrachtest sie einfach oft viel lustiger als andere. Ja, und ich glaube, du ziehst es auch oft einfach an. Denk mal an gestern. Keinem anderen Menschen passieren solche Sachen".

Oh je! Gestern…

Gestern war ein Mann im Gang gestanden, sichtlich abgerissen und übellaunig, barfuss, in ausgefransten alten ausgeblichenen Jeans und einem verschlissenen T-Shirt.

Es hatte an der Tür geklingelt und normalerweise hätte ich die Tür mit einem lauten „Wir kaufen nichts" zu geknallt. Aber es war erstens nicht meine Wohnung und zweitens hatte ich gerade vorher in einer Zeitung über die magische Wirkung „Eine gute Tat am Tag" gelesen. Mindestens einmal am Tag etwas Gutes zu tun, befreie die Seele und könne einem helfen, neue inspirative Kraft zu schöpfen, so der Artikel.

„Geht bei Euch dieses Scheißteil noch?" blaffte er mich an und deutete auf den Codegeber für die Tür. Ganz offensichtlich ein mieser Trick, um an den Code zu kommen oder gleich in die Wohnung zu gelangen. Eigentlich müsste ich die Polizei holen.

Aber: die gute Tat! Ich kläre ihn also darüber auf, dass er lieber um keine Schwierigkeiten zu bekommen, schnell das Haus verlassen solle und sich in der Suppenküche ein paar Straßen weiter gleich mal eine warme Mahlzeit holen könnte. Ich konnte ihn ja als gute Tat auf keinen Fall reinlassen, schließlich war es nicht meine Wohnung und außerdem sah er extrem abgerissen aus. Dann warf ich ihm einen freundlichen Blick zu und schloss schnell die Tür, bevor er noch auf die Idee kam, sich in die Wohnung zu drängen.

Durch den Türspion konnte ich sehen, dass er anscheinend heftig fluchte und sich dann barfuss über die Treppe auf den Weg nach unten machte. Na also! Danach legte ich mich mit einem Buch in die Badewanne. Mir war schon klar, dass ich eigentlich nichts machte, als Zeit totschlagen, aber ich fühlte mich zu nichts anderem fähig.

Als ich mich gerade wieder aus der Wanne quälte, hörte ich Manuel in der Wohnung. Er lachte schon wieder! Gleich würde er vermutlich auch wieder Schluckauf bekommen! Wahrscheinlich hatte er die neueste Ausgabe des Schundblattes gekauft und ein neues schreckliches Bild von mir gesehen. „Toni? Bist du da?" hörte ich ihn rufen.

Ich wickelte mich in ein Handtuch und öffnete die Tür des Badezimmers. Ich badete immer unten. Irgendwie war es mir oben zu intim. Ich versuchte sowieso, mich nirgendwo zu breit zu machen, hatte zwar eines der Zimmer oben bezogen, aber ging zum Duschen und Baden immer nach unten, auch wenn oben eine wunderschöne große Eckbadewanne mit Whirlpool stand. Manuel stand im Küchenbereich – ohne Zeitung in der Hand und lachte immer noch.

Ich versuchte eine halbwegs würdevolle Haltung einzunehmen und hielt nach einer Zeitung Ausschau. „Komm, zeig sie mir. Was gibt es für neue schreckliche Bilder von mir?" fragte ich vermutlich leicht genervt. Manuel hatte aufgehört zu lachen und sah mich an.

„Nein, leider keine neuen Bilder. Aber es ist fast noch besser. Du hast meinen Nachbarn in die Suppenküche geschickt" – er prustete schon wieder los und meine Gedanken überschlugen sich. Nachbarn? Aber er hatte so abgerissen ausgesehen! Manuel hatte mir erzählt, dass sein Nachbar Rechtsanwalt sei. „Das kann nicht dein Nachbar gewesen sein. Er sah unmöglich aus" verteidigte ich mich, allerdings schon etwas kleinlaut. Mein Gott, der Nachbar! Manuel versuchte, sein Lachen zu unterdrücken. „Hm, kann ich mir schon vorstellen. So läuft er immer rum, wenn er frei hat. Abgerissene Jeans usw. Du würdest ihn vermutlich in Business-Klamotten nicht wieder erkennen. Er war hoch erfreut, deine Bekanntschaft zu machen".

Oh mein Gott! „Was wollte er denn eigentlich? Er wollte irgendwas mit dem Codeding?" fragte ich deprimiert. „Er war Post holen und als er wiederkam, ging seine Tür nicht mehr auf, trotz richtigen Codes. Deshalb wollte er von dir wohl etwas genervt wissen, ob es bei uns funktioniert. Er dachte vielleicht liegt es an der Stromzufuhr. Aber ich habe ihn dann aufgeklärt". Manuel unterdrückte immer noch mühsam sein Lachen und ich kam mir unglaublich blöd vor. Ich meine, es war sein Nachbar – und ich hatte ihn für einen Penner gehalten und in die Suppenküche geschickt. Vermutlich verdiente er so viel, dass es weltweit sämtliche Suppenküchen aufkaufen könnte.

Deprimiert ließ ich den Kopf hängen „Das tut mir leid. Ich gerate immer in solche Schlamassel. So ein Mist! Soll ich mal hingehen und mich entschuldigen?".

Manuel hörte endlich auf zu lachen und sah mich mit seinen blauen Augen leicht merkwürdig an „Ach Quatsch, das ist schon in Ordnung. Er nimmt dir das nicht übel. Mittlerweile geht seine Tür ja wieder auf und er ist besserer Laune. Ich hoffe nur, er hat deine Bilder nicht gesehen und beteiligt sich jetzt an der Jagd".

Ich schlug mit der Haarbürste nach ihm, er lachte wieder, wich geschickt zur Seite aus und mein Handtuch geriet ins Rutschen. Hastig zog ich es wieder hoch und ging in Richtung Bad „Ich zieh mich schnell an und bin gleich wieder da".

Im Bad lehnte ich mich an die Tür und atmete erst mal durch. Es war wirklich unpraktisch, wie ich auf diesen Mann reagierte! Wahrscheinlich war ich doch hormonell unterversorgt...

Manuel fuchtelte mit seiner Gabel vor meiner Nase rum, vermutlich um mich aus meinen Träumen zu holen.

„Hm, hab gerade an den Nachbarn denken müssen. Hat er noch was gesagt?" beeilte ich mich zu sagen. „Nein, das vergisst er bestimmt schnell wieder. Er hat ja auch vermutlich weder dein Bikinifoto gesehen, noch dich mit deinem rutschenden Handtuch" erwiderte er mit einem Lächeln im Gesicht. Es knisterte zwischen uns – keine Frage. Gleichzeitig kam in mir die brennende Frage auf, die mich schon mein halbes Leben interessierte.

„Sag mal, du bist der erste Gynäkologe, den ich persönlich kenne und den ich mich das fragen traue. Aber wie ist das denn als Mann? Wie ist das wenn man eine schöne Frau untersucht? Wie ist es mit Frauen privat, wenn man arbeitsmäßig dauernd den ganzen Tag lang anderen Frauen zwischen den Beinen rum fummelt?".

Erwartungsvoll setzte ich mich auf und sah ihn an, nicht ohne seinen leicht fassungslosen Blick zu registrieren. „Siehst du, das meinte ich. Ich habe noch nie eine Frau kennen gelernt, die so ist wie du. Du schickst meinen Nachbarn, der 2 Porsche fährt, und nicht weiß, wohin mit seinem Geld, in die Suppenküche, regst dich über ein altes Bikinifoto von dir aber nicht über die Tatsache, dass es jemand der Zeitung geschickt hat, auf, starrst dann ewig in dein Essen und gerade als ich überlegte, ob ich dich küssen soll, kommst du mit so was. Warum schreibst du nicht einfach, was du redest? Warum schreibst du nicht einfach über so was wie meinen Nachbarn? Aber jetzt zu deiner Frage.

Schöne Frauen sprechen mich vermutlich genau in den Momenten an, in denen sie auch andere Menschen ansprechen. Wenn sie vor mir sitzen, mit mir reden usw. Und so hart das jetzt klingt, du bist schließlich auch eine Frau, in dem Moment wo ich einer Frau zwischen die Beine schaue oder einen Ultraschall mache, ist es völlig egal, wie sie aussieht".

Küssen? Hatte ich das richtig gehört? Er hatte überlegt mich zu küssen? Irgendwie waren das jetzt zu viele Informationen auf einmal für mich. Hatte er das wirklich gesagt? Ich konnte an seinem Verhalten nichts feststellen, was diese Aussage untermauern würde.

„Hm. Du warst noch nie erregt als du eine Frau zwischen den Beinen untersucht hast?" - eigentlich konnte ich das nicht glauben.

Manuel streckte die Beine aus „Nein, ich glaube wirklich noch nie. Das liegt
vielleicht daran, dass man im Laufe der Zeit untersuchungsmäßig vielen
begegnet, die nicht so toll aussehen oder Schmerzen haben oder schwanger
sind. Keine Ahnung. Es ist einfach ein Job. Frauen werden ja auch, o.k. zwar
seltener, Urologinnen und behandeln dann fast ausschließlich Männer. Die
Erotik kommt doch nicht allein von der brutalen Optik in hellem Licht auf
diesem Stuhl, dass müsstest du doch wissen, oder? Hat es dich schon mal
erregt, bei deinem Frauenarzt zu sein?".

Ich überlegte. Antwortete man da ehrlich? „Ich gehe zu einer Frauenärztin"
antwortete ich. O.k. das stimmte zwar, aber ich glaube, es hatte da schon mal
in einer Notfallambulanz, in der ich war, als ich dachte, meine Spirale sei
verrutscht, einen Arzt gegeben….

Manuel nahm einen Schluck aus seinem Weinglas „Pass auf, wir sollten das
Thema wechseln. Ich habe dir schon erklärt, dass Männer sich von chaotischen
Frauen angezogen fühlen, gleichzeitig ist mir alles zu kompliziert und außerdem habe ich dir gesagt, dass du hier sicher bist. Ich sollte vielleicht kalt
duschen gehen".

Ich sah ihn an und sah in seinem Blick wieder das nachsichtige Lächeln. Es
ging mir ja ähnlich. Ich fühlte mich auch zu ihm hingezogen, vermutlich nur
chemisch und um die Gedanken an die anderen Männer zu verdrängen.
Innerhalb von 3 Wochen oder so wäre er der dritte Mann!

„Vielleicht sollte ich darüber was schreiben?" lachte ich und beugte mich
trotzdem rüber zu ihm, um ihn freundschaftlich zu umarmen. Manuel war
mein Lebensretter gewesen. Ich hätte nicht gewusst, was ich ohne ihn hätte
machen sollen. Ich hätte nicht in meiner Wohnung bleiben können, ja, alles
wäre einfach undenkbar gewesen. Und so war ich einfach froh, dass ich wusste,
irgendwann kam er heim und ich war nicht alleine. Ich drückte ihn, konnte den
leichten Geruch nach Parfum und ihm riechen und hätte am liebsten weiter-
gemacht. Aber jeder Sex in letzter Zeit hatte ein leeres Gefühl in mir
zurückgelassen. Mit Tobias war es gegen Ende irgendwie nichts sagend gewesen, mit Frank war es zwar anders gewesen, aber es hatte mich nicht innerlich
berührt. Vermutlich hatte die Alte Recht, mich eine frigide Kuh zu schimpfen.
Manuel wuschelte mir kurz durch die Haare und rückte dann grinsend ein
Stück weg.

Es klingelte an der Tür. Manuel stand auf, öffnete und nach kurzem Reden kam er in Begleitung zurück.

„Schau mal, ich wollte dir Olaf vorstellen. Er kommt gerade aus der Suppen-küche" – und schon wieder prustete und schnaubte er, was allerdings nicht weiter schlimm war, da seine Begleitung ebenso prustete.

Ich konnte eigentlich nicht glauben, dass dieser Olaf der Typ an der Tür gewesen war. Olaf trug einen teuren Anzug. Bestimmt Armani oder so was. Die Schuhe sahen so aus, als hätten sie mehr als meine 25 Paar zusammen gekostet. Und außerdem wusste dieser Olaf anscheinend genau, wie er ankam und was er wollte.

Er reichte mir jedenfalls gewinnend die Hand und begrüßte mich mit einem „Ist nicht so schlimm, mal was ganz anderes". Eigentlich hatte ich ja echte Reue zeigen wollen und es tat mir auch wirklich leid, aber glaubte der allen Ernstes, das wäre Masche gewesen, um ihm anzumachen? Ich wollte überhaupt nichts von ihm!

Ich schüttelte ihm die Hand und konnte mir dann doch nicht verbeißen, etwas Passendes zu antworten – hoffentlich nahm Manuel auch das mit Humor. „Kein Problem, Olaf. Schade, dass du dich umgezogen hast, der andere Look war wirklich sympathischer und energetischer". Dann drehte ich mich um und ging – hoffentlich würdevoll – in mein Zimmer.

Kurz darauf hörte ich die Wohnungstür und Manuel auf der Treppe. Er klopfte kurz an und kam dann rein „Sauer? Warum? Lustig übrigens, weil Olaf schwul ist. Immerhin hat er mir versprochen die Klappe zu halten und hat mir gleich die neueste Zeitung mitgebracht." So ein Mist, dieser Olaf wusste also schon davon. Und schwul obendrein noch! Manuel warf sich mit der Zeitung aufs Sofa und studierte sie interessiert. „Unglaublich, was es für schmeichelhaf-te Bilder von dir gibt".

Mir wuchs alles schon wieder über den Kopf. Andererseits spürte ich das erste mal seit Tagen wieder Leben in mir und vielleicht sogar so etwas wie ein Bedürfnis, es mit dem Schreiben zumindest zu versuchen.

Manuel warf die Zeitung rüber und mir blieb kurzfristig die Luft weg. Abgebil-det war eines der Aktfotos von mir, die ich vor ein paar Jahren hatte machen lassen und Tobias zu Weihnachten geschenkt hatte. Direkt daneben ein sehr aktuelles Foto von mir, schon mit kurzen Haaren. Drunter die üblichen tollen Fakten, mit dem Aufruf, mich aufzuspüren und um meine Hand anzuhalten, das ganze mit einer kleinen Anleitung zum formvollendeten Antrag. Wie bescheuert. Ich hasste Tobias nun richtiggehend. Er musste es gewesen sein, oder zumindest mit Anne unter einer Decke stecken – was für ein toller Vergleich! Was war das für eine Rache? Was hatte ich ihm schon getan?

Mir wurde richtig heiß vor Wut. Er ruinierte mich bzw. versuchte es zumindest. Kein Anzeichen von Liebe, den anderen vielleicht wieder zurückhaben wollen, vermissen usw. Stattdessen blinde Rache! Das konnte ich auch.

„Wie heißt dieser Film mit Mel Gibson? In dem er den Erpresser auf einmal jagt?" fragte ich Manuel, der schon wieder einen leicht belustigten Eindruck machte. „Meinst du Kopfgeld? Warum? Willst du Jagd machen?" antwortete er lächelnd. „Ich will, dass das jetzt ein Ende hat. Ich kann mich nicht bei dir verstecken bis in alle Ewigkeit. Ich will mein Leben zurück!" rief ich erbost. Manuel blickte mich wieder gelassen nachsichtig an.

„Siehst du! Das ist gut. Jetzt geht es weiter. Jetzt kannst du schreiben, jetzt kannst du dich davon befreien. Manchmal braucht man das". Ich sah ihn an, sah die feinen Fältchen um seine Augen, roch wieder sein Parfum, blickte auf seinen Mund und konnte mich nur mühsam beherrschen.

Ich riss mich von seinem Anblick weg, schaffte ein bisschen räumliche Distanz und fragte „O.k., wo ist der Laptop? Bzw. soll ich meinen holen? Ich muss sowieso irgendwas mit der Wohnung beschließen. Vermutlich bleibt mir nichts anderes übrig, als mich mit meiner Mutter zu treffen".

„Mit deiner Mutter? Wieso das denn?" fragte Manuel entgeistert. „Meine Mutter ist vermutlich die einzige, die diese Typen vergraulen kann bzw. kann sie mit dieser Story die Wohnung gleich meistbietend verschleudern. Ich will sie nicht mehr, das Geld kann ich ausserdem gut gebrauchen. Ich muss mich mit ihr treffen".

Manuel legte locker den Arm um meine Schultern „Mach doch langsam. Jetzt ist es dunkel, du kannst unmöglich zu deiner Wohnung gehen. Verabrede dich mit deiner Mutter und besprich vorher eine Strategie am Telefon. Wenn du willst gehe ich mit. Und willst du sie wirklich verkaufen? Einfach so?".

Kurz dachte ich nach. Ich war immer stolz auf die Wohnung gewesen, trotz ständig defekter Geräte, Öfen usw. Es war meine erste richtig eigene Wohnung gewesen. Aber wenn ich jetzt daran dachte, dachte ich nur an diese grässlich leeren Stunden, an den Streit mit Tobias, an seinen Zettel. Das machte mich traurig, unmittelbar danach dachte ich an die intimen Fotos von mir. Das machte mich wütend! Obwohl es auch weh tat. Ich war nicht prüde, aber das waren persönliche Fotos gewesen, ich hatte sie nur für ihn machen lassen.

„Ja, ich will sie nicht mehr. Es ist kein Zuhause, in das ich gerne zurück möchte. Ich bin dir so dankbar dafür, dass ich hier sein darf. Ich weiß nicht, wie ich es aushalten würde in der halbleeren Wohnung, die irgendwie nicht meine ist".

Manuel drückte mich und küsste mich auf den Haaransatz. „Ich bin doch auch froh, dass du da bist. Ich glaube, selten habe ich so viel Spaß gehabt und bin so gerne nach Hause gekommen. Und ich bin sicher, du bekommst das alles wieder in Griff. Du weißt dass du immer auf meine Hilfe zählen kannst."

Ich war gerührt. Keine Ahnung wie meine Gefühle zu Manuel waren, seine konnte ich ja schon gar nicht einordnen. Ich war auf jeden Fall auch unheimlich froh, dass es ihn gab. Und vielleicht war er der erste Mensch, der mich meinen Egoismus vergessen ließ. Vielleicht würde ich gerne mit ihm schlafen und vielleicht hätte ich es früher einfach drauf angelegt, seine Verletzung ließ mich davon aber abrücken und ich glaubte, ihn schützen zu müssen.

„Kennst du eigentlich niemanden aus deiner früheren Zeit, in der du geschrieben hast, den du mal anrufen könntest" hörte ich Manuel in meine Überlegungen hinein fragen. Ich dachte nach. Namen na ja, vielleicht. Aber die Fluktuation auf solchen Stellen war so groß, Telefonnummern hätte ich schon gar nicht…

Es klingelte schon wieder. Manuel seufzte und ging zur Tür. Ein gutgelaunter Olaf – extrem optisch abgerissen barfuss in alten Jeans – kam mit einer Flasche Sekt hereingetänzelt. Wahnsinn, sogar sein Gesicht sah auf einmal nicht glatt rasiert aus sondern mit verrufenem 3-Tage-Bart.

„Ich dachte mir, statt mit einem Teller Suppe sollten wir mit einem Glas Sekt anstoßen. Ich habe mir eben die Zeitung angesehen. Mein Gott, ein scharfer Feger. Aber hast du so eine Marketing Strategie eigentlich nötig?".

Freundlich sah er mich an und holte aus Manuels Schrank zielsicher die Sektgläser. Überhaupt benahm er sich wie in seinem 2. Zuhause. Manuel seufzte erneut und sah mich an. „Toni, es liegt an dir, was du ihm erzählen willst. Ich habe Olaf nur erzählt, dass er seinen Mund halten soll, nachdem ihm deine Identität sofort aufgefallen ist".

Er glaubte allen Ernstes, ich hätte das als Selbstvermarktungsstrategie geplant? Egal, wenn er wirklich seinen Mund halten konnte, sollte er eben auch den Rest erfahren. Vielleicht konnte ich ihn als Anwalt noch brauchen. Wer weiß was Tobias & Co. noch so planten.

Während ich erzählte, langsam hatte ich Übung im Erzählen der Geschichte, blieb sein Gesicht ausdruckslos, ich konnte seine Gehirnzellen aber richtig arbeiten sehen.

Ich ließ nichts aus, nicht den peinlichen Auftritt in der Firma, den Hubschrauber, die Typen vor meiner Wohnung, meine Bemühungen etwas anderes zu machen, sogar meine Mutter ließ ich nicht unerwähnt.

Sein Blick schweifte schließlich zu Manuel und leicht spöttisch fragte er "Und du? Ein weiteres Mal in der Rolle des Retters? Seid ihr zusammen?".

Relativ wütend erwiderte ich „Nein, wir sind nicht zusammen. Nein, wir schlafen nicht miteinander. Und ja, es scheint ein Fehler gewesen zu sein, dir das erzählt zu haben. Falls du Manuel vor mir warnen willst, sei wenigstens so diskret und warte bis ich weg bin!".

Olaf grinste „Ach was. Das würde ich doch nie tun. Manuel und ich wir kennen uns so gut, da muss ich nicht viel fragen und nicht viel wissen. Du bist keine dieser Showschlampen, die ihn nur aussaugen wollen. Aber was willst du tun? Mir fällt spontan eine Gegenkolumne ein, das wäre witzig. Wir müssten vermutlich nicht mal viel Geld zahlen, so scharf wie die Zeitung mittlerweile auf die Story ist. Was weißt du über den Typen und seine Tussi? Hm, wir müssten überlegen, ob wir einen echten Gegenangriff planen oder auf diese Heiratsschiene einsteigen. Du willst doch heiraten, oder? So ein Batzen Geld kann man doch nicht einfach den Gully runterspülen".

Empört sah ich ihn an " Natürlich will ich NICHT heiraten! Ich lass mich doch nicht von der alten Schachtel in irgendeine Ehe pressen. Wie so ein Asylbewerber, der noch schnell heiratet, um bleiben zu können. Nein, sehe ich gar nicht ein".

Olaf schüttelte nachsichtig den Kopf und dachte anscheinend angestrengt nach. „Was sagt dein Gefühl? Wenn du schreiben kannst, was inspiriert dich mehr?" fragte er schließlich.

Inspiration? Hatte ich ja wohl schon lange keine mehr. „Ich hab leider keine Inspiration und kein Gefühl. Ich muss meine Mutter treffen und diese Wohnung loswerden. Wenn ihr mir helfen wollte, geht ihr beide mit. Zwei Männer, das wird sie so ablenken, dass es vielleicht schneller rum geht" ächzte ich und trank einen großen Schluck.

Vielleicht würde ich Alkoholikerin werden. Olaf stöhnte und schüttelte den Kopf „Keine Begegnung ohne geplanten Auftritt. Wir müssen vorher genau überlegen, was wir machen. Hast du Bilder von der Brut? Wir könnten ein anderes Heiratsroulette machen. Mit Abstimmung der Leser. Und die Bilder von dem Typen präsentieren wir immer besonders groß und besonders delikat. Du könntest unangenehme Sexdetails mit einfließen lassen. Er kam leider immer zu früh, roch manchmal unangenehm usw. Wenn er es natürlich nicht ist, wird es mit Rufschädigung vielleicht etwas unangenehm, aber dann können wir ihm immerhin noch eine Hausdurchsuchung androhen, weil er dich als Frau bloßgestellt hat und Material geklaut hat. Tolles Bild übrigens, wer hat das fotografiert?".

Ich schüttelte den Kopf. Als ob das jetzt relevant war, wer das Bild gemacht hatte. Unangenehme Sexdetails! Die Vorstellung allein verursachte schon ein Schaudern. Mal abgesehen davon, dass ich eigentlich alles erfinden müsste. „Ich schenk dir mal einen Gutschein, hat sich auf Aktfotos spezialisiert. Das Bild kann nur er haben, außer jemand hat es ihm geklaut. Tobias weiß noch nicht mal, wo ich es hab machen lassen."

Ich überlegte. Sollte ich das machen? Es war die perfekte Rache. Und es war eine super Möglichkeit, wieder ins Schreiben zu kommen. Eigentlich müsste ich parallel einen Roman schreiben und die Publicity ausnutzen. Am besten, ich schrieb als Thema die ganze Geschichte auf, da musste ich nicht überlegen und könnte es runter schreiben. Nach dem ganzen Rummel fand sich bestimmt jemand, der es veröffentlichen würde.

„Und wer nimmt den Kontakt zur Zeitung auf?" fragte ich. „Ich mach das für dich. Im Hintergrund steht immer meine Kanzlei, da wird sich dann auch jeder das mit der Klage überlegen. Dein Name bleibt draußen und ich kenne auch die Schmuddeltypen von der Zeitung".

Mir war schwindlig „Und was willst du dafür?" fragte ich. Olaf grinste „Nichts. Ich finde es witzig. Es gefällt mir. Außerdem betrachte ich es als Gefallen an Manuel. Wenn es funktioniert, du wirst reich damit oder heiratest am Ende doch, kannst du mich ja auf was einladen".

Unschlüssig sah ich Manuel an. Manuel sah amüsiert aus. Olaf stand auf „Ich habe noch ein Date. Besprecht euch. Ich gehe gerne mit zu deiner Mutter und wem immer. Wir können morgen zusammen frühstücken und dann gehen." Olaf drückte Manuel kurz die Schulter, hauchte mir einen Kuss auf die Wange und flüsterte mir ins Ohr „Tu ihm nicht weh, oder du kriegst richtig Ärger mit mir, o.k?". Dann war er weg.

Manuel verdrehte die Augen „Nimm ihn nicht so ernst. Er ist leider in vielerlei Hinsicht wirklich sehr tuntig. Aber er ist ein erstklassiger Anwalt, er ist unglaublich bekannt und ein wirklicher Name in der Szene. Und er hat wie gesagt unglaublich viel Geld. Heute hat er sich übrigens glaub ich nur wegen dir besonders assig hergerichtet". „Hast du morgen frei, weil er frühstücken sagte?" fragte ich. „Morgen ist Samstag. Da arbeite ich eigentlich nie, außer es ist ein Notfall oder ich fahr Notarzteinsätze weil ich es zuhause nicht mehr aushalte. Aber seit dem du da bist, ist ja immer was los" lachte er.

Ich nahm noch einen großen Schluck Sekt, in Kombination mit dem Wein von vorhin machte mich das müde und ich hätte mich am liebsten auf dem großen Sofa eingerollt und geschlafen. Eigentlich müsste ich nachdenken, Entscheidungen treffen und wollte es aber nicht.

Ich musste mich mit meiner Mutter treffen. Und eigentlich würde ich am liebsten alles verkaufen, verschenken wie auch immer. Ich angelte mir mein Handy schrieb eine SMS an meine Mutter. Hoffentlich schrieb sie einfach zurück und rief nicht an. Mit ihr zu reden, wäre einfach zu viel gewesen.

„Hallo Mama, würde mich gerne morgen mit dir treffen und ein paar Sachen besprechen. Kannst du um 13.00 Uhr in meine Wohnung kommen? Ich hoffe, es geht euch gut! Liebe Grüße Toni"

Vermutlich war sie gerade irgendwo, wo sie nicht reden konnte, denn sie schrieb tatsächlich zurück, ohne anzurufen.

„Kind! Endlich. Ich habe mir Sorgen gemacht. In der Arbeit bist du nicht, dein Handy ausgeschaltet, deine Wohnung mit komischen Gestalten voll... Ich komme morgen. Küsse..."

Als hätte sie es gewusst, dass jemand neben mir saß, der sagte „Naja, ist doch eigentlich ganz o.k. was sie schreibt."

Die merkwürdigen Typen hatte sie also auch schon gesehen. Und in der Arbeit auch angerufen. Was die wohl erzählt hatten?

„Manuel, wenn ich das alles wirklich machen will, muss ich jetzt anfangen. Und muss am Tag mindesten 15-20 Seiten schreiben. Eigentlich mehr. Und irgendwie befürchte ich bei der großen Story, die Olaf draus machen will, wird es schwierig werden, dich da raus zu halten. Ich muss mich dann auch auf jeden Fall gegen die Arbeit entscheiden und hoffen, dass die Wohnung schnell verkauft wird, sonst habe ich kein Geld."

Manuel strich mir kurz brüderlich über den Kopf „Mach es. Wenn es zu schlimm wird, kann ich ja im Krankenhaus schlafen. Auch wenn es dir vermutlich schwer fällt, ich kann dir kostenlos wohnen sowieso anbieten und auch Geld wenn du es brauchst. Du kannst es mir irgendwann zurückgeben. Es gibt einfach manchmal Situationen im Leben, da muss man über seinen Schatten springen und so was auch annehmen können. Du hast jetzt so eine große Chance, aus all dem Scheiß noch was Positives zu machen. Mach es jetzt nicht wegen etwas Banalem wie Geld kaputt."

Ich hatte widersprüchliche Gefühle. Anzunehmen fiel mir schwer. Immer hatte ich unabhängig sein wollen. Auch meiner Mutter gegenüber. Jetzt brauchte ich Hilfe. Seelisch, finanziell, ja einfach auch jemanden, der mir Mut machte, mich in den Arm nahm und mich bestätigte, dass ich auf dem richtigen Weg war. Ich fühlte mich schwach, klein, getroffen. Ich hatte Tobais genau genommen betrogen, trotzdem war ich die Getroffene. Wie schnell ich entbehrlich in seinem Leben geworden war, wie flott er mich raus gestrichen hatte und sich schnell mit jemand anderem getröstet hatte. Wie leicht verzichtbar ich auch in der Arbeit geworden war. Wie sie sich schnell meine Aufgaben aufgeteilt und sich anscheinend bestens arrangiert hatten. Und wie sehr mir meine eigentlich beste Freundin fehlte. Anne, die vermutlich in Wirklichkeit an ganz anderen Sachen interessiert gewesen war. Mir fielen Manuels Worte ein. Eifersüchtig auf mich? Ich konnte das ja immer noch nicht glauben. Und gleichzeitig fiel es mir so schwer, mich ausgerechnet bei Manuel fallen zu lassen. Ich kannte ihn ein paar Tage, Wochen. Sein Verlust, seine Enttäuschung waren so groß gewesen. Ich wusste nicht, was er empfand, ich wusste nicht, was ich empfand, was ich je geben könnte, wie es weitergehen würde. Und trotzdem war ich ihm so dankbar. War seine Gesellschaft, das Zusammensein mittlerweile so unentbehrlich für mich.

Manuel lachte „Geh ins Bett. Wenn du nicht schlafen kannst, trink noch einen Schluck Wein. Wenn es dann immer noch nicht geht, nimm was Leichtes zum Schlafen. Du brauchst deine Kraft". Ich sah ihn an, meine Augen brannten, aber ich spürte eine wilde Entschlossenheit. „Nein, ich will anfangen. Ich fange jetzt an zu schreiben. Es wird sowieso dauern bis ich wieder reinkomme. Geh ruhig ins Bett".

Ich stand auf und suchte mir ein paar Utensilien zusammen. Manuels Laptop, eine Flasche Wasser, räumte den Tisch frei und schaltete das kleine Licht ein. „Gut, dann mach das. Ich schaue ein bisschen Fernsehen. Stört dich das?".

Ich schüttelte den Kopf und sagte nicht, dass es mich froh machte, dass er nicht ins Bett ging und es noch belebter war. Das machte mich sicherer. Ich klappte den Laptop auf und ließ ein paar Sachen an mir vorbeiziehen. De Nachbarn, die Suppenküche. Meine Gedanken schweiften zu dem einen Morgen, an dem der Bruch begonnen hatte. Zum kalten Wasser der Dusche, meiner kaputten Lieblingsunterhose… Ich fing an, zu schreiben. Anfangs noch wirr, unbeholfen. Egal, ich machte Absätze, machte mit dem nächsten Gedanken weiter, beschrieb Charaktere, Äußerlichkeiten. Die Zeit verging.

Auf einmal stand Manuel hinter mir. Meine Charaktere hatte ich natürlich umbenannt. Trotzdem war es mir unangenehm, dass ich gerade an einer Sexszene mit Frank schrieb. Ich hatte mir auch das Heftige am Anfang nicht ersparen und in mich reinspüren wollen, was ich noch empfand. Es war unglaublich gewesen. Frank hatte meine Gedanken erraten können. Er hatte erspürt, erraten, was ich wollte, was mich anmachte. Schon in der ersten Nacht. Aber jetzt beim Schreiben merkte ich, dass es grenzenlos guter Sex gewesen war, aber sonst nichts übrig geblieben war. Ich vermisste seine Gesellschaft nicht. Es war nett mit ihm gewesen, aber Verbundenheit hatten wir nur im Bett gefühlt und in der einseitigen Gabe, meine Gedanken zu lesen. An seinen hatte er mich nicht teilhaben lassen.

Ich war froh, dass sich der Bildschirmschoner einschaltete und unsicher, wie viel er gelesen hatte.

„Toni, es ist 3 Uhr. Geh ins Bett, sonst kannst du morgen nicht mehr. Oder mach dir wenigstens einen Tee oder so was wenn du noch abschalten musst". Er ging zur Kaffeemaschine und fragte „Kakao?". Ich nickte und er schäumte 2 Tassen mit warmer Milch auf und streute Kakao drüber. In der Nacht waren seine Linien und Fältchen um die Augen noch ausgeprägter, die blauen Augen viel dunkler. Bei all der toughen Art, dem guten Aussehen und dem großen Humor besaß er so viel Herz. Es schmerzte mich selber entsetzlich, wenn ich die Geschichte mit seiner Freundin und dem Baby noch einmal Revue passieren ließ. Wieso tat jemand so was ausgerechnet einem Menschen wie ihm an?

„Ich will nicht nerven. Aber wie geht es so mit dem Schreiben?" fragte er. „Es macht Spaß. Unheimlich viel Spaß. Gleichzeitig frage ich mich immer wieder, ob das jemand lesen mag. Und wie ich halbwegs aus dieser Geschichte raus komme. Ich weiß sehr wohl, dass ich nur mit diesem Mist Chancen habe, das zu vermarkten. Andernfalls niemals als Erstautorin in so kurzer Zeit usw. Ich muss diese Geschichte bestmöglich ausschlachten und kann nur hoffen, dass ich mir danach noch irgendwie im Spiegel in die Augen sehen kann" antwortet ich seufzend und rührte dabei in meinem Kakao rum.

„Olaf hat vorhin noch zu mir gemeint, wir sollten sehen, dass wir wenn du wirklich aufhören willst zu arbeiten in deiner Firma, da noch eine Abfindung rausschlagen". Das „Wir" rührte mich und ich spürte, wie mir die Tränen hochstiegen. Selbst dieser Olaf kümmerte sich um mich! Das war eigentlich mehr als ich aushalten konnte. Die ersten Tränen kullerten.

Manuel stellte seine Tasse ab und zog mich in seine Arme. Ich schob ihn sanft weg. „Ich bin glaub ich heute etwas neben mir und muss ins Bett. Du bist so lieb zu mir, ich danke dir" schluchzte ich, drückte ihm einen Kuss auf die Wange und schleppte mich nach oben. Auf keinen Fall durfte ich diesem Bedürfnis nachgeben und es alles einfach laufen lassen. Ich musste erst mal mich und meine Gedanken ordnen. Im Bett hatte ich noch eine Weile das Gefühl, die Gedanken würden Karussell fahren, aber langsam beruhigte sich alles und ich schlummerte ein.

Kapitel 10

Als ich am nächsten Morgen aufwachte, hörte ich unten Stimmen und schälte mich sofort mit dem Gedanken an das Schreiben und meiner heutigen Verabredung aus dem Bett.

Ich blickte die Treppe hinunter und sah Olaf und Manuel. „Hey Prinzessin, endlich. Komm runter. Gut, dass ich das Frühstück mitgebracht habe. Bis du vermutlich fertig gewesen wärst… Los komm. Ich habe Hunger" rief Olaf nach oben und ich sah an mir herunter. Aber egal, was sollte es. Ich putzte mir schnell im Bad die Zähne, schaute kurz in den Spiegel, beglückwünschte mich mal wieder zu dieser unkomplizierten Frisur und ging nach unten.

„Schläfst du etwa in all diesem Zeug?" fragte Olaf, nachdem er mich zur Begrüßung geküsst hatte. Ich sah an mir runter, Langarmshirt, lange schwarze Schlafanzughose, Socken, klar, nachdem nicht Hochsommer sondern Winter war. „Ja, schon. Wieso?" fragte ich. Olaf reichte mir ein Glas Latte und ein Glas Sekt. „Sehr erotisch. Das dürfen wir auf keinen Fall schreiben. In unserer Berichterstattung schläfst du entweder nackt oder in Spitzendessous."

Manuel prustete schon wieder los. Klar, er kannte natürlich meine Schlafmontur und Angewohnheit, mit diversen Schichten. Ich verdrehte die Augen und seufzte, während ich in meinem Latte rührte. Olaf hatte sich heute für einen sehr schicken Freizeitlook entschieden. Auf Jeans, Hemd und Gürtel prangte dezent aber sichtbar ein großer Designername.

Er warf mir einen spöttischen Blick zu „Treffen wir deine Mutter, oder nicht? Mit deinem Outfit wird es wohl selbst bei Muttern schwierig". Meine Mutter würde von ihm begeistert sein, und vermutlich selbst nach erster Enttäuschung verkraften, dass er schwul war und nicht als Heiratskandidat in Frage kam. Auch Manuel war schon perfekt gestylt und fertig. Mir egal, ich bröselte lustlos am Brötchen rum und dachte über mein nächtliches Schreiben nach. Wie ich es wohl jetzt am helllichten Tag fand? Ich holte den Laptop an den Tisch und klappte ihn auf.

Manuel lächelte und wandte sich an Olaf „Lass sie, sie ist ein Morgenmuffel. Nach dem zweiten Kaffee kannst du mit ihr rechnen. Wir können uns in der Zeit überlegen, wie wir vorgehen wollen." Olaf blickte von Manuel zu mir und schüttelte den Kopf „Manuel bleibt hier. Was sollst du uns bringen? Toni und ich gehen, ich trete ab jetzt nur noch als ihr Rechtsanwalt auf. Wir reden mit der Mutter und mit sonstigen Köpfen gar nicht bzw. bieten höchstens den Deal an. Aber ich denke, das mit dem Deal mache ich selber am Telefon privat aus. Ich schreibe deiner Firma einen Brief und kündige an, dass du ab jetzt im Romangeschäft bist bzw. Filmangebote hast. Wenn Toni sicher ist, nicht mehr in die Firma zu wollen, schlagen wir eine Abfindung vor, sonst eine Beurlaubung. Würde ich aber nicht machen. Lass dir die Abfindung zahlen, was willst du bei denen noch, außer du willst den Chef auch noch ficken".

Ich war sprachlos und musste gleichzeitig lachen, weil ich an die Hydrokulturpflanzen und die zwei dämlichen Sekretärinnen denken musste. Aber dieser Olaf war natürlich gnadenlos. Vielleicht war er deshalb so erfolgreich als Rechtsanwalt? Und er legte ein unglaubliches Tempo vor. Ich war ja schon stolz über mein Geschreibe, was ich auch jetzt nach ein paar Stunden Schlaf übrigens nicht schlecht fand, aber er schien immer schon zwei Schritte voraus zu sein.

Ich reichte Manuel mein Glas für einen zweiten Latte und überlegte was ich anziehen sollte. Mir war ja nicht ganz klar, was Olaf vorhatte, sollte da noch jemand rumlungern. Nach dem neuesten Artikel, den Bildern und dem Aufruf war das natürlich nicht so unwahrscheinlich.

„Was soll ich anziehen und was soll ich sagen? Wie soll ich mich verhalten?" fragte ich.

„Am besten ziehst du dich möglichst durchgeknallt an. Je außergewöhnlicher das alles rüber kommt, desto höher der Wiedererkennungswert. Das Versteck spielen hat jetzt ein Ende. Und erotisch soll es sein. Alle Männer weit und breit müssen sich einbilden, dich unbedingt heiraten zu wollen. Auch ohne das Geld. Und vor allem auch dieser Arsch, der hinter all dem steckt. Jede Wette, dass er dann angekrochen kommt. Sagen brauchst du eigentlich nichts, das mach ich."

Olaf biss zufrieden in sein Brötchen. Tobias? Angekrochen? Es war überhaupt eine komische Vorstellung, dass irgendjemand zu mir angekrochen kommen sollte. Und Tobias wollte ich schon gar nicht in meiner Nähe haben. Erst letzte

Nacht hatte ich versucht, mir vorzustellen, wie es war, ihn anzufassen und mit ihm zu schlafen und hatte es gedanklich nicht hinbekommen.

Erotische, ausgeflippte Klamotten. So was hatte ich vermutlich gar nicht. Ich musste sowieso neue Klamotten aus meiner Wohnung herbringen.

„Olaf, ich möchte die Wohnung leer räumen und verkaufen. Eigentlich hatte ich dabei an meine Mutter gedacht. Denkst du, anders wäre es besser? Ich möchte maximales Geld und sie hat eigentlich einige Macken, wie kaputter Boiler usw."

Olaf lachte „Natürlich. Die werfen wir mit ins Paket. Du nimmst heute mit, was du noch willst bzw. wir lassen es abholen und dann geht's los. Hast du viel zum Mitnehmen?" fragte er. Ich wusste es nicht. Meine Sachen natürlich. Klamotten, Bücher, Briefe, vielleicht ein paar Bilder. Mehr nicht. Ich hasste die gemeinsam ausgesuchten Möbel, das Bett all das. Nichts wollte ich davon. Olaf beobachtete mich „Wir laden mein Auto voll, den Rest stellst du in die Nähe der Tür, das lassen wir abholen und ab morgen ist die Wohnung vogelfrei. Wir werden auch spätestens am Dienstag den ersten Artikel bringen. Am Montag oder Dienstag, welch ein Start in die Woche! Toni, eines noch. Du musst das jetzt durchhalten. Ich werde wirklich das Maximale für dich rausholen. Wenn du das Spiel mitspielst, was Schönes schreibst und das passende Gesicht machst, mache ich dich zur reichen Frau. Aber schlapp machen darfst du nicht. Manuel, du musst ihr im Zweifelsfall irgendwelche Mittel geben, ja?".

Manuel lachte und schüttelte den Kopf „Olaf, wir sind doch nicht in einer amerikanischen Soap. Was soll ich ihr denn geben? Es ist eine harte Zeit für sie". Manuel fing wieder an zu kichern „Ich sag nur hormonelle Unterversorgung, frag Didi, den geilen Hecht". Ich musste lachen. Das erste Mal in meinen Leben fühlte ich mich fast familiär. Selbst dieser Olaf machte sich Gedanken nur um mich. Niemand sagte „Ach, warum sollst du das nicht schaffen, das ist doch gar nichts".

Ich stand auf, um mich endlich anzuziehen. Olaf schaute mir nach und rief hinterher „Vielleicht noch etwas zunehmen. Die Männer, die diese Zeitungen lesen, mögen es doch immer etwas üppiger. Naja, Manuel, so ist das eben!". Ich drehte mich kurz um und zeigte ihm lachend den Mittelfinger. Es stimmte, im Moment hatte ich psychisch wieder die Downphase, was fast zur Magerkeit führte. Alle Hosen waren zu weit und richtig figurbetont saß eigentlich nicht mehr. Ich kramte in meinen Sachen herum. Hier zwang ich mich zur Ordnung. Erstens tat das meinen sowieso schon chaotischen Gedanken gut und zweitens wollte ich Manuels Wohnung nicht unnötig durcheinander bringen. Es hatte mich schon Überwindung gekostet, es einfach hinzunehmen, dass die Putzfrau nicht nur zweimal die Woche kam, sondern auch ganz selbstverständlich nach meiner Wäsche gefragt hatte und diese jetzt wusch, bügelte und mir sauber zusammengelegt aufs Bett legte.

Ich entschied mich schließlich für knallenge schwarze Jeans, in die ich nie reingepasst hatte (warum ich sie dann damals eingepackt hatte?), ein rotes enges Shirt mit riesigem Ausschnitt, der dank push up ganz gut ausgefüllt war, und meiner flauschigen schwarzen engen kurzen Mohairjacke drüber. Dazu hohe schwarze Stiefel mit ebenso hohem Absatz, kräftiges Make up und viel schweres Parfum. Ich kam mir zwar äußerst fremd vor aber auch ein bisschen wie auf einer abenteuerlichen Expedition. Mir blieb im Moment sowieso nichts anderes übrig als Olaf zu vertrauen. Ich hatte nichts zu verlieren.

Als ich runter kam, nickte Olaf zufrieden und Manuel lächelte amüsiert, kurz davor wieder ins Lachen auszubrechen. „Hey, Toni. Unglaublich. Erst diese Streifen im Gesicht, diese absonderlichen Spuckflecken auf dem Shirt, dann ein halbwegs normaler Look und jetzt das! Ich bin beeindruckt". O.k. jetzt lachte er wirklich. Spuckflecken! Als ob ich Spuckflecken auf meinem Shirt gehabt hatte.

Würdevoll quetschte ich mich in meine hochhackigen Stiefel und lächelte ebenso amüsiert zurück „Ist mir schon klar, dass dir der Look rutschendes Handtuch besser gefallen hat, aber das kann man eben nicht alle Tage tragen. Olaf, ich wäre dann fertig".

Olaf hatte eine Augenbraue hochgezogen und lachte „Ebenbürtiger Gegner, hm? Manuel, wir werden nicht lange brauchen. Sollten die in der Zwischenzeit hier schon anfangen, dir die Hölle heiß zu machen, steck das normale Telefon raus und schalt die Klingel aus. Ich habe unten an der Schranke und am Eingang schon Bescheid gesagt. Die Tür bleibt zu, kein Schnapper".

Manuel stand auf und blickte mich mit dieser Mischung aus amüsiert und besorgt an „Dann wünsche ich euch viel Erfolg. Ich gehe in der Zeit mal einen Kuchen besorgen und je nachdem wie es gelaufen ist, können wir dann Kaffee trinken oder einen Sekt aufmachen."

In Olafs Auto stellte sich für mich die Frage, wie wir überhaupt irgendwelches Zeug mitnehmen sollten, bei diesen Minimalausmaßen.

Ich war nicht überrascht, vor meinem Haus den fast üblichen Belagerungszu-stand vorzufinden. Es war kalt, knapp vor Weihnachten und diese Deppen hatten wirklich nichts anderes zu tun, als hier mit dicken Jacken und Decken nach oben zu starren! Im Laufen traf mich ein grelles Blitzlicht.

Olaf nahm mich am Arm und verkündete, sich mit Fotos bitte zu beschränken, es gäbe bald eine Exklusiv-Reportage von mir mit bisher noch nicht veröffentlichten Fotos und Details zur Situation.

„Deine Mutter? Siehst du sie irgendwo? Wir sollten sie gleich mit hoch nehmen" fragte Olaf. Ich blickte mich um und sah, dass sie gerade aus ihrem Auto, bzw. einem neuen Auto, einem Cabrio – ausstieg. Ich winkte ihr, sie kam und Olaf unterbrach jede Begrüßung sondern zog uns ins Haus und auf die Treppen.

Ich kramte nach meinem Schlüssel und die Tür zur Wohnung meiner Nachbarin ging wieder auf. Die rot haarige Lola steckte den Kopf raus „Antonia! Endlich, ich habe mir schon Sorgen gemacht. Ich.." Olaf schnitt ihr das Wort ab „Toni kommt nachher rüber, wir sind im Moment beschäftigt, gedulden Sie sich noch einen Moment, o.k?". Meine Mutter sah ihn bewundernd an. Sie war noch gar nicht zu Wort gekommen, aber Olaf hatte genau den von mir vermuteten Effekt auf sie. Sie war beeindruckt! Schön für mich natürlich, aber auch ärgerlich. Ich hätte es ihm gegönnt, wenn sie ihm auch erzählt hätte, dass seine Gürtelschnalle aus gesundheitsschädigendem Material war, dass seine Unterhosen doch bestimmt schwarz wären und sie außerdem schöne Gardinen zu seinen Geschirrtüchern gesehen hätte. Und außerdem die Badetücher in der Dusche viel zu groß wären – das schade dem Schleudergang der Waschmaschine.

Schon wieder erschöpft schloss ich die Tür auf und trat ein. Es roch muffig. Sofort überkam mich dieses beklemmende Gefühl. Meine Mutter fing schon wieder das Lamentieren an „Diese Wohnung! Also wirklich Antonia! Wie es hier schon riecht, bestimmt ist irgendwo ein Leck in der Leitung. Du solltest endlich ausziehen".

Bevor ich antworten konnte, ergriff Olaf mit seinem charmantesten Lächeln das Wort „Frau Mertens, wir werden die Wohnung ab morgen auf den Markt bringen und verkaufen. Es wäre schön, wenn Sie Antonia helfen könnten, die nötigen Unterlagen rauszusuchen. Toni, wir haben noch was vor. Komm mal mit!".

Ich trottete Olaf hinterher, der die Räume durchlief und das Schlafzimmer suchte. Kritisch sah er sich um. „Passt nicht, müssen wir zuhause machen. Er nahm das Bild, das über dem Bett hing und die Bettwäsche ab „Ich will das nicht mitnehmen" protestierte ich. „Schatz, das können wir alles danach wegwerfen, wir brauchen das aber vorher für den Artikel. Vertrau mir". Ich sank in mich zusammen und stand unschlüssig rum. „Pack die Sachen zusammen, die du mitnehmen möchtest, ich mach den Rest. In der Zeit kannst du deiner Mutter das Aktuellste erzählen."

Meine Mutter sprach ausnahmsweise mal wenig. Ich konnte nicht zuordnen, ob die Situation sie schockte oder ob sie als Erbin nun über den Geschirrtuchkram herausgewachsen war. „Was ist jetzt mit deinem Haus? Habt ihr es noch? Behaltet ihr es?" fragte ich neugierig. Meine Mutter sah mich mitleidig an „Ach Antonia, mir tut das alles so leid. Jetzt hast du nicht mal Tobias an deiner Seite. Wie soll das werden? Was willst du machen?"

In diesem Moment begriff ich, dass es keinen Sinn hatte, mit meiner Mutter zu reden bzw. dass sie mir keine Hilfe sein konnte. Ich konnte ihr von meinen Plänen nicht erzählen, die einzige Sache war, dass ich sie beruhigen musste. „Ihr hättet so schön heiraten können. Alles hätte gepasst. Ihr habt euch geliebt, das viele Geld…." Meiner Mutter versagte die Stimme. Während sie jammerte, hatte ich Kisten durchkramt und die großen Müllbeutel, die ich mitgebracht hatte, herausgeholt. Es war unglaublich, was man alles wegwerfen konnte. Am Ende war mein Haufen zum Behalten wirklich überschaubar. Ein paar Bücher, viele Briefe, meine Tagebücher, Fotos. Alle Küchensachen, bis auf eine Kaffeetasse hatte ich da gelassen. Ich hatte ein paar Klamotten zum Behalten – so vieles hatte ich weggeschmissen und dabei wieder bemerkt, wie sehr ich mich mit meinen Sachen nach dem Geschmack von Tobias gerichtet hatte. Alles eher gediegen elegant, nichts Buntes, nichts Ausgeflipptes. Vielleicht entsprach es jetzt auch meiner Stimmung. Schade, dass ich so gar nicht wusste, wie meine finanzielle Situation aussehen würde, sonst hätte ich einkaufen gehen können.

Wie wenn sie Gedanken lesen könnte, hörte ich meine Mutter in meine Gedanken hineinreden „Antonia, es tut mir so leid, dass alles anders gekommen ist. Nicht, dass ich dieser Wohnung hinterher trauern würde, aber ich weiß, dass du sie geliebt hast. Und ich finde es schade, dass dir die finanzielle Unabhängigkeit mit dem Erbe entgeht. Es sind aber auch noch 5 Monate Zeit, vielleicht wird alles wieder. Ich weiß nicht, was dir diese Wohnung bringt und wie es weitergeht. Du solltest nicht bei einem fremden Mann leben müssen. Ich möchte dir Geld schenken, das Erbe hat zumindest mir genutzt und du bist mein einziges Kind. Olaf hat mir vorhin erzählt, was er mit deiner Arbeit plant und dass ich nicht erschrecken soll wenn ich Sachen in der Zeitung lese. Ich kann nachts kaum schlafen und es gelingt mir nicht, zu denken, dass alles schon wieder wird. Aber ich möchte dir zumindest Geld geben, damit du gehen und machen kannst wie du es möchtest".

Sie hatte feuchte Augen, umarmte mich und reichte mir einen Umschlag. Ich musste auch weinen und stürzte mich in ihre Arme.

In diesem Moment kam Olaf rein „Oh je, Sentimentalitäten" lachte er und trug noch ein paar Tüten mit Müll auf einen Haufen. Meine sentimentale Stimmung schwappte auch auf ihn über. Ich trat zu ihm und umarmte auch ihn „Olaf, wir kennen uns gar nicht lange und du tust so viel für mich. Ich kann dir gar nicht sagen, wie dankbar ich bin".

Olaf fühlte sich hart und durchtrainiert unter seinem Hemd an. Er roch nach irgendeinem Parfum, das ich nicht zuordnen konnte, das aber sehr gut zu ihm passte. Er war einfach perfekt. Beim Gedanken „Schade, dass er schwul ist" musste ich lachen. Olaf drückte mich kurz und hielt mich ein Stück weg von sich. „Antonia, das Schwierige kommt erst noch. Zuhause müssen wir umdekorieren, Fotos machen lassen, du musst was schreiben und ich hoffe, du hast Fotos rausgesucht?". Ich nickte und schniefte. Jetzt begann er also, mein Seelenstriptease.

Da fiel mir die Nachbarin ein. „Was mach ich mit der Nachbarin?" fragte ich. „Ich hole sie. Wir bleiben aber in der Küche, die sieht am Bewohntesten aus. Ihr schaut schon mal, dass ihr einen Kaffee her bringt und ich hole sie. Und ihr haltet euch mit Geschichten zurück, o.k.?" antwortete Olaf. Meine Mutter warf einen Blick auf die Männer unten, die wild hinauf winkten. „Wieso klingeln die eigentlich nicht?" wunderte sie sich. „Weil die Klingel abgestellt ist und Olaf vorhin die Tür abgeschlossen hat, so dass niemand einfach auf den Summer drücken kann"" erklärte ich und hantierte an der Kaffeemaschine. Alles war mir so fremd. Wie lange war es her, dass ich selbstverständlich für Tobias und mich Kaffee gekocht hatte. 4 Wochen oder so, rechnete ich. In 4 Tagen war Weihnachten. Ich wusste nicht wohin und welche Geschenke. Ich wusste nicht, was Manuel und Olaf machen würden und wo ich mich hinverkrümeln könnte. Meine Mutter ging bestimmt davon aus, dass ich zu ihnen käme. Welch ein Horror!

Olaf kam mit der Nachbarin im Schlepptau, die ihm schon ganz erlegen war und ihn hingebungsvoll ansah. Lola, so hieß die Nachbarin, wie ich auf der Klingel gelesen hatte, umarmte mich überschwänglich. „Schade, dass wir erst jetzt ins Gespräch kommen. Ehrlich, hier ist was los und du bist nicht da!" Lächelnd nickte ich, keine Ahnung was ich eigentlich hätte sagen sollen. „Ich sag dir, einer von denen ist eigentlich echt süß. Dachte ich jedenfalls. Er war jetzt schon ein paar Mal bei mir, irgendwie ist er aber klettig, obwohl ich ihm erzählt habe, dass ich keine Millionen erbe, wenn er mich heiratet. Genau genommen bin ich ja noch verheiratet, aber keine Ahnung wo das Arschloch ist. Ich wüsste nicht mal, wie ich ihn auftreiben soll, wollte ich mich scheiden lassen. Jetzt gibt es noch einen anderen, der gefällt mir eigentlich besser, ich bekomme aber den ersten nicht los. Ich will ihn ja nicht ganz vergraulen, weil erstens ich, glaube er ist ein Psychopath und außerdem, vielleicht ich ihn wieder, nehme wenn der zweite nichts ist. Soll ich ihm sagen, dass du wieder in der Auswahl bist?"

Oh mein Gott! Kein Mensch würde das glauben, wenn man es erzählte. Olaf zeigte ein echtes Pokerface, drückte mir eine Schachtel Zigaretten und ein Feuerzeug in die Hand und schob meine Mutter mit sich aus der Küche. „Nein, nein, bei mir geht nichts mehr, aber du solltest einfach zu deutlichen Signalen greifen, wenn du ihn loswerden willst. Ich kann dir da ein paar Sachen empfehlen." Lola sah mich gespannt an. „Es gibt eigentlich nur 3 Möglichkeiten" sinnierte ich. „Wie, 3 Möglichkeiten? Ich will doch gar nicht!" empörte Lola sich. „Ja eben. Normalerweise müsstest du ihm das deutlich sagen und ihm einen Arschtritt verpassen. Das willst du nicht, also bleiben die nur folgende Möglichkeiten" – ich inhalierte tief und verschluckte mich fast an dem Rauch.

„Du kannst ihm sagen, dass du Herpes hast, und zwar überall, du kannst über deine Blasenschwäche jammern oder du sagst, dass du jetzt schnell aufs Klo müsstest, weil sowohl Tampons wie auch Binden schon durch sind, weil du dauerblutest". „Igitt, Toni, das ist ja eklig. Das kann ich nie sagen" empörte Lola sich. „Na dann lass dich lustig weiter begrapschen, nur zu!" erwiderte ich. „Ich glaube es gibt keinen Mann, der dauerbluten nicht eklig findet" beendete ich das Gespräch. Ich würde irre sein, wenn alles rum war und Manuel anflehen, dass er mich in die Psychiatrie mitnahm. „Gib mir deine Handynummer, ich überleg mir was und ruf dich an. Ich kann dir meine im Moment nicht geben, ich bin etwas undercover".

Ich drückte die Zigarette auf einem Unterteller aus (was sollte es, war alles nicht mehr meines) und Lola schrieb ihre Nummer auf einen Zettel. „Oh Mann, das ist alles so spannend bei dir, ich beneide dich. So aufregend! Du darfst mir bestimmt nicht sagen, wer es wird, oder?". Sie hing an meinen Lippen. „Nein, leider nicht. Aber du wirst bald viele Neuigkeiten in der Zeitung lesen können. Jetzt muss ich gehen. Ich ruf dich an. Olaf!" Ich musste hier raus. Olaf öffnete die Tür „Ready? Ich nehme die Säcke und du die Autoschlüssel. Steig schnell ein, ich verlade und dann fahren wir".

Ich kam mir vor wie in einem minderwertigen Krimi, küsste meine Mutter, versprach auch ihr, sie anzurufen und eilte hinter Olaf her. Vor der Tür sammelten sich die Massen und ich erkannte tatsächlich Didi wieder, der mich überschwänglich mit „Hallo Bella. Was machen deine Säfte? Hast du meine Bücher schon gelesen?" begrüßte. Ich eilte wie besprochen zu Olafs Porsche, während er die Säcke in den nicht vorhandenen Kofferraum und auf die Rückbank stopfte. Einen großen Karton reichte er mir, den nahm ich auf den Schoß. Zu den Massen sagte er, sie sollten am Montag alle die Zeitung kaufen, es gäbe Neuigkeiten und wertvolle Tipps. „Die anderen größeren Sachen lasse ich nachher abholen, o.k.?" fragte er mich und startete das Auto.

Er sah mich komisch an, griff in seine Jackentasche und förderte eine weitere Schachtel Zigaretten zu Tage. Er zündete eine an und reichte sie mir. Dankbar inhalierte ich. Eigentlich hätte ich auch Alkohol gebraucht. Keine Ahnung, wie ich das durchstehen sollte. „Ich brauche Fotos. Alte Fotos, da hast du hoffentlich was und neue, die müssen wir in Manuels Bett machen. Willst du erst Kaffee und Sekt oder erst Arbeit?"

Bilder in Manuels Bett? Mit Manuel? „Ich kann keine Bilder in Manuels Bett mit Manuel machen" rief ich entsetzt. Olaf grinste. „Keine Bilder mit Manuel? Tststs. Ich hätte eigentlich gedacht, da ist was zwischen euch. Nein, Quatsch, deshalb habe ich deine Bettsachen mitgenommen und das Bild. Kein Mensch wird sehen, dass es Manuels Bett ist. Aber bei dir ging es nicht, da hätte man reinschauen können und der Fotograf wäre aufgefallen. Und noch etwas zu Manuel: Er ist schwierig, keine Frage, aber er ist der beste Freund den ich je hatte und er hat niemanden verdient, der es nicht ernst meint mit ihm. Solche hatte er schon genug gehabt, das hat ihn hart werden lassen. Wenn du ihn wirklich liebst, lohnt es sich um ihn zu kämpfen, es gibt keinen besseren".

Olaf hatte seine Ansprache anscheinend beendet und starrte auf den Verkehr. Ich wusste ja, dass nichts sein durfte zwischen uns. Manuel hatte mir so geholfen, das Loch, in das ich gefallen war, zu verlassen. Und ich wusste weder wer ich wirklich war, noch was ich wirklich wollte. Ich kam mir auch so vor, als ob ich nie wieder jemanden lieben könnte. Klar, Gefühle unterhalb der Gürtellinie gab es schon und Manuel war niemand, den ich von der Bettkante stoßen würde, aber so komische halbe Sachen wollte ich nicht mehr. Ich glaube, ich hatte mir mit Tobias schon viel zu viel vorgemacht. Im Nachdenken fiel mir der Umschlag meiner Mutter ein. Ich hatte ihn in meine Jackentasche gestopft und holte ihn nun raus.

Olaf schaute interessiert „Ein neuer Liebesbrief?". „Nein, ein Scheck meiner Mutter". Ich riss den Umschlag auf und holte tief Luft: 30.000 €. „Olaf, sie hat mir 30.000 geschenkt. Damit ich nicht abhängig von irgendwelchen Männern bin. Mein Leben lang hat sie mir gepredigt, eine gute Ehefrau zu werden" rief ich atemlos. Olaf drückte mir einen schrägen, schnellen Kuss auf die Wange „Sie ist gar nicht so verkehrt. Jetzt kannst du dir endlich mal ein paar neue Klamotten kaufen. Ist ja schrecklich, was du da in die Taschen gepackt hast". Neue Klamotten? Ja, schön wäre es, aber wer wusste schon, was die Zukunft bringen würde? Vielleicht würde die Wohnung ewig nicht verkauft werden und niemand wollte meine Horrorgeschichte lesen? „Wenn die Wohnung verkauft ist und ich tatsächlich auch nur irgendein Geld für diese komische Geschichte bekomme, kaufe ich mir neue, versprochen. Und eigentlich muss ich auch so schnell wie möglich bei Manuel ausziehen, ich falle ihm bestimmt schon auf die Nerven mit all dem Chaos".

Olaf warf mir einen seitlichen Blick zu „Ich habe Manuel schon sehr lange nicht mehr so entspannt und lustig erlebt wie seit dem du da bist. Selbst als diese schreckliche Tussi noch da war, war er irgendwie angespannt. Ich denke, noch nie hat ihm jemand so gut getan wie du. Nur für eine schnelle Nummer ist er glaub ich wirklich der falsche." Ich seufzte und antwortete leise „Ich will keine schnelle Nummer. Ich weiß gar nicht, was ich will. Aber er hat mich gerettet und dafür bin ich ihm unendlich dankbar, und auch dir." Olaf drückte meine Hand und ich revidierte all meine „Schade"-Gedanken zum Thema schwule Männer. Es war unheimlich angenehm, einen Mann zu küssen und zu drücken, von dem man wusste, dass er schwul war und es nicht als Aufforderung interpretieren würde. Olaf fuhr den Porsche in die Tiefgarage, schloss das Tor hinter sich und zerrte im Rausgehen die Taschen aus dem Kofferraum und von den Sitzen. Dann telefonierte er „Ja, jetzt gleich wäre gut. Ruf mich kurz vorher an, ich drücke dann auf den Knopf für die Tiefgarage. Bringst du alles mit? Was machen wir mit dem Make up? Naja, geht so. Ja, ist gut, bis gleich". Er steckte das Handy wieder ein und schulterte fast alle Taschen auf einmal.

Der Aufzug der Tiefgarage führte direkt bis zur Wohnung der beiden. Manuel öffnete sofort und Olaf stellte ächzend das ganze Zeug ab. Sofort ergriff das schlechte Gewissen von mir Besitz. „Manuel, ich weiß auch nicht, können wir das irgendwo in den Keller stellen?". Manuel grinste „Mehr hast du nicht? Was hast du mit dem Rest gemacht? Den liebeshungrigen überlassen? Wir stellen es oben erst mal in die Abstellkammer, dann kannst du nach und nach sortieren.

Ist doch kein Problem." Olaf lachte „Stimmt, ist ungefähr so, wie wenn Karen kurz einkaufen war, oder?".

Dann wühlte er in den Taschen. „Wir brauchen jetzt das Bettzeug, das Bild und du musst dich in irgendwelche Dessous werfen, möglichst sexy. Auf keinen Fall so ein komisches Schlafzeug wie letztlich. Der Fotograf kommt gleich. Danach suchen wir die anderen Bilder raus und dann können wir erst mal Kaffee trinken. Der Reporter kommt erst später, das kann ich auch alleine machen und du lieferst mir ein paar Stichworte. Manuel und ich machen das Bett und du ziehst dich um. Los mach, der kommt gleich".

Mir war schwindelig. Dessous? Fotos? Aber egal. Ich musste durch all das jetzt durch. Dass mich nun jeder anglotzen würde und mein Leben teilen würde, wäre gleichzeitig mein Neuanfang. Trotzig wühlte ich in meinen Sachen. Auf jeden Fall schwarz. Ich suchte ein schwarzes Set aus BH und String heraus und ging ins Bad nach unten. Leichtes Make up, die kurzen blonden Haare (ich hatte sie vor ein paar Tagen akkurat nachneiden lassen bei Nummer 1 und 2) mit Glanzspray besprühen, dunkelroten Lippenstift und viel Puder. So, fertig, oder? Ich besserte noch schnell eine schadhafte Stelle an meinem dunkelroten Nagellack am rechten Fuß aus und betrachtete mich.

O.k. ich war blass, aber so kurz vor Weihnachten? Ich war kein großer Solariumgänger und für Selbstbräuner war die Zeit nun zu kurz. Ich hörte Stimmen und Gepolter. „Toni? Kommst du? Der Fotograf ist da" hörte ich Olaf rufen. Sollte ich mir jetzt wieder was drüber ziehen? Nein, das wäre auch komisch. Wollte der nur so Dessousfotos machen? Ich trat aus dem Bad heraus und stand sofort den drei Männern gegenüber. Der Fotograf, Uli, wie er sich vorstellte, Olaf, der kritisch den Kopf schräg legte und Manuel, der mich relativ ausdruckslos ansah. „Uli, da müsste man doch mit Weichzeichner und so was draus machen können, oder?" fragte Olaf kritisch und ich hätte ihm am liebsten eine runter gehauen. In der folgenden Stunde räkelte ich mich in allen möglichen Posen auf dem Rücken, auf dem Bauch und auf der Seite in Manuels Bett auf meiner alten Bettwäsche und spielte als Gipfel der Unmöglichkeit auch noch mit einem glänzend eingepackten Geschenk. Olaf hatte Manuel zum Glück schon am Anfang aus dem Zimmer raus gezogen. Endlich seufzte Uli „O.k., das war super. Ich denke, ich habe mehr als genug. Auch als Portrait, da müssen wir nicht noch mal extra was machen. Ich schicke euch die Fotos bearbeitet per Mail, dann könnt ihr entscheiden welche. Mal sehen, wann und wo wir die nächste Session machen, Olaf soll mich anrufen": Noch einmal? Ich nickte nur, griff mir von einem Stuhl ein Hemd von Manuel und zog es drüber. Die Tür ging auf und die beiden anderen kamen wieder rein.

Uli grüßte kurz und verabschiedete sich mit „bis nachher". Mir war schlecht. Ich fühlte mich so ähnlich wie eine Prostituierte. Solche Fotos in Manuels Bett mit der Bettwäsche, in der ich mit Tobias geschlafen hatte und die ich mittlerweile hasste. Olaf knüllte das Bettzeug zusammen, stopfte alles in einen Sack und fragte nur einmal kurz „Weg damit?". Als ich nickte, stellte er den Sack vor die Tür. Manuel sah mich ruhig an und ich konnte seinen Blick nicht deuten. Olaf anscheinend schon, weil er ihn am Arm packte und mit geschäftiger Stimme sagte „Toni, zieh dir was an, dann suchen wir schnell die Fotos raus und dann haben wir es erst mal".

Unsere Blicke blieben aneinander hängen. Ich sah in seine blauen Augen, die sich verdunkelt hatten, spürte seinen Blick auf dem Hemd, auf meinem BH, auf meinen Lippen und riss mich nur mit Mühe davon los, um in mein Zimmer zu gehen und mich dort erst mal ziemlich atemlos aufs Bett zu werfen. Ich hätte es wieder nicht stoppen können. Es wäre passiert – Olaf hatte es gemerkt und war dazwischen gegangen. Ich wollte mehr als animalische Lust. War es das? Manuel war mir so nah, so wichtig, wie Frank es nie gewesen war. Und Tobias? Das war so schwierig für mich, so vieles war Vertrautheit aus Gewohnheit gewesen.

Mit Manuel spürte ich diese Verbundenheit. Egal um welche Uhrzeit, ich konnte mit ihm reden, nie gab es mir das Gefühl, ich würde zu viel reden. Jetzt konnte ich sowieso keine Lösung finden. Ich schlüpfte in Jeans, Shirt und Fleecejacke sowie dicke Socken und schaffte so einen optisch riesigen Kontrast zu meinem Bettoutfit.

Die Männer waren nicht zu sehen, also machte ich mich schon mal alleine über die Fotos her.

„Hey Olaf, was soll ich denn für Fotos raussuchen?" rief ich laut über den Gang. „Von Tobias?". Ich hörte Stühle rücken und sie kamen von der Dachterrasse herein. Aha, Raucherpause. Soweit ich das mitbekommen hatte, rauchte zwar niemand von beiden, aber Notzigaretten sind schließlich eine wundervolle Angelegenheit.

Olaf fuhr sich durch die Haare „Ja, ich bin dafür, wir machen das mit der Wahl der Leser. Oben groß deine Bettfotos und unten ein paar Highlights. Nicht zu blöd, sonst wählen am Ende alle diesen Tobias. Tobias stellen wir erst im Lauf der Zeit als Superarsch hin. Du hast doch dein Buch wie ein Tagebuch begonnen, oder?". Ich nickte. „Also, dann lassen wir den einleitenden Text Rudi machen, den Schmuddelreporter und drucken ein kleines Stück deines Tagebuchs da rein. Spannend genug, damit alle am nächsten Tag die Zeitung kaufen und wir ein neues Bild liefern und weiter mit der Superwahl machen. Nach spätestens einer Woche müsstest du eigentlich ein Angebot für dein komplettes Buch haben, musst dann flott machen und dann bringen wir alles unter einen Hut. Die Wohnung vermarkten wir mit, die Bettwäsche bleibt drin, so mit dem Slogan „Die Bettwäsche, in der sich die Supererbin räkelt" oder so. Rudi hat da bestimmt tolle Ideen. Gib mir die Bilder einfach, ich mach das." Ich reichte ihm erschöpft die Bilder und er wuschelte mir durch die Haare. „Du schaffst das. Ich treff' mich schnell mit Rudi im Cafe, komm dann wieder, dann können wir die Bilder ansehen und dann haben wir doch auch schon alles". Aufmunternd drückte er mich, nickte Manuel zu und ging.

Manuel und ich sahen uns befangen an. Ich warf mich aufs Sofa und klopfte neben mich „Komm zu mir, ein grässlicher Tag heute".

Irgendwie musste ich die Stimmung aufheitern und so fing ich an, ihm von dem Besuch in meiner Wohnung zu erzählen. Und dabei fiel mir Lola und ihr Problem ein „Und weißt du, jetzt muss ich dich noch mal was fragen. Was fändest du bei einer Frau abstoßender: Blasenschwäche, Herpes überall oder Dauerbluten?".

Gespannt sah ich ihn an und registrierte Entsetzen und Lachen in seinem Blick. Reflexartig fiel sein Blick in Richtung meiner Hose und meines Schrittes. Dann lachte er „Ich weiß nicht, was du mit deiner Frage bezwecken willst, aber falls du dich abstoßend machen willst, ist es vielleicht die falsche Strategie. Du warst nahezu nackt in meinem Bett ohne Durchbluten, ohne nasse Flecken weil Blasenschwäche und Herpesspuren sehe ich auch nirgendwo bei dir. Und komm mir nicht mit Genitalherpes, das sieht man nämlich trotzdem".

Ich musste auch lachen „Hihi, nein, ich habe zum Glück nichts davon, aber jetzt mal ganz ernsthaft, das ist wichtig: Was ist schlimmer und was glaubst du kommt am glaubhaftesten rüber?".

Er sah mich mit einem rätselhaften Blick an „Ich weiß nicht, wem du es erzählen willst, ich bin Gynäkologe und damit vielleicht der falsche. Aber nehmen wir mal an, du willst es irgendeinem Mann erzählen, würde ich auf Herpes überall tippen, weil erstens ansteckend und außerdem kann man nicht einfach was drunter legen. Aber alles zweifelsfrei nicht angenehm." Ich nickte, wobei es mich wunderte, dass er nicht Dauerbluten genannt hatte. Eigentlich hatten doch alle Männer eine extreme Abneigung gegen Blut. Ich konnte mich noch an dieses Gejammer von Freundinnen erinnern, die sich beschwert hatten, dass ihre Männer immer wie Dracula auf den Weihrauch reagierten, wenn sie bluteten. Ich konnte das weder aus Tobias' noch sonst einer männlichen Perspektive beurteilen, da ich schon lange die Spirale verwendete und seit dem das Bluten bzw. die Periode nahezu völlig ausgeblieben waren. Aber da war sie wieder: diese Selbstverständlichkeit, auch ganz normal mit Manuel über solche Themen reden zu können. Es erschien mir überhaupt nicht komisch. Und es ekelte ihn nicht, er fand es nicht merkwürdig, o.k. höchstens lustig.

„Hör zu, eigentlich hätte ich dich gefragt, ob du heute nicht Lust hast, ins Kino zu gehen, aber ich denke öffentliche Auftritte sind im Moment nichts, aber wie wäre es, ich würde ein paar Filme leihen?" fragte Manuel gerade. „Oh ja gerne, gute Idee. Du gehst leihen, ich schreibe ein bisschen und dann können wir loslegen. Aber bitte nichts Weihnachtliches. Ach so, wo wir schon mal bei Weihnachten sind, ich wollte dich nach deinen Plänen fragen und dir sagen, dass ich natürlich auch an Weihnachten alleine zurecht komme bzw. zu meiner Mutter gehe". Welch eine schreckliche Vorstellung!

„So lange du deine Mutter nicht für den ganzen Abend hierher einlädst... Olaf und ich feiern schon seit ein paar Jahren meist gemeinsam am 24., gehen dann noch weg bzw. treffen hier oder bei ihm Freunde und erledigen das bisschen Familie an den Feiertagen. Ich habe nur noch einen Vater, der mittlerweile eine neue Frau hat und sich prima auch ohne mich unterhält. Es wäre also schön, du würdest auch mit uns feiern. Wir bestellen Essen und am 25. gibt es Gans, die Olaf immer irgendwoher auftreibt. Ich freue mich schon drauf, die letzten Jahre war es nicht so einfach mit Weihnachten. Karen und Olaf haben sich nicht gerade gut verstanden" sagte Manuel.

Aha, das erklärte natürlich Olafs Sicht der Dinge bzw. war eigentlich ja auch klar. Wenn jemand meine beste Freundin so behandelt hätte, würde ich denjenigen auch hassen. Ich musste also unbedingt Geschenke kaufen und konnte vermutlich nur schwer das Haus verlassen. Außerdem war mein Auto immer noch mit Dosen usw. verziert. Eigentlich müsste ich das auch verkaufen.

„Meinst du, du könntest mir mal für einen halben Tag dein Auto leihen? Ich müsste dringend ein paar Besorgungen machen?" fragte ich. „Klar, ich kann mit dem Rad in die Arbeit oder du fährst mich und nimmst es dann. So lange du nicht Utensilien für deine ganzen unappetitlichen Leiden nachkaufen musst..."

Ich lachte. Ich hatte zwar keine Ahnung, was ich kaufen sollte und irgendwie war immer noch alles chaotisch und schwierig, aber so ein bisschen weihnachtliche Stimmung entwickelte wohl auch ich…Ich machte mich dann wieder ans Schreiben, schaffte erstaunlicherweise wie im Rausch unglaublich viele Seiten, Manuel holte DVDs und kam mit Olaf wieder, der mir die Bilder präsentieren wollte.

Wieder war ich baff über die Wirkung bzw. Effekte, die ein Profifotograf zaubern kann. Die Bilder sahen phantastisch aus und eigentlich noch besser als meine Aktfotos, für die ich einen Haufen Geld bezahlt hatte. Ich sah aus wie hin gegossen auf dem Bett. Die Blässe fiel nicht auf – ich war eine Schönheit! Olaf kommentierte das ganze natürlich nur mit „Wer sagt es denn. Kann man lassen."

Ich durfte zwar nicht drüber nachdenken, dass übermorgen die notgeilen heiratswilligen Typen mit dem Frühstücksbrot in der Hand über den Bildern gafern würden, aber man konnte ja nicht alles haben.

Ich beobachtete Manuel beim Betrachten der Bilder, konnte aber keine besondere Regung feststellen. Hatte ich mich getäuscht? „So, jetzt gehe ich und treffe mich mit dem Schreiber. „Bist du da, falls wir was brauchen? fragte Olaf. Ich nickte und weg war er. Ich stand da mit einem der Probeabzüge in der Hand und schaute mein Bild ganz verliebt an. Zur Steigerung des Selbstbewusstseins brauchte man keine Einkäufe sondern gut gemachte Fotos, die einen 1000 mal besser aussehen ließen als die Wirklichkeit.

„Ach ist es nicht schön? Die Wirklichkeit ist zwar ernüchternd und jede Umkleidekabine würde es mir zeigen, aber solche Fotos sind einfach gut fürs Ego" schwärmte ich und sah Manuel begeistert an.

Manuel zog eine Grimasse „Pack jetzt die Bilder weg und lass uns die Filme anschauen, ich kann mich sonst nicht mehr beherrschen".

Neugierig blickte ich ihn an. Hatte ich mich also doch nicht getäuscht? Ich rang mit mir. Weggehen wäre jetzt so einfach gewesen. Umdrehen, Foto nehmen und in mein Zimmer gehen. Der Moment wäre vorbei.

Ich blickte Manuel ins Gesicht. Seine Augen waren wieder wie dunkle Seen, er fuhr sich nervös durch die kurzen Haare. Unsere Gesichter waren sich ganz nah. Ich trug keine Schuhe und er war mehr als einen Kopf größer, so dass ich hoch schauen musste, um ihm in die Augen zu sehen. Er strich mir mit der Hand übers Haar und übers Gesicht. Eine liebevolle Geste, die er schon ein paar Mal so gemacht hatte.

„Ist das alles?" fragte ich „mehr machen meine Fotos nicht mit dir?". „Toni, ich warne dich" seine Stimme klang heiser „es wird nicht leichter damit und ich bin nicht das, was du brauchst. Ich suche keine Frau, ich will keine Frau in meinem Leben und ich kann auch keine Frau glücklich machen". Ich sah ihn an. Er war der liebevollste Mensch, den ich kannte. Ich konnte über alles mit ihm reden, lachen ja und auch schweigen. Die schlimme Erfahrung konnte ihn doch nicht zum generellen Frauenhasser gemacht haben?! Außerdem suchte ich auch keinen Mann! Oder? War ich nicht in allen Lebenslagen auf der Suche?

Kurzfristig streiften mich Gedanken, die mich sonst ausschließlich beschäftigt hätten: Waren meine Beine epiliert? Welche Unterhose trug ich? War mein Bauch auch nicht zu schwabbelig? Und irgendwie spielte das alles nun keine Rolle. Es war Manuel. Manuel, den ich liebte? Liebte ich ihn? Konnte ich lieben? Spielte das eine Rolle? Mit diversen Männern hatte ich geschlafen, ohne groß drüber nachzudenken, ob es mehr werden könnte, geschweige denn ob ich sie liebte. Jetzt war es mir wichtig, dass es mehr war. So wichtig, dass ich wieder etwas ins Zögern kam. Was sollte werden? Ich hier mit all dem Durcheinander, draußen ein Haufen Verrückter, die hofften, mich und vor allem diese blöde Erbschaft zu bekommen.

„Oh Mann" stöhnte ich, umarmte ihn und kuschelte mich in die Halsbeuge, in die ich gerade so mit auf den Zehenspitzen stehen hinkam. Manuel hielt mich, drückte mich fest und vergrub sein Gesicht in meinen Haaren. „Ich wollte das nicht" sagte ich, „ich wollte nicht, dass es so kommt. Es macht alles viel komplizierter". Manuel lachte „Ich wollte das auch nicht. Ich glaube, niemand wollte es weniger als ich. Die ganze Sache und du, ihr habt mich einfach überrollt. Ab dem Moment, als ich vor deinem Sofa kniete und noch dachte, du hättest irgendwas geschluckt, war es irgendwie passiert.". „Wie?" fragte ich erstaunt „schon da?".

Manuel schüttelte den Kopf und lachte „Du kennst mich jetzt wirklich ganz gut. Glaubst du, ich bin so drauf, dass ich einfach irgendwelche Leute mit heim nehme und bei mir einziehen lasse? Du bist süß, du warst es schon damals und je länger du bei mir warst, desto näher kamst du mir, desto weniger egal war mir das alles. Aber du kennst auch meine Geschichte. Es ist noch nicht lange her und ich kann und will niemandem gerecht werden. Du hättest es verdient, dass dir jemand nach all dem sein Herz schenkt, für dich da ist, dich so nimmt, wie du bist und unvoreingenommen liebt. Ich kann das nicht. Nicht im Moment, vielleicht gar nicht mehr. Ich muss durch diese dunklen Träume und all das durch. Niemand und vor allem nicht du hast so ein Misstrauen verdient."

Ich musste schlucken. Nie hatte ein Mann bisher so zu mir über seine Gefühle gesprochen. Ich war nur Männer gewöhnt, die sich irgendwie verhielten und man musste sich dann seinen eigenen Reim drauf machen.

„Ach Manuel" sagte ich „es tut mir so leid, dass du das alles durchmachen musst und ich dir nicht helfen kann. Was kann ich dir schon sagen? Dass nicht alle Frauen so sind? Dass es viele gibt, die froh wären, jemanden wie dich zu haben? Dass es irgendwann aufhört, weh zu tun? Und dass du dich bestimmt irgendwann wieder verlieben und auch vertrauen kannst? Ich würde mich anhören wie meine Mutter und es würde dir nichts helfen."

Ich blickte ihn an, sah seine dunkelblauen Augen mit den dichten schwarzen Wimpern, die zerwühlten kurzen blonden Haar, die Fältchen um die Augen und es war wieder um mich geschehen.

„Vielleicht ist es egal. Vielleicht sollten wir nicht so viel nachdenken. Vielleicht ist es einfach schön, dass wir uns gern haben, dass wir uns wichtig sind, dass wir uns brauchen usw. Mittlerweile kann ich so etwas als Geschenk betrachten. So viele Jahre habe ich einfach in den Tag gelebt, habe nur genommen, andere haben es genauso gemacht und die Zeit ist einfach umgegangen, ohne dass ich gemerkt hätte, was es sonst noch Wichtiges im Leben gibt. Jetzt, innerhalb eines Monats habe ich nichts mehr von dem was ich hatte. Keinen Job, keine Wohnung, keinen Freund, keine beste Freundin – und trotzdem beginne ich mich besser zu fühlen als ich mich je gefühlt habe. Ich mache endlich etwas was mir Spaß macht – wenn auch mit komischen Nebenschauplätzen – und ich habe gemerkt, dass man auf oberflächliche Freundschaften gut verzichten kann".

Ich musste mich wieder auf die Füße stellen vor Anstrengung und war so einen Kopf kleiner.

„Das hast du schön gesagt" sagte Manuel und beugte sich zu mir herunter. Ich spürte seine Lippen auf meinen und seine kühle Hand in meinem heißen Nacken. Der Kuss war unglaublich sanft und vorsichtig. Sollte ich jetzt nachdenken oder es lassen?

Die Entscheidung wurde mir abgenommen – es klingelte. Manuel sah mich fragend an „Soll ich gehen oder es klingeln lassen?". Ich musste lachen „Ist bestimmt Olaf. Der hat jetzt schon ein paar Mal die Situation erkannt und ist dazwischen gegangen":

Manuel öffnete, sichtlich angenervt, die Tür und es war tatsächlich Olaf. Der grinste, als wenn er eine Kamera installiert gehabt hätte „Stör ich? Ich wollte euch nur mitteilen, dass alles erledigt ist. Heute Nacht oder morgen früh mailt er mir den Kontrollabzug und dann komme ich wieder", er lächelte süffisant. „Ich geh dann und wünsche noch einen schönen Abend mit den Filmen". Noch ein kurzes Küsschen auf die Wange, ein diabolisches Grinsen und er verschwand wieder durch die Tür nach drüben.

Manuel lehnte sich an die Haustür, nahm meine Hände und fragte „Willst du vernünftig sein? Willst du denken? Tue ich dir weh damit? Ich weiß schon, es gibt keine Garantien, aber ich kann dir eigentlich schon die Garantie darauf geben, dass es keine geben wird."

O.k. ich wollte nicht mehr so leichtsinnig sein, wie früher aber allmählich ging mir das viele Denken im Voraus auf die Nerven. Liebeskummer würde ich vielleicht sowieso haben. Wer wusste schon, wie all das ausgehen würde? Wer wusste schon, wovon ich zukünftig leben würde? Dieser ganze Plan war so waghalsig, dass ich eigentlich gar nicht drüber nachdenken durfte.

Es klingelte wieder. Wir seufzten gleichzeitig und wussten beide, dass es für dieses Mal entschieden war. Unglaublicherweise war es wieder Olaf. Der mitteilte, dass er meiner Firma geschrieben hatte und dass die Fahne schon da war für den Artikel. Ob wir sie denn lesen wollten? Auch wenn wir ohne ihn vermutlich im Bett gelegen hätten, wollten wir sie natürlich lesen.

Ich hatte vorhin einen kurzen Tagesabriss in Form eines Tagebuches geschrieben. Süffisant, ein bisschen chaotisch und auch ein bisschen erotisch. Olaf war begeistert. Er hielt alles in der Hand: Oben ein großes Bild von mir im Bett, unten diverse Belagerer, mitten drin ein Bild von Tobias. Gekennzeichnet mit: macht sich aus dem Staub, wenn es eng wird, scheut auch vor der besten Freundin nicht, vermutlich (!) eher mittelmäßig im Bett. Oh weia!

„Liebst du ihn eigentlich noch?" fragte Olaf in die Stille „Ist es zu arg für dich? Aber ich glaube wir müssen es so tun, um ihn loszuwerden und dein Buch zu vermarkten. Wie weit bist du denn schon?"

Liebte ich Tobias? „Nein! Das ist mal klar. Ich glaube mittlerweile ich habe ihn nie geliebt. Es war einfach passend, nett, vielleicht auch mal leidenschaftlich, keine Ahnung. Eine Zeitlang war es auch toll, dass alle anderen neidisch auf mich waren. Das Buch? Na ja, so 90 Manuskriptseiten? Ich denke, ich schaffe am Tag 20-30. Aber das Ende ist ja noch offen oder liegt in meiner Hand…"

Ich hatte Magenschmerzen. Einerseits war ich froh, dass Olaf sich kümmerte, dass ich nahezu alles einfach aus der Hand geben konnte. Andererseits verspürte ich die Unruhe, diese Rastlosigkeit. Mein Platz fehlte.

Die nächsten beiden Tage verbrachte ich mit Schreiben und Weihnachtsvorbereitungen.

Ich schrieb so viel, dass die beiden mich am 24. vom Computer wegziehen mussten. Olaf hatte sich um Baum und Essen gekümmert, Manuel war noch mal kurz in der Klinik gewesen und ich hatte Seite um Seite geschrieben. Das Ende fehlte nun noch. Ich wusste nicht, wie es ausgehen sollte. Was war publikumswirksam? Kurzfristig fühlte ich mein eigentliches Leben davon beeinflusst. Undenkbar etwa, dass die Protagonistin Tobias am Ende wieder nehmen würde! Es wäre mir wie ein Fluch erschienen.

Nachdem ich wirklich mit Geschenken keine tolle Idee gehabt hatte, hatten beide sehr persönliche Briefe von mir bekommen, Olaf in Anlehnung der Liebe zu meiner Mutter, sehr stylische Topflappen, die genau zu seiner Designer-Küche passten und Manuel ein sehr weiches edles Shirt, das ich zufällig gesehen hatte und das exakt die selbe Farbe wie seine Augen hatte. Es hatte so viel gekostet, wie ich normalerweise für 10 Shirts ausgegeben hatte.

Die Geschenke der beiden ließen mich wieder Tränen und Kloß im Hals spüren. Sie hatten mir Klamotten gekauft. Ausgesucht hatte sie vermutlich überwiegend Olaf. Flippige, peppige Sachen bekannter Designer und exakt in meiner Größe. Als letztes wickelte ich ein kleines Paket auf mit einem super-schönen schwarzen String von Victoria Secret und dem Zettel „Ich hoffe, sie wiegt deinen Verlust auf…Jede Unterhose ist übrigens schnell ausgezogen, sogar bei Dauerbluten…" Jetzt kamen mir wirklich die Tränen und mit dem Umarmen der beiden musste ich auch beschließen, dass diese Zeit nicht ewig so weitergehen konnte…

Kapitel 11

Ich schnaufte. Ein Albtraum lag hinter mir. Ein Albtraum, der eines Morgens begonnen und dann seinen Lauf genommen hatte. 3 Monate waren nun vergangen, seit der Veröffentlichung des Artikels. 5 Monate seit der unsäglichen Testamentseröffnung.

Olaf hatte mir mein Weiterleben gerettet, das war klar. Ich hatte zum Schluss keine Nacht mehr schlafen können. Manuels Wohnung war belagert worden, sogar auf den Balkon waren sie geklettert. Olaf hatte meiner Firma tatsächlich eine Abfindung herausgepresst und sie hatten zu einem Auflösungsvertrag 40.000 € Ablöse bezahlt. Der Erfolg der ganzen Männerplackerei hatte sich auch eingestellt: Ich hatte unzählige Angebote für mein Buch erhalten, Olaf hatte alles mit eiskalter Hand und ebensolcher Verhandlung geprüft und ausgeschachert. Das Buch war bereits verlegt, ein weiteres vertraglich unter Dach und Fach und in Arbeit. Und zu guter Letzt hatte er auch meine Wohnung für weit mehr als ich sie gekauft hatte, verkauft. Sogar meine Mutter war beeindruckt gewesen.

Es hatte auch ein Zusammentreffen mit Tobais gegeben, in dem er Olaf anbot bzw. versicherte, nichts mehr zu veröffentlichen, wenn wir unsererseits die Polemik gegen ihn einstellen würden. Er hatte somit zugegeben, die Aktion gestartet zu haben.

Es traf mich immer noch. All das war zu einem Zeitpunkt gewesen, zu dem ich Betrug hin oder her, nie zu so einer Tat in der Lage gewesen wäre. Auch sein ganzer eiskalter Auszug aus meiner Wohnung ließ ihn nun für mich in einem ganz anderen Licht erscheinen. Olaf war geschickt vorgegangen und hatte immer irgendwelche Frauen gefunden, die unangenehme Sachen über ihn sagten oder es als Möglichkeit formulieren ließen. Tobias war jedes Mal in der Leserwertung als der „No-go-Mann tituliert worden. Anne war ebenso in die Negativschlagzeilen geraten. Interessanter weise hatte sie dann auch noch versucht, sich an Olaf ranzumachen, um für sich was Positives rauszuholen. Ich konnte mit keinem der beiden mehr reden. All dies erschien mir so weit weg.

Irgendwann war die Situation für und mit Manuel nicht mehr erträglich.

Die Männer belagerten das Haus, unser Miteinander wurde immer schwieriger, es hatte unzählige Situationen gegeben, in denen wir so nah davor waren, miteinander zu schlafen, wo letztlich immer er zurückgeschreckt war.

Eines Nachts hatte er zu mir gesagt „Toni, ich kann keine weitere Enttäuschung verkraften. Ich weiß wie du denkst und ich weiß, dass für dich alles eher ein Spiel ist. Ich schaffe das nicht noch mal. Ich liebe dich und ich glaube, das habe ich noch nicht oft gedacht. Ich will es unter den Umständen nicht an mich heranlassen und du hast Besseres verdient, als nur Sex und viel Distanz. Irgendwann bist du dir vielleicht sicherer oder ich unbefangener."

Ich hatte weinen müssen, aber er hatte Recht. Ich wusste nicht, wo mein Platz war. Ich hatte alles verloren und war gerade erst wieder dabei, mir mein Leben zurück zu erobern.

Nach dieser Nacht und diesem Gespräch hatte ich gewusst, dass ich ausziehen musste.

Olaf war mein absolut unentbehrlicher Freund geworden. Am nächsten Tag hatte ich gewartet bis Manuel in der Arbeit war und mich dann mit Olaf im

Cafe getroffen. Olaf kam in seinem unglaublichen Business Look und sah so aus wie gerade einem Dressman-Magazin entsprungen. Ich küsste ihn, sah vermutlich schrecklich aus nach so vielen Tränen in der Nacht und schlaflosem Herumwälzen. „Olaf, ich muss gehen. Ich weiß nicht wohin und was ich machen soll…"

Ich kam mir vor wie ein unmündiges Kind. Olaf hatte wirklich Mutterfunktion in meinem Leben eingenommen und meine eigene Mutter hatte das komischerweise akzeptiert. Sie war unglaublich zahm geworden. Olaf war in ihren Augen ein Heiliger. O.k. er war schwul, diese Enttäuschung hatte ihr zu schaffen gemacht, aber der Rest war natürlich sehr nach ihrem Geschmack und er war so herrlich direkt und bestimmt. Sie traute sich einfach nie, etwas gegen ihn zu sagen.

Olaf strich mir durchs Haar „Du siehst schrecklich aus Babe, aber das weißt du vermutlich selber. Manuel kann nicht raus aus seiner Haut. Ich bin sicher, dass er dich liebt, er kann es aber noch nicht realisieren. Er steht sich selber im Weg. Als ich damals hörte, dass er dich aus deiner Wohnung mitgeschleift hat, konnte ich es gar nicht glauben. Das hat so gar nicht zu ihm gepasst und es war wirklich ein Zeichen. Er macht so was nicht. Dass er sich Gedanken macht, ob er dich verletzten könnte, in dem er mit dir schläft, ist auch untypisch für ihn. Er liebt dich, da bin ich ganz sicher. Lass ihm Zeit. Lass ihn realisieren, dass er das Risiko einfach eingehen muss, wenn er dich nicht verlieren will. Du wirst ihm fehlen wenn du weg bist. Wohin? Naja, ich würde jetzt nicht Hals über Kopf was Neues kaufen. Ich hoffe für euch, dass sich die Sache irgendwie anders ergibt. Ich würde auch nicht hier in der Stadt bleiben. Du bist bekannt wie ein bunter Hund, diese Typen lauern dir trotz beendeter Kampagne hinterher und ich denke, die Finte, dass es dein Testament gar nicht gibt, haben vielleicht auch nicht alle mitbekommen und geglaubt. Du musst aber Ruhe haben, um weiter zu schreiben. Ich habe einen Bekannten, dessen Frau ist abgehauen, mit irgendeinem Esoteriker, er will das Haus nicht mehr und will es einem Makler zum Vermieten geben bzw. verkaufen. Wenn du willst, frag ich mal nach. Es ist ca. 60 km von hier, eher ländlich. Seine Frau wollte Ruhe, um zu malen oder so…".

Ich schluckte, 60km, aber was sollte es. Es musste sein. Je weiter weg er war, desto unwahrscheinlicher die Möglichkeiten, sich zu begegnen.

„Ja, das wäre toll" sagte ich „möglichst schnell. Ich will nicht mehr warten, das halte ich nicht aus".

Olaf hatte in seiner direkten und bestimmten Art noch am selben Tag alles geklärt und sein Mandant das Haus mit Vorkaufsoption an mich vermietet. Ich hielt den Abschied extrem kurz und schmerzlos und vermittelte Manuel gegenüber den Eindruck, als hätte ich mich arrangiert und würde nun gehen, um den nächsten zu suchen. Mir brach fast das Herz und am liebsten hätte ich ihn in meine Arme gerissen und gerufen „Ich will nicht gehen. Sag, dass ich bleiben soll. Halt mich auf. Sag dass du mich liebst". Aber das hatte er nicht getan. Er hatte mich mit einem Lächeln in den Augen verabschiedet, jeden Dank abgewehrt und versprochen, mich bald zu besuchen.

Olaf hatte mir dann am Abend erzählt, dass er von sich aus diverse Noteinsätze vereinbart hatte…Ohne Olaf hätte ich wohl auch nicht überleben können. Olaf hörte sich Gejammer über mein Folgebuch an, Olaf beriet in Sachen Einrichtung und Olaf erzählte mir hin und wieder auch vorsichtig, was Manuel so tat. Das Haus war nicht allzu groß, nicht teuer, da extrem ländlich und nur Zweitwohnsitz der beiden gewesen, aber für mich genau richtig.

Ich hatte keine Möbel und so kam es mir gelegen, dass der gefrustete Hausbesitzer froh war, dass ich allerhand behielt und ihm abkaufte.

Ich kaufte mir ein neues Bett und musste dabei ständig an Manuel denken. Ich kaufte eine Espressomaschine mit Milchaufschäumer und fing im Laden fast das Weinen an.

Gleich am ersten Tag kam meine neue Nachbarin, Luisa rüber und begrüßte mich. Wir waren uns sofort sympathisch und ich freute mich sehr. So lange schon hatte es keine Frau zum Kaffee trinken, Quatschen usw. in meinem Leben gegeben. Luisa half mir völlig unkompliziert beim Rumräumen, Einkaufen und Verschönern und ihr war es zu verdanken, dass ich manche Sachen in meiner Trauerlethargie überhaupt kaufte.

Irgendwann kam sie zu mir rüber, um einen Kaffee zu trinken und die neuen Teppiche auf dem Parkett zu bewundern und unter ihrem Pulli wackelte es. Ich schaute verdutzt und ein kleines schwarzes Katzenbaby lugte unter dem Pulli hervor. „Das ist Maci. Ich schenke ihn dir. Wenn du weg musst, passe ich auf ihn auf, versprochen. Damit du nicht so alleine bist". Ich war gerührt und umarmte beide, wobei das kleine Fellknäuel schon an anderen Sachen interessiert war.

Viel Zeit zum Nachdenken blieb mir nicht, da der Verlag eine ausgedehnte Leserreise vorschlug, um meine Popularität auch für das folgende Buch anzuheizen. Ich willigte ein und schlug selber einen wirklich vollen Terminkalender vor. Ich wollte so wenig Zeit zum Nachdenken wie möglich haben. Die

Zeiten meines speckigen Daseins waren vergessen, ich hatte kaum Appetit und wurde immer dünner. Aber Klatschzeitungskampagnen würde ich hoffentlich nicht mehr brauchen. Die Verkaufszahlen des Buches waren fantastisch und somit der Verlag auch sehr an einem Folgewerk interessiert. Ich hatte bereits mit dem Schreiben begonnen.

Ich verbrachte die Abende in Buchhandlungen, Sälen, Frauenclubs, Cafes und wo auch immer.

Ich las vor, blieb danach immer noch länger und konnte nachts trotzdem nicht schlafen. Der Verlag war begeistert, meine Agentin auch, ich lächelte schon überall mechanisch.

Ab und zu telefonierte ich mit Manuel, es waren immer recht kurze Telefonate. Irgendwann stellte ich ihm nach längerem Schweigen die Frage „Wie geht's dir wirklich?", woraufhin er wieder schwieg, ich dachte er würde nichts sagen. Schließlich antwortete er „Beschissen, wirklich beschissen, seit dem du weg bist".

Und ich wusste nicht, was ich sagen sollte. Je mehr ich nachdachte, je mehr ich ihn vermisste, desto mehr wurde mir klar, dass ich all diese Ungezwungenheiten und Unverbindlichkeiten gar nicht mehr brauchte. Er fehlte mir einfach, das Vertrauen, die Sicherheit, die Liebe von und zu ihm… ja, ich war mittlerweile überzeugt davon, das es Liebe war. Noch nie hatte ich so tief empfunden, noch nie war mir der andere so wichtig erschienen wie jetzt. Und so hetzte ich von Termin zu Termin, betäubte mich, lernte andere Männer kennen, nur um sie nett zu finden, aber festzustellen, dass es mehr woanders einfach nicht gab.

Kapitel 12

Endlich zu Ende. Ich hatte die ausufernden Leserreisen zu Ende gebracht. Und ich hatte Zahnschmerzen. Der Schmerz wurde immer unerträglicher. Ich fühlte ein beständiges Pochen und Klopfen im Kiefer. Jedes Schlagloch in der Straße fühlte sich an wie ein Presslufthammer, der in meinem Kiefer hämmerte. Endlich war ich zu Hause.

Mühsam schleppte ich die Taschen ins Haus, warf einen flüchtigen Blick auf die aufgestapelte Post und schmiss mich aufs Sofa.

Wieder fiel mir auf, wie beschissen es war, nach so langer Zeit nach Hause zu kommen und von niemandem erwartet zu werden. Luisa hatte sich fürsorglich und liebevoll um alles gekümmert. Auf dem Tisch standen Blumen mit einem Willkommensschild, es roch frisch und sauber und vermutlich hatte sie sogar für mich eingekauft. Eigentlich müsste ich die Post durchsehen. Aber vor allem musste ich auf Luisas Party gehen.

Der Gedanke, aufstehen zu müssen, zu duschen und mich anzuziehen um dann auf die Party mit vermutlich lauter Musik zu gehen, war so schrecklich, dass ich mich noch mehr in die Kissen mümmelte. Warum konnte dieser nicht mehr vorhandene Zahn jetzt nicht einfach Ruhe geben? Nach einem Blick auf die Uhr stellte ich fest, dass es bereits 9 Uhr war und somit höchste Zeit, auf der Party zu erscheinen.

Mühsam angelte ich nach dem Telefon und wählte Luisas Nummer. „Ja?" klang es fröhlich mit beschwingter Musik und Gelächter im Hintergrund. Die Party war anscheinend bereits in vollem Gange. „Hi, hier ist Toni. Hör mal, ich bin gerade erst nach Hause gekommen und habe furchtbare Zahnschmerzen. Wärst du sehr böse, wenn ich…" – „Und ob ich böse bin, wenn du nicht kommst" fiel mir Luisa gutgelaunt ins Wort. „Endlich bist du wieder hier. Alle wollen dich sehen und ich habe den Termin extra so gelegt, dass du kommen kannst, obwohl ich schon letzte Woche Geburtstag hatte".

Oh nein, Geburtstag also auch noch vergessen! „Oh, du hattest Geburtstag. Tut mir leid, dass ich den vergessen habe. Alles Gute noch". „Nicht schlimm, also bis gleich. Bussi" zwitscherte Luisa uns legte den Hörer auf, nicht ohne zu sagen „Sie kommt, Leute".

„Oh Gott – wie soll ich das schaffen?" fragte ich Maci hilflos, der nur begeistert um meine Beine schnurrte und sich freute, dass ich wieder da war. Die Leute hier unterstützten mich so nachhaltig und waren so begeistert über den Erfolg des Buches, dass ich sie nicht im Stich lassen konnte. Einige waren zu sehr guten Freunden geworden und es könnte den Eindruck erwecken, ich würde es nicht mehr für nötig befinden, zu einer Party zu kommen, die hier veranstaltet wurde.

Es half nichts, ich musste hin. Vor allem Luisa hatte diese Ignoranz nicht verdient. Stöhnend schleppte ich mich die Treppe hoch und schlurfte ins Bad. Unter der Dusche versuchte ich so wenig Kontakt wie möglich zwischen Kiefer und Wasserstrahl herzustellen. Weil die Zahnschmerzen so heftig waren, hatte ich auch seit Stunden kaum etwas gegessen. Daher fühlte ich mich vermutlich so schwummerig.

Und jetzt auch noch die Klamottenfrage! Ein großer Teil der Sachen befand sich unten in den Taschen. Unmöglich, die jetzt nach oben zu schaffen. „Dann eben Jeans" brummte ich und zog eine Levis aus dem Schrank. Bei den Oberteilen gab es mehr Auswahl und so wählte ich ein enges schwarzes Top und ein durchscheinendes Hemd darüber. Wie immer die auf der Party angezogen wären, das würde schon passen. Mit kleinen schwarzen und Anzügen dürfte ja nicht zu rechnen sein. Das Verreiben des Make up auf der rechten Backe verursachte soviel Schmerzen, dass ich überlegte, ob ich noch eine Tablette nehmen könnte. Andererseits hatten die bisher sowieso kaum geholfen.

Vor Luisas Haus war alles zugeparkt. Laute Musik tönte durch die Fenster. Sie musste ja Unmengen Leute eingeladen haben!

Der Weg zur Haustür mit dem Sekt und den Geschenken in der Hand erschien mir endlos und schrecklich.

„Hey, Toni, endlich" Luisa umarmte mich stürmisch und strahlte.

Als ich bei der heftigen Umarmung zusammenzuckte, fragte sie besorgt „Dir geht's wirklich schlecht, oder?". „Was ist los? Was ist mit deinem Zahn? Willst du eine Tablette? Komm ich hol dir eine". Ich schüttelte resigniert den Kopf „Lass sein, ich habe schon viel zu viel intus. Der Zahn ist eigentlich gar nicht mehr da. Ich musste ihn mir auf der Leserreise ziehen lassen. Kurzfristig war dann alles besser, aber jetzt wird es irgendwie von Stunde zu Stunde schlimmer." „Jetzt komm erst mal rein".

Luisa schob mich durch den riesigen Flur, der mich immer an eine Bahnhofshalle erinnerte, vermutlich wegen des Bodens, der große schwarze weiße Karos hatte. Überall waren Unmengen von Leuten. „Toni, hallo. Wie geht's?" schallte es mir entgegen. Viele Leute kannte ich, aber noch mehr hatte ich noch nie gesehen. „Komm erst mal in die Küche was essen". Luisa schob mich weiter in die große Wohnküche, in der wir schon zusammen so viele Gläser Wein und Milchkaffees getrunken hatten und einige Nächte über Einrichtung, Männer und Gott und die Welt gequatscht hatten.

„Was magst du? Lasagne, Würstchen, Pizza, Salat, wir haben noch massig von allen". „Sei mir nicht böse, aber ich kann nichts essen. Ich nehme mir dann schon was, o.k.?" Ich wusste nicht, was elender war, der Zahnschmerz oder das unglückliche Gesicht der Freundin.

Auf einmal hellte sich Luisas Gesicht auf. „He, Erics Freund, den er eingeladen hat, ist doch Zahnarzt. Den hole ich jetzt mal her". Noch ehe ich sie stoppen konnte, war sie schon wieder im Getümmel verschwunden. War es jetzt besser zu verschwinden oder auf diesen Zahnarzt zu warten? Das letzte worauf ich jetzt Lust hatte war mit jemandem über meine Schmerzen zu diskutieren und mitleidvolle Gesichter anzusehen. Um nicht weiter aufzufallen und die Freundin zu beruhigen, häufte ich etwas Salat auf den Teller und fing ein Gespräch mit einer Frau neben mir an, die mich auf das neue Buch ansprach.

Noch keine 5 Minuten später sah ich aus den Augenwinkeln Luisa zurückkommen mit einem Mann im Schlepptau.

Der Zahnarzt. Luisa kannte wie immer kein Pardon. „So, das ist Daniel. Daniel, Toni hängt hier schrecklich rum, weil sie Zahnschmerzen hat. Normalerweise würde sie jetzt schon entweder unterm Tisch liegen oder auf dem Tisch tanzen. Du musst also was tun, um den Zustand wieder herzustellen. Also, macht mal, ich muss jetzt Eric davon abhalten, mit dieser schrecklichen blonden Tussi zu flirten".

Jetzt stand ich also da mit diesem Zahnarzt, der alles andere als begeistert schaute, bei mir abgestellt worden zu sein. Kein Wunder auch. Männer interessierten sich für meine Bücher nicht, die hatten sich höchstens für die Fotos interessiert, sondern finden sie im Gegenteil noch blöd, weil ihre Frauen so viel Zeit damit verbringen, sie zu lesen.

„Pass auf, wir reden jetzt zwei Sätze, dann sage ich Luisa, dass es mir schon viel besser geht, in einem unauffälligen Moment verschwinde ich nach Hause und das war's, o.k.?"

Daniel, der Zahnarzt, stand mit einer Bierflasche in der Hand vor mir und musterte mich. „So wie ich sie einschätze wird sie damit nicht zufrieden sein. Was ist mit deinem Zahn?" fragte er mittlerweile nicht mehr ganz so desinteressiert.

Während ich ihm die Zahngeschichte dann doch kurz berichtete, nahm er einen Schluck aus der Bierflasche und stellte sie dann weg. „Hm, du musst unbedingt die Stelle röntgen lassen. So oder so klingt das nach einer Entzündung im Kiefer, aber vielleicht ist noch ein Stück Zahn drin, wenn er beim Ziehen gebrochen ist. Eigentlich solltest du so schnell wie möglich zum Notdienst".

Die Kombination aus wenig Schlaf, kaum Essen, Schmerzen und dem Gedanken daran, dass diese schreckliche Metzgerei in meinem Kiefer sich womöglich noch viel schlimmer wiederholen könnte, trieben mir die Tränen in die Augen. Ich blickte zum Boden und nickte. „O.k., das mache ich. Danke".

Und nun geh endlich, dachte ich. Wieso konnte ich mich jetzt nicht einfach auf mein Sofa zaubern. Weg von hier und vor allem weg von diesen Horrorvorstellungen. Nachdem er immer noch da stand und sich nicht rührte, stieß ich mich von der Wand ab und wollte mich auf den Weg aus der Küche machen.

Daniel hielt mich am Arm fest „Soll ich mal reinschauen?" Vermutlich machte ich einen so erbarmungswürdigen Eindruck, dass selbst der desinteressierte Zahnarzt an den Eid des Hypokrates erinnert wurde. Noch ehe ich antworten konnte, kam Luisa strahlend und doch etwas angeschwippst in die Küche. „und? Wie sieht's aus? Toni, kommst du jetzt auf die Tanzfläche?" Daniel ergriff das Wort, noch ehe, ich antworten konnte „Hast du irgendwo einen ruhigen Platz mit Lampe, wo ich mal reinschauen kann?".

Luisa blickte erst etwas verwirrt, sagte aber dann „Klar, unser Schlafzimmer. Oben, die letzte Tür links. Da gibt's meine Leselampe, die ist stark und die kannst du prima verstellen. Geht nur rauf, da seid ihr ungestört". Sie lachte und wirbelte schon wieder weiter. Daniel, jetzt ganz professionell nahm mich am Arm und schleuste mich an den Leute vorbei, die irgendwie immer mehr wurden. Nach der dritten Treppenstufe dachte ich, was eigentlich wäre, wenn ich hier einfach nicht mehr weiterlaufen würde, sondern mich auf eine der Stufen legen würde.

„Komm, wir haben es gleich geschafft" sagte Daniel verständnisvoll und schob mich die restlichen Stufen nach oben und ins Zimmer. Irgendwie fühlte ich mich peinlich berührt. Die Situation war ja schon schlimm genug. Aber dass ich, die es hasste, auf Hilfe anderer angewiesen zu sein, jetzt auch noch mit diesem gut aussehenden Zahnarzt in Luisas Schlafzimmer war, war einfach entsetzlich unangenehm. Dass er gut aussehend war, davon hatte ich mich in den paar Minuten überzeugen könne. Groß, extrem sportliche Figur, lässig gekleidet – auf den ersten Blick zumindest wirklich jemand, der mir normalerweise gefallen würde.

„Am besten, du legst dich da aufs Bett. Ich wasche nur mal schnell Hände". Was tue ich bloß hier? Andererseits war die einzige Chance, schnell weg zu kommen, vermutlich mitzumachen und dann zu hoffen, dass dieser Daniel bestätigen würde, dass ich unbedingt Ruhe benötigen würde. Da war er schon wieder.

„Du stehst ja immer noch. Komm, leg dich hin. Ich leg mich schon nicht dazu". Ich seufzte und musste dann trotz der Schmerzen grinsen. Wo ich doch gerade gedacht hatte, dass ich in einer anderen Situation gar nichts dagegen gehabt hätte, wenn er sich dazu gelegt hätte. Daniel schob vorsichtig zwei Finger in meinen Mund und hielt die Lampe in diese Richtung. Trotz des grellen Lichtes bemerkte ich, dass er braune Augen hatte. Welch geniale Kombination zu diesen blonden Haaren. Dann drückte er von außen gegen meinen Kieferknochen.

Trotz aller Beherrschung musste ich ein lautes „AU" schreien. „Hmmm, ja, wie ich schon gedacht habe. Alles entzündet. Du brauchst ganz schnell ein Antibiotikum und ein Röntgenbild. Eigentlich heute noch".

Er blieb wie der Landarzt im Film auf der Bettkante sitzen und wischte sich die Finger an der Jeans ab. In dieser unterlegenen Situation, liegend auf einem fremden Bett, schaffte ich es irgendwie nicht mehr die Tränen, zurückzuhalten und nickte.

„Sind die Schmerzen so schlimm?" fragte er mit mitfühlendem Blick. Ich setzte ich auf und versuchte meine vermutlich völlig zerstörten Haare in Griff zu bekommen. „Nein, ja. Schon. Aber das schlimmste ist, dass wieder irgend so ein Metzger wie der, der den Zahn gezogen hat, in mir rumwühlt und ich hilflos auf diesem Stuhl liege und denke ich sterbe gleich. Das war ja auch ein Notdienst, ich hatte den Eindruck, es war sein erster gezogener Zahn". Daniel lachte. Klar, er hatte gut lachen. Wahrscheinlich hatte er wenn überhaupt eine Füllung im Zahn und vermutlich hatte er selber in seiner Studienzeit tausende hilflose Opfer wie mich auf dem Stuhl massakriert.

Er sah mich nachdenklich an. Entschlossen stieg ich aus dem Bett, legte meine Hand kurz auf seine Schulter und versuchte möglichst gut gelaunt und freundlich zu klingen „Dir jedenfalls danke. Das war sehr lieb von dir.".

„Wenn du willst, kann ich es in der Praxis röntgen und anschauen. Jetzt. Und wenn wirklich noch was drin ist, hole ich es raus oder rufe einen befreundeten Kieferchirurgen an, wenn dir das lieber ist. Ich schwöre, ich bin so vorsichtig wie es nur geht".

Ich war gleichermaßen gerührt und entsetzt. „Die Party hat gerade erst angefangen. Ich kann schon zum Notdienst gehen, wirklich". Daniel grinste „Pass auf, Luisa hat mir die blendend aussehende Bestseller-Autorin, die Überfrau schlechthin sozusagen derart schmackhaft gemacht, dass ich es nicht verantworten könnte, wenn du gehst und ich habe nur mal kurz in deinem Mund geschaut".

„Oh Gott, das hat sie gesagt? War sie da schon betrunken? Wem hat sie das alles erzählt?"

„Allen Anwesenden, vermutlich der ganzen Welt. Nein, mir hat sie es halt erzählt. Allerdings nicht nur einmal sondern so oft, dass ich eigentlich am liebsten gar nicht gekommen wäre. Und als sie dann kam und mir diese Zahnschmerzstory auftischte, dachte ich natürlich, das ist eine ihrer subtilen Methoden".

„Du dachtest, ich habe gar keine Zahnschmerzen, sondern bin auf Männersuche. Aha".

Manchmal waren Freundinnen wirklich grausam. Klar, das dachte er wahrscheinlich jetzt noch, dass ich mich ihm an den Hals hing. Entsetzlich! Entschlossen schob er mich wieder durchs Zimmer und ehe ich mich versehen konnte, stand ich schon an der Tür. „Ich fahre, ich kann dich danach dann heimfahren, o.k.?" Ich nickte. So froh ich am Anfang über sein Angebot war, so bedrohlich war jetzt die Vorstellung, gleich wieder auf diesem schrecklichen Stuhl zu sitzen. Ich registrierte nicht mal, was für ein Auto es war, in das ich einstieg. Eigentlich wollte ich fragen, wohin er fuhr, aber ich war wie in Trance. Ich konnte auch nicht sagen, wie lange wir gefahren waren, als das Auto stoppte und er ausstieg und meine Tür öffnete.

Mittlerweile war mir alles egal. Ich lief einfach mit und sprach kein Wort. Daniel schloss eine Tür auf und machte überall Licht. „Zuerst machen wir ein Bild. Das dauert allerdings ein paar Minuten, bis das Gerät warm ist.".

Die Praxis machte einen netten Eindruck. Weder war sie besonders klinisch noch übertrieben kitschig oder ultramodern eingerichtet. Die vorherrschenden Farben waren blau und rot und auch die schrecklichen Stühle in den Behandlungszimmern waren blau. Der große Empfang war hell und freundlich mit vielen Pflanzen.

„Groß, deine Praxis", sagte ich, um überhaupt was zu sagen. „Wir sind zu zweit hier". Achso, auf das Schild hatte ich nicht geschaut. Vielleicht hatte er eine Gemeinschaftspraxis mit seiner Frau. Nein, er war ja alleine auf der Party und auch dieser Blödmann hätte nicht diesen Spruch abgelassen. „So, jetzt. Bist du schwanger?"

Daniel wedelte mit der Bleischürze vor dem Röntgengerät. „Nein, natürlich nicht" seufzte ich und schlüpfte in die Weste. „Hoffentlich wird das jetzt was, keine Ahnung wann ich mein letztes Bild gemacht habe" lachte Daniel, ging raus und drückte ab.

„Magst du was trinken bis das Bild fertig ist?". Ich hatte angefangen, rastlos hin und her zu laufen und fühlte mich erbärmlich. „Hast du schon immer so große Angst vor dem Zahnarzt" Daniel sah mich neugierig an. „Nein, aber irgendwie immer mehr. Und seit dieser Zahnziehgeschichte sowieso. Ich dachte, er würde es nie schaffen und ehrlich gesagt glaube ich, er dachte das auch". Während Daniel noch mal das Innere meines Mundes inspizierte und nebenbei interessiert die anderen Zähne begutachtete, fragte ich mich, wieso eigentlich alle

Zahnärzte gleich zu sein schienen. Vermutlich sagte er gleich, dass der Zahnstein mal entfernt werden müsste.

„Ok, dann schauen wir mal". Daniel blickte konzentriert auf das Röntgenbild. Ich saß mittlerweile mit halb geschlossenen Augen auf dem Stuhl und überlegte, warum es keine Vollnarkosen für Zahnarztbesuche gab. Vielleicht wäre es sogar gut, ohnmächtig zu werden, dann würde man weniger mitbekommen. „Hey, alles klar?" Ich öffnete die Augen und sah Daniel vor mir stehen und grinsen.

„Du kannst die Augen wieder aufmachen. Es ist zwar alles entzündet und dein Zahnfleisch ist arg mitgenommen, auch die Naht hätte man schöner machen können, aber der Zahn ist draussen, und zwar ganz.". In der Hand hielt er zwei Päckchen mit Tabletten. Ich wäre ihm am liebsten um den Hals gefallen. Die Schmerzen waren zwar noch ungemildert da, aber die Aussicht auf eine weitere Horrorsitzung auf dem Stuhl wenigstens genommen.

„Jetzt komm mit, du Bestseller Autorin". Daniel reichte mir die Hand und half mir vom Stuhl. Er löschte das Licht und verschloss die Tür – dann führte er mich die Treppen nach oben, statt nach aussen.

„Was machst du?" „Ich besorg dir was zu trinken für die Tabletten. Du musst gleich anfangen mit der Packung". „Oh" Er hatte das Licht eingeschaltet und angesichts der Wohnung blieb mir fast der Mund offen stehen.

Eine große Galerie erstreckte sich über den Eingangsbereich und offenbarte einen riesigen Wohnbereich mit Blick in die 1. Etage und riesigen Fensterflächen. Trotz der Größe und der genau aufeinander abgestimmten Einrichtung wirkte es bewohnt und wohnlich.

Über dem Stuhl hingen Sportklamotten, auf dem Tisch stand eine Kaffeetasse und auf dem Sofa lag eine Zeitung durcheinander. Daniel war mittlerweile in den Küchenbereich gegangen und kam mit einem Glas Wasser und zwei Bechern wieder.

„Was ist das denn?" fragte ich entsetzt. „Wackelpudding und Vanillepudding. Du kannst auch rot haben wenn du willst. Grün schmeckt aber besser. Und hier ist ein Stück Kuchen. Jetzt nimmst du erst die Tablette aus der blauen Packung, isst dann und dann die andere, die Schmerztablette, die schlägt dir sonst vielleicht auf den Magen."

Ich blickte auf den grünen Pudding und musste lachen „Keine Ahnung wann ich das letzte mal Wackelpudding gegessen habe, muss schon eine Ewigkeit her sein". Ich blickte auf die leere Kaffeetasse. „Meinst du, du könntest wohl einen Kaffee machen?" Eigentlich hatte ich gar nicht fragen wollen. Er hatte wirklich schon so viel für mich getan und ich hatte mich aufgeführt wie eine verschreckte Gans. „Klar, natürlich". Er fing an in der Küche zu werkeln, schäumte Milch auf und kramte in irgendeinem Schrank rum.

Die Erleichterung über den doch komplett entfernten Zahn machte mich so entspannt, dass auch der Schmerz gleich viel weniger intensiv erschien. Außerdem handelte es sich bei dem Kuchen und dem Wackelpudding samt Vanillesoße um die erste Mahlzeit seit langem. Er stellte eine große Tasse Milchkaffee vor mich hin und nach den ersten Schlucken - die Tabletten hatte ich schon gehorsam genommen! – fühlte ich mich fast wie ein neuer Mensch. „Auf jeden Fall war das jetzt besser als jeder Notarzt".

Eigentlich war das ja noch untertrieben… „Normalerweise findet mein Notdienst ja auch nur vormittags und nachmittags am Wochenende statt – und ich gebe auch keinen meiner Wackelpuddinge her" lachte er.

„Hör zu, ich bin dir wirklich dankbar für diese Aktion. Ich weiß nicht, was ich ohne dich gemacht hätte. Und ich habe ein schlechtes Gewissen wegen der Party. Wie wäre es, wenn ich heim fahre und du wieder hingehst?"

„Wieso gehen wir nicht zusammen hin? Wobei ich ehrlich gesagt keine große Lust mehr habe. Luisa hat irgendwie viel zu viele Leute eingeladen und alle haben anscheinend das selbe Ziel verfolgt: sich nämlich in kürzester Zeit voll laufen zu lassen" erwiderte er.

Hatte ich Lust? Es ging mir deutlich besser, ich spürte nur noch ein leises Pochen und der ziehende Druck war völlig weg. Aber der Gedanke an den Lärm machte mir auch nicht so viel Freude. Und außerdem….. „Eigentlich habe ich Hunger" entfuhr es mir. Hatte ich das wirklich gesagt? Ja, aber er stimmte, ich hatte Hunger und der Gedanke an ein schönes Restaurant machte mir weitaus mehr Freunde als die überfüllte Party mit dem Lärm. Zumal es mir deutlich immer noch zu schlecht ging, um auf dem Tisch zu tanzen oder unter dem Tisch zu liegen.

„Hunger? O.k., das ist ja kein Problem. Allerdings war ich heute bis 8 in der Praxis und habe hier so gut wie nichts mehr da – deshalb musstest du auch mit Wackelpudding auskommen. Aber wir könnten was bestellen oder wo hingehen, wenn du willst."

Keine Ahnung natürlich wie so ein Abend mit ihm werden würde. Bis auf Zahnprobleme hatten wir ja noch keine Konversation. Ach, aber was soll's. Ich hatte Hunger und alleine essen war auch nichts. „Ja, lass uns doch essen gehen. Hast du auch Hunger auf thailändisch?" Nicht, dass er am Ende von sich aus noch Japanisch oder Sushi-Bar oder so was vorgeschlagen hätte. Mir wäre zwar auch ein Schweinebraten recht, aber so was konnte man ja kaum vorschlagen, ohne völlig plemplem rüber zukommen. Ahja, erst fast am Sterben wegen Zahnschmerzen und dann Schweinebraten.... Außerdem gab es um diese Uhrzeit Schweinebraten höchstens noch in irgendeiner Bahnhofspelunke zu essen.

„Thailändisch? Warum nicht? Ins Hua Hua? Da muss ich mich wenigstens nicht umziehen" grinste er.

Männer miteinander zu vergleichen geht ja nie gut. Aber bei ihm fiel mir sofort auf, dass er irgendwie so direkt war. So präsent. Bei Frank hatte ich nie gewusst, was er dachte, im Gegenteil, musste immer damit rechnen, dass er in mir wie in einem Buch las und viele Situationen völlig unkommentiert ließ. Er wirkte bei weitem nicht so sanft wie Frank, war zwar eindeutig sehr vorsichtig gewesen, während er in meinem Mund „rumsuchte", machte aber sonst einen viel zu durchtrainierten, robusten Eindruck. Ihn mit Manuel zu vergleichen, dachte ich schon gar nicht an. Mir war klar, dass bei all dem zwischenzeitlichen zeitweiligen Hass auf ihn, meine Überlebensstrategie nur sein konnte, ihn zu vergessen und mich bestmöglich abzulenken.

„Du treibst viel Sport, oder?" fragte ich neugierig und neidisch zugleich. Außer gelegentlichem Jogging zum Frustabbau schaffte ich nichts. Und der Frustabbau hielt sich auch in Grenzen, seit dem ich von zuhause arbeitete. „Hm, ja schon. Oft habe ich aber auch wenig Zeit dafür. Wenn die Praxis hier voll ist und mein Partner z.B. Urlaub hat, komme ich erst wie heute um 8 raus und dann geht natürlich nicht mehr viel. Im Keller habe ich einen Fitnessraum, dann reicht es gerade noch dafür".

Während er redete, hatte er schon seine Autoschlüssel aus der Jacke geholt, in seinem Geldbeutel gekramt und stand nun vor mir. „Wollen wir gehen? Oder soll ich es doch abholen?" „Nein, dann schlafe ich bloß ein. Die letzten Nächte waren nicht gerade gut...."

Das Hua Hua ist Restaurant und Bar zugleich, was den Vorteil hat, dass man am Wochenende bis 2 Uhr früh oder so warmes Essen bekommt. Beide Bereiche sind trotzdem genug abgetrennt, so dass man beim Essen nicht das Barpublikum vor der Nase und andererseits wenn man nur in die Bar will, nicht den Essensgeruch in der Nase hat. Erwartungsgemäß war es kein Problem im Restaurantbereich einen Tisch zu bekommen.

Ich verzog mich als erstes Mal auf die Toilette um, mein Gesicht zu überprüfen. Wer weiß wie ich nach dem Zahnarzteinsatz aussah. Glücklicherweise sah ich zwar reichlich blass aus, aber mit neuem Lippenstift war es schon o.k.

„Und du schreibst Bücher. Immer neue Bücher" begann er die Unterhaltung, nachdem wir unser Essen gewählt hatten. Erstaunlicherweise hatte er auch nicht in die Karte schauen müssen, sondern hatte bereits ein „Lieblingsessen". Wieso hatte ich ihn noch nie hier gesehen?

Klang das jetzt abwertend? Ich war ja die merkwürdigsten Vorstellungen über Bücher schreiben gewöhnt. Die meisten Leute hielten es für einen wunderschönen, kaum anstrengenden Zeitvertreib und schienen zu denken, so ein Buch könnte man übers Wochenende schreiben.

Vielleicht hatte ich schon argwöhnisch oder brummig geschaut, jedenfalls lachte er, legte mir die Hand auf die Schulter und meinte „ Hör zu, nicht, dass das falsch rüberkommt. Ich bin weder der große Leser, habe auch ehrlicherweise dein Buch nicht gelesen, höchstens das eine oder andere Foto gesehen und stelle mir das entsetzlich vor, so ein Buch zu schreiben. Und am meisten würde mich natürlich interessieren, in wieweit die ganze Sache echt war oder eine gerissene Marketingstrategie".

Aha. Entspannt lehnte ich mich zurück. Das ging ja noch. Und eigentlich konnte man ja von Glück reden, dass er mein Buch nicht gelesen hatte. Intelligente Menschen, die mehr mit mir zu tun hatten, mussten eigentlich irgendwann auf die Idee kommen, dass es autobiographisch war oder eine Vermarktungsstrategie.

Olaf versicherte mir zwar immer, es könnte mir völlig egal sein, was die Leute letztlich glaubten, aber ich war auch jetzt jemand, der sich über alles 1000 Gedanken machte und dem es eben nicht egal war.

Die Suppe kam genau in diesem Moment. Während wir löffelten, konnte ich ihn über den Löffel unauffällig begutachten. Mir fiel dabei ein, dass eine frühere Freundin von mir immer behauptet hatte, blonde Männer mit braunen Augen würden wie Kühe aussehen. Keine Ahnung, auf welcher Weide sie sich umgeschaut hatte: Ich war jedenfalls fasziniert von dieser Mischung. Allerdings waren die Augenbrauen und Wimpern auch dunkel, vielleicht war das das entscheidende optische Plus.

Manuel war noch ein bisschen blonder, trug die Haare noch kürzer, und seine Augen waren nicht braun sondern blau wie Seen. Wieso fiel mir Manuel jetzt ein? Weil er mir fehlte. Weil es mir fehlte, mit ihm thailändisch auf dem Sofa zu essen. Weil mir sein amüsierter Blick fehlte. Weil mir fehlte, wie seine Augen dunkler wurden, wenn er mich begehrte, es aber nicht zulassen konnte. Der Gedanke an ihn schmerzte unheimlich, es war wie wenn mir jemand ein Loch ins Herz riss. Hörte ich nichts von ihm, war es schrecklich, telefonierte ich mit ihm, war es auch schrecklich, weil es in mir all das, was sein könnte auslöste. Ich würde so gerne mein Leben an seiner Seite verbringen, das wusste ich jetzt. Ich würde so gerne seine seelischen Wunden heilen.

Er hatte mir eigentlich großzügig sein Herz angeboten und ich hatte es ausgeschlagen. Ausgeschlagen, weil es im Gesamtpaket nicht passte. Weil es Punkte gab, die ihm wichtig waren, in denen ich mich eingeengt gesehen hatte. Und hatte in ihm damit seine Befürchtungen bestätigt.

Die Suppe war alle, ich immer noch in Gedanken versunken. „Deine Gedanken waren weit weg, oder?" fragte Daniel „hoffentlich nicht beim Zahn."

Ich lachte. „Ach, unglückliche, vergangene Liebe. Das ist immer schwierig." So, oder so ähnlich hatte meine Konversation mit Frank auch begonnen und nicht gerade toll geendet. Mit dem Umzug hierher, hatte ich nicht nur alles Alte abschütteln wollen, ich hatte auch geglaubt, mit der Entfernung auch eine Distanz in meinen Gefühlen herstellen zu können. Aber sobald ich nicht hundertprozentig beschäftigt und abgelenkt war, funktionierte es nicht. Sobald ich meine Gedanken schweifen ließ, waren sie bei Manuel.

Bei seinem Lächeln, bei ihm, wie er Milch aufschäumte, wie er morgens weit vor mit aufstand und Frühstück machte. Ich konnte ihn nicht aus meinen Gedanken verdrängen, er war immer da. Ich vermisste ihn so schmerzlich in allem was ich tat.

Jetzt saß Daniel vor mir, sehr nett, sehr hilfsbereit und absolut gut aussehend. Es ließ mich nur noch mehr an ihn denken. Es ging nicht um Sex, o.k. schon auch. So oft waren wir davor gewesen, so oft waren wir davor zurückgeschreckt. Zurückgeschreckt vor dieser unglaublichen Magie, dieser Verbindung, dieser starken magnetischen Anziehungskraft. Und der Angst, dass das danach vielleicht alles vorbei sein könnte. Viele Nächte hatte ich damit verbracht, von ihm zu träumen, von Nächten mit ihm im Bett zu träumen. Bis ich es auch irgendwann nicht mehr ausgehalten hatte, Wand an Wand zu schlafen, ihn so nah zu wissen. Immer hatte ich gedacht, mit ihm zu schlafen, würde den Rest kaputt machen. Aber jetzt, hier und heute merkte ich, dass es Quatsch war. Wir beide hatten falsch gedacht.

Ich liebte ihn, auch wenn ich mir das nicht so recht eingestehen wollte und konnte. Jetzt war es an ihm, zu entscheiden, ob er bereit war, das Risiko einzugehen.

Ich würde ihn fragen.

Auf einmal und mit diesem Entschluss ging es mir besser. Ich fühlte mich erleichtern, das Essen schmeckte mir und ich konnte mich unbefangen mit

Daniel unterhalten. Irgendwann nach dem Umzug in die Bar hatte mich die Müdigkeit übermannt. Die schlaflosen Nächte, die Tabletten, all das zeigte nun seine Wirkung. Daniel fuhr mich nach Hause, küsste mich freundschaftlich auf die Wange und verabschiedete sich.

„Toni, schlaf gut und komm in 2-3 Tagen in die Praxis, damit wir nachschauen können. Es war wirklich schön!"

Vor Luisas Haus standen immer noch viele Autos. Hoffentlich war sie noch halbwegs bei Bewusstsein. Ich winkte ihm nach und ging in mein Haus. Frieden erfüllte mich auf einmal. Ich hatte wenig Möbel, viel Platz. Maci schnurrte und freute sich. Ich ließ mich auf mein überdimensioniertes Sofa fallen und sah dass der AB blinkte. Mit Maci auf dem Arm drückte ich den Knopf und hörte Manuels Stimme.

„Olaf hat mir erzählt, dass du Zahnschmerzen hast. Ich hoffe, es geht dir wieder gut. Melde dich doch, wenn du wieder da bist oder Hilfe brauchst." Dann eine Pause und nach einigen Sekunden „ich bin für dich da, das weißt du, oder?". Dann das Klicken der beendeten Verbindung. Seine Stimme zu hören verursachte mir Bauchgrummeln. Wie lange hatte ich ihn nicht mehr gesehen? Olaf hatte mich auf meiner Leserreise durch Deutschland hin und wieder besucht, meist ohne ein weiteres Wort über Manuel. Seine Augen hatten vermutlich sowieso mehr gesehen, als ich hätte erklären können.

In den letzten Wochen hatte ich immer wieder diese bekannte Leere gespürt. Es war für mein berufliches Ego unheimlich wichtig gewesen, von vielen Leserinnen zu hören, wie spannend die Bücher wären, wie schön die Abende auf dem Sofa mit dem Buch gewesen waren und wann endlich ein neues Buch raus käme. Und wie oft hatte ich mich gefragt, ob Manuel der Schlüssel zu all dieser Unzufriedenheit wäre. Mit Tobias hatte mir die Unabhängigkeit gefehlt. Jetzt hatte ich sie mir mühsam erkämpft, aber um welchen Preis! Jetzt hatte ich zwar die Unabhängigkeit musste aber feststellen, dass mir die innere Nähe fehlte. Auch Luisa konnte das nicht kompensieren. Mit Luisa mit thailändischen Essen auf dem Sofa zu sitzen, war eben nicht das Selbe.

Zu all der Nähe und der Liebe kam auch noch das Begehren. Ich begehrte ihn. Ich wollte, dass er mich berührte. Ich träumte nachts davon, dass ich mit ihm im Bett lag. So lange hatte ich nun versucht, mich abzulenken, zu vergessen, zu verleugnen. Es hatte nichts geholfen.

Ich hörte seine Stimme auf dem AB und alles war wieder wie vorher. Ich vermisste ihn schmerzlich, ich wollte ihn sehen, ich wollte ihn anfassen.

Kurz entschlossen kramte ich mein Handy aus der Tasche und schickte Olaf eine SMS *„Hi, mir geht's gut. Hat Manuel frei am Wochenende? Weißt du was?"*
Kurze Zeit danach kam schon die Antwort *„Was planst du? Hat frei. Gab keine Notarzteinsätze mehr…"* Ich tippte ruhelos *„Keine Ahnung, ob es was wird. Ich habe viel nachgedacht. Ich bin mir sicher, dass ich ihn liebe. Wünsch mir Glück".*
Olaf antwortete prompt *„Ich wünsche euch beiden alles Glück und denk an dich. Viel Spaß ☺".*
Dann suchte ich im Computer. Suchte nach einem Hotel. Es sollte etwas besonderes sein. Wenn es ganz besonders nicht funktionierte, würde es zwar in einem Hotel auch nicht besser sein, aber vielleicht würde es einfacher werden als bei ihm oder bei mir zuhause. Heute war Freitag. Wenn ich erst mal eine Nacht von Samstag auf Sonntag buchte? Verlängern konnte ich ja immer noch. Ich fand schließlich ein Wellnesshotel, ca. 100 km weit weg. Mit Baden zu zweit, einer großen Poollandschaft und einer Suite mit Kamin, Himmelbett usw. Man konnte dort alles Mögliche machen. Wenn meine Aktion nicht funktionierte, würde ich außer heimfahren und ins Bett gehen vermutlich nichts mehr machen wollen, aber daran wollte ich jetzt nicht denken.
Ich rief an und reservierte ein Zimmer mit Früh-checkin. Zum Glück waren sie bereit, das zu machen. Noch bevor ich Manuel schrieb, musste ich mich dem typisch weiblichen „Ich muss mich herrichten Teil widmen. Morgen hatte ich vielleicht keine Zeit mehr. Ich epilierte die Beine, rasierte alle mögliche anderen Körperregionen, lackierte meine Fußnägel, peelte und war am Ende wirklich schrecklich erschöpft. Im Schlafanzug setzte ich mich an den Computer und fing an, eine Mail zu schreiben. Nachdem Manuel seine mails am Handy empfing und abfragte, würde er es auf jeden Fall lesen.
Dann entscheid ich mich wieder um und beschloss, alles erst morgen zu schreiben und jetzt erst mal in Ruhe zu überlegen und zu schlafen. Wenn Olaf sagte, er hätte frei, würde das schon stimmen. Es würde schon keine privat versicherte Frau eine komplizierte Schwangerschaft durchleben und ihn unbedingt brauchen. Und selbst wenn, mussten es eben mal die anderen machen. In der Zeit, in der ich bei ihm wohnte, war er auch nur sehr selten und sporadisch am Wochenende weg gewesen. Völlig erledigt fiel ich ins Bett und schlief nahezu sofort ein.

Kapitel 13

Am nächsten Morgen fühlte ich mich beschwingt, aber auch ängstlich. Heute war sozusagen Entscheidungstag.

Was, wenn er zwar kam, mir aber sagte, dass alles noch beim Alten wäre? Ich schrieb Luisa eine SMS, da ich sie nicht wecken wollte und bat sie, Maci zu füttern. Mehr würde ja nicht nötig sein.

Dann fing ich an, Sachen zu packen. Ich hatte fast keine Klamotten aus vergangenen Tagen und mein Erscheinungsbild geändert. Der kurze Haarschnitt war der Anfang gewesen. Etwas anderes kam mir mittlerweile unvorstellbar vor. Ich trug die Sachen nun viel körperbetonter und oft auch etwas sehr buntes, kombiniert mit schwarz, das hätte ich früher nie gemacht. Das Unterwäscheset von der Fotosession hatte ich noch. Nie mehr hatte ich Manuel und sein Begehren so deutlich gespürt wie an diesem Tag. Ich zog es an und etwas eher Übliches, Normales drüber. Je mehr ich mich aufdonnerte, desto peinlicher würde es werden, wenn er mir brüderlich den Haaransatz küsste und sagte „Wie schön, lass uns Freunde bleiben."

Dann fütterte ich Maci, küsste und knuddelte ihn noch mal und warf meine Sachen ins Auto. Auch ich hatte nun Geschmack an einem größeren Auto gefunden und mir einen schwarzen Kombi im Tausch gegen meinen kleinen Schwarzen gekauft. Die 100 Kilometer vergingen wie im Flug und ich wurde nicht enttäuscht vom Hotel. Sehr nett und sehr verschwiegen. Ich bezog das Zimmer, setzte mich als erstes aufs Bett und klappte den Laptop auf. Ich atmete noch mal tief durch und fing an zu schreiben.

Lieber Manuel, viele schlaflose Nächte habe ich ohne Dich verbracht. So viel habe ich Dir nun zu sagen. Wenn es auch für Dich noch nicht abgeschlossen ist, dann warte ich: Schloss-hotel Habichthorst, Zi. 343. Deine Toni"

Mit zitternden Händen schickte ich die mail ab und rechnete. Ich hatte eine Stunde gebraucht, sein Weg war zwar kürzer, aber vielleicht stauintensiver. Vielleicht musste er auch noch überlegen. Minimum 2 Stunden, das war klar. Wie sollte ich mich ablenken? Ganzkörpermassage? Hatte ich schon mal gehabt und hatte mich entsetzlich müde gemacht. Das ging ja nun gar nicht. Schwimmen? Keine Lust. Schreiben? Ob da was rauskäme? Schlafen wäre eigentlich das Beste, aber wie sollte da die Zeit rumgehen, wenn man es nicht hinbekam. Vielleicht hätte ich die mail schon bei meinem Losfahren abschicken sollen?

Schließlich entschied ich mich für eine Runde spazieren. Es war windig und ziemlich kühl. Die frische Luft pustete mir den Kopf durch und ziemlich eingefroren kam ich zurück.

Zum Baden reichte die Zeit nicht mehr. Würde er dann kommen, wäre es zu eindeutig. Mein Zimmer hatte einen wunderschönen Blick auf den angrenzenden Wald und die Lichtung, vielleicht wäre mir jetzt aber der Parkplatzblick lieber gewesen. Ich klappe den Computer auf und las mein letztes Kapitel. Mittlerweile erschien es mir unmöglich, einen Tag ohne meine Figuren zu verbringen. Anfangs hatte ich mir das mit einem ganzen Roman auch gar nicht vorstellen können. Aber mittlerweile gab es so viel, das ich einfach einfließen lassen konnte und was mir als Anregung diente.

Es klopfte. Mir rutschte das Herz in die Hose und mit einem riesen Kloß öffnete ich die Tür, nur um mich einer freundlichen Dame gegenüber zu sehen, die fragte, ob sie die Betten aufdecken solle.

Au Mann, nein Danke! Wenn alles so lief, wie ich mir das vorstellte, wollte ich niemanden zum Aufdecken. Rastlos begann ich hin und her zu laufen und zwischendurch überdachte ich meine Kapitel. Zwei Stunden waren jetzt schon rum, eigentlich fast 2,5 Stunden.

Gerade als ich mich wirklich halbwegs in die Geschichte vertieft hatte, klopfte es wieder.

Wie in Trance ging ich zur Tür und öffnete.

Und da stand er.

Es war so lange her, dass ich ihn original gesehen hatte und doch war es, wie wenn es gestern gewesen wäre. Seine blauen Augen sahen mich an, er sagte gar nichts, lächelte nur und berührte mich am Arm. Mein Bauch grummelte augenblicklich. Ein angenehmes Grummeln. Zweifel überkamen mich. Was, wenn er sich gar keine Gedanken mehr machte? Wenn er es geschafft hatte, mich aus seinen Gedanken und Gefühlen zu drängen? Ich zog ihn rein ins Zimmer und schloss die Tür. Egal, es musste jetzt raus.

„Manuel" begann ich, „es war ein Fehler von mir. Ich habe erst als ich weg war bemerkt, wie wichtig du mir bist. Wie wichtig mir die Kleinigkeiten mit und an dir sind. Wie unwichtig mir der ganze Rest ist. Andere Termine, andere Männer, die Arbeit usw. Ich liebe dich."

Mehr bekam ich nicht hin. Mir liefen die Tränen die Wangen hinunter. Ich hatte mir so eine schöne Rede ausgemalt. Jetzt brachte ich nichts mehr hin.

Manuel lächelte mich an, nahm meine Hände und sagte nur „Ich liebe dich auch, Toni. Du hast mir so gefehlt. Auch mein Leben ist ohne dich nichts mehr wert. Es ist schrecklich, heim zu kommen und du bist nicht da".

Erleichtert und um eine Zentnerlast ärmer warf ich mich in seine Arme. Wir küssten uns und innerhalb von Minuten entlud sich all die gesammelte Leidenschaft der letzten Wochen. Stöhnend zogen wir uns gegenseitig die Klamotten aus und fielen aufs Bett. Ich sah ihm in die Augen, seine Augen waren jetzt mehr schwarz als Blau, aber die Qual war aus dem Blick verschwunden.

Es würde auch jetzt danach nicht einfach werden, aber der erste Schritt war gemacht und jedem von uns war genug Zeit zum Nachdenken geblieben.

Als ich seine Hand zwischen meinen Beinen spürte, musste ich scharf Luft holen. Welche Unterwäsche ich angezogen hatte, erwies sich als so etwas von unwichtig, da sie schnell abgestreift war. Manuel betrachtete meinen liegenden nackten Körper „Du bist so schön. Aber du hast abgenommen. Du musst mehr essen". War das erotisch? Nunja, auf keinen Fall wie die Perserkatzen. Unsere Küsse wurden immer intensiver und leidenschaftlicher. Ich zog ihm noch Shirt und Unterhose aus und presste ihn an mich. Die Hitze seines Körpers griff auf mich über und ich fühlte mich nahezu besinnungslos. Seine Lippen waren überall auf meinem Körper. Ich hörte mich selber stöhnen. Bisher hatte ich ihn noch nie nackt gesehen, mindestens Unterhose oder Shirt hatte er immer angehabt. Sein Oberkörper war muskulös, die Hüfte schmal, sein Blick sinnlich. Ich schaltete sämtliches Denken aus und gab mich ganz der Leidenschaft hin. Als ich spürte, wie er in mich eindrang, war es wie eine Erlösung…

Den Rest des Tages verbrachten wir im Bett.

Als wir beide dringend eine Pause brauchten, beschlossen wir Essen zu gehen. „Also" sagte ich, „wir können ein romantisches Candlelightdinner hier im Hotel haben oder ein Stück fahren und was suchen. Ich habe furchtbar viel Hunger".

Manuel stieg gerade in die Dusche und ließ sich das heiße Wasser über die Haare prasseln. „Hey" rief er „ich habe jetzt ein ganz anderes Problem. Ich habe meine Tasche nämlich vorsichtshalber im Auto gelassen. Kannst du sie holen? Eine frische Unterhose wäre natürlich toll – Und dann lass uns romantisches Candlelightdinner hier reservieren, dann muss niemand mehr Auto fahren.".

Ich war schon geduscht und notdürftig angezogen, also willigte ich ein und ging mit seinem Autoschlüssel in Richtung Tiefgarage.

Sein Auto stand neben meinem. Ich klickte die Türöffnung und konnte nicht widerstehen, statt gleich die Tasche sofort aus dem Kofferraum zu holen zu schauen, was im Auto so rumlag.

Sein Handy, diverse Zettel, Sportklamotten in der Tasche. Ich kramte und wusste nicht, nach was ich suchte. Manuel war tatsächlich nicht der Typ für mehrere Frauen gleichzeitig und alles was jetzt vor uns gewesen war, ging mich sowieso nichts an. Arztausweis im Handschuhfach, ein Handtuch, nein, es gab nichts. Ich öffnete den Kofferraum und sah die Tasche. Ich verbot mir einen Blick hinein, sondern nahm sie und versperrte das Auto wieder.

Oben war Manuel schon in ein Handtuch eingewickelt und wartete. Er lächelte mich an und mir wurde wieder leicht und warm ums Herz. Ich hatte Angst vor dem danach. Für Manuel war es ein großer Schritt gewesen und ich wusste nicht, wie ich es ihm am leichtesten machen konnte. Wir gingen essen und es war mindestens so schön wie früher. Wir redeten über Gott und die Welt, er erzählte von den zum Glück abflauenden Belagerungszuständen der Wohnung und ich von der Leserreise.

„Das Haus ist wirklich schnuckelig" sagte ich, „du musst mitkommen. Es war meine Burg die letzten Wochen" sagte ich. Manuel nahm über den Tisch meine Hand und drückte sie „Olaf hat mir schon immer wohldosiert erzählt, wie es dir geht" lachte er. „Ich komme natürlich gerne, hoffe aber, dass wir jetzt nicht wieder in einen alle-paar-Wochen-Besuch-Modus verfallen." Ich lächelte.

Was war wohl der richtige Weg? Ich hatte gerade erst angefangen wieder ich selbst zu sein. Das neue Haus, Luisa, der kleine Kater, das war mein neues Leben jetzt. Andererseits hatte Manuel wirklich entscheidend gefehlt. Ein Leben ohne ihn war nicht vorstellbar, bzw. hatte ich ja selbst erfahren, wie leer und sinnlos das war. 60km waren natürlich auch zu viel, um es dauernd hin und her zu fahren. „Ich weiß es auch nicht!" sagte ich, „lass es uns einfach ausprobieren. Ich kann auch mit Gepäck, ein paar Klamotten, Laptop und meinem kleinen Kater kommen und bei dir bleiben. Mein Haus ist mir aber wichtig. Ich habe lange kein eigenes richtiges Zuhause gehabt!".

Manuel drückte mich „meine Wohnung ist auch dein Zuhause. Mir ist klar, dass wir uns erst richtig kennen lernen müssen und ich bin, hoffe ich auch bereit, das Risiko einzugehen. Wenn ich alleine bin und ins Grübeln komme, wird es eben immer schwierig. Wenn wir aber wissen, dass wir uns jederzeit sehen können, werden auch 60km kein Problem sein". Seine blauen Augen blickten mich an, ich spürte mein eigenes Begehren, meine Liebe zu ihm.

Wie hatte ich das all die Zeit verleugnen können? Wie hatte ich mir selbst vormachen können, glücklich zu sein? Wir beendeten unser Essen und versanken im Zimmer wieder für den Rest der Nacht im Bett…

Der nächste Morgen war nicht grauslig wie so oft nach ersten Nächten, sondern schön.

Wir gingen frühstücken und beratschlagten dabei, wo wir uns treffen wollten. „Ich habe nur unvernünftige Klamotten dabei und muss ausserdem Maci füttern" gab ich zu bedenken „ich kann nachkommen wenn du willst und meine Sachen mitnehmen. Du musst morgen arbeiten, oder? Oder du kommst zu mir und fährst morgen früh von mir in die Arbeit". Das war natürlich ein blöder Vorschlag. Wir einigten uns schließlich darauf, dass er mit zu mir kam, um auch mein Haus anzusehen und wir dann zusammen zu ihm fahren würden. Dann könnte ich Maci auch mitnehmen. Der arme Kerl war so lange ohne mich gewesen, dass ich ihn nicht schon wieder alleine lassen wollte. Ich war aufgeregt und auch ein bisschen unruhig. So richtig im sicheren Hafen fühlte ich mich nicht. Auf dem Klo schrieb ich Olaf eine kurze SMS „*Hi Olaf, hat geklappt. Fühle mich trotzdem komisch. Liebe Grüße Toni*". Kurz darauf (ich wusch gerade Hände) antwortete er schon „*Na also. Alles braucht seine Zeit, auch eure Liebe. Drück dich…*".

Auf der Fahrt zu mir nach Hause tobten widersprüchliche Gefühle in mir. Müsste ich nicht euphorisch happy sein? Müsste es mir nicht gut gehen? Zuhause winkte mir Luisa aus ihrem Garten entgegen. Natürlich war sie über die ganze Manuel-Geschichte informiert, so dass sie wusste, wem sie da so freundlich die Hand schüttelte. Sie strahlte übers ganze Gesicht. Irgendwie hatte ich jetzt den Eindruck, dass sich alle Leute mit mir freuten bzw. auch mit mir gelitten hatten.

Hatte ich früher wirklich so am Leben vorbei mit lauter Egoisten gelebt? Vermutlich ja, aber vermutlich war ich selber genauso gewesen. „Wie schade, dass du so früh gehen musstest" hörte ich sie, „ich hoffe, Daniel konnte deine Zahnschmerzen dauerhaft beseitigen?". Oh Mann, was war denn das für Formulierung? Ich blickte zu Manuel, der aber ganz gelassen aussah. Mit einem mal fiel mir ein, dass wir noch nie gestritten hatten und ich ja schon zu Wutausbrüchen neigte. Was würde er machen, wenn ich wütend werden würde? Manuel bewunderte dann Maci und meine teilweise etwas spartanische Einrichtung.

Eines Abends ging Manuel Essen holen und ich unterhielt mich in der Zwischenzeit mit Olaf, der mich natürlich gleich wieder auf das Testament aufmerksam machte…

„Mal ehrlich. du sagst mir, du liebst ihn. Ihr macht auch wirklich beide den Eindruck als ob ihr euch was bedeutet. Keine Ahnung, ob ihr heiraten würdet. Keine Ahnung ob es ewig hält. ABER DU LIEBST IHN! Und du willst jetzt 500.000$ herschenken, weil du denkst, das käme komisch?" regte Olaf sich auf. Er sah mich an und schüttelte verständnislos den Kopf.

Ich hatte dieses grässliche Testament schon genauso aus dem Gedächtnis verdrängt wie meine Mutter. Blöderweise hatte mich beides nahezu gleichzeitig eingeholt. Ich wusste ehrlich gesagt nicht, was schlimmer war.

„Du wirst irgendwann vermutlich mal heiraten mit dem selben Gefühl. Nie weiß man, ob irgendwas für ewig ist. Aber du liebst ihn. Ich hätte echt Lust mit deiner Mutter zu reden. Wie kann denn jemand so viele verkorkste Gefühle haben. Vielleicht liebst du ihn gar nicht, sondern redest dir das nur wieder ein?". Olaf war richtig empört, so hatte ich ihn noch nie gesehen.

Es stimmte natürlich. Ich liebte Manuel, ich wünschte mir, gemeinsam mit ihm alt zu werden. Ich freute mich jeden Tag auf sein Heimkommen. Wir verfuhren unglaublich viel Benzin mit Hin und Herfahren bzw. campierten Maci und ich die meiste Zeit sowieso bei ihm .Aber wie sollte ich ihm denn die Ernsthaftigkeit meiner Gefühle klarmachen, wenn ich jetzt mit dieser blöden Heirat und dem Geld daherkam? Wieso hatte Olaf diesen Mist wieder ausgraben müssen und mir so deutlich vor Augen halten, dass die Zeit fast um war? Ein Wunder, dass meine Mutter mir nicht täglich ein Kalenderblatt unter die Nase rieb. Glücklicherweise beschäftigte sie ihr Großgrundbesitz in New York, entschuldige Neff York so sehr, dass sie fast keine Zeit mehr für unsinnige Tipps oder Einkäufe hatte.

Ach Manuel, willst du mich heiraten? Ich liebe dich wirklich sehr. Und wenn wir uns beeilen, könnten wir noch 500.000 $ damit machen. Liebe und Geld, das ging doch zusammen einfach gar nicht, oder?

Kapitel 14

Lustlos holte ich die Post aus dem Briefkasten, wurde dann aber doch unruhig, als ich sah, dass ein Brief, der offensichtlich über diverse Nachsendeanträge gegangen war, Tobias als Absender trug. Was wollte der denn von mir?

„Liebe Toni, telefonisch wusste ich nicht, wie ich Dich erreichen sollte. Deine Nummern stimmen alle nicht mehr und über Deine Homepage wollte ich nicht gehen. Viel Zeit ist mittlerweile vergangen und ich möchte gerne persönlich mit Dir reden. Dir persönlich erklären, was wie passiert ist und irgendwie versuchen, dass wir wieder Freunde werden. Bitte lass uns treffen. Da ich sowieso davon ausgehe, dass Du mich nicht anrufst, schlage ich unser altes Lieblingslokal am nächsten Donnerstag um 20.00 Uhr vor. Ich warte. Liebe Grüße Tobias".

Hatte der Nerven? Schrieb mir einen Brief?

Natürlich hatte er es auf meine Neugier abgesehen. Er wusste, dass es mich trotz allem brennend interessierte, welche Rolle Anne gespielt hatte und wohin er so schnell ausgezogen war.

Es war, wie wenn mich ein alter Teil meines Lebens wieder einholte. Aber war ich nicht glücklich? Was wollte ich mit dem Deppen? Ich stopfte den Brief erst mal in meine Tasche und schleifte meine Einkäufe in die Küche. Beim Einkaufen hatte ich noch riesigen Heißhunger gehabt, jetzt war mir nur noch übel. Während ich das ganze Zeug in die Speisekammer und den Kühlschrank verräumte gingen meine Gedanken noch mal zu Tobias.

Würde es mich interessieren? Würde es mich berühren? Wenn ich gar nicht antwortete, würde es mich vermutlich ewig quälen. Donnerstag – heute war Montag.

Sollte ich Manuel davon erzählen? Der Arme hatte ganz schön viel meiner schlechten Laune abbekommen. Ich steckte mit meinem neuen Buch irgendwie fest. Man könnte es Schreibblockade nennen, oder der blöde Held wollte nicht so wie ich wollte. Jedenfalls war ich übellaunig und hatte mich letztlich einfach nach Hause verzogen.

Manuel hatte zwar keinen Streit begonnen, ich hatte aber deutlich gemerkt, dass es ihn ärgerlich gemacht hatte. Und ich hatte auch deutlich gemerkt, dass ich selber dem Problem einfach aus dem Weg gegangen war, in dem ich mich wie ein launisches Kind in mein Haus verzogen hatte. Ein bisschen verhielten wir uns wie zwei Boxer, die immer auf den Angriff des anderen warteten. Ich wartete darauf, dass Manuel endlich mal aus sich heraus ging und Emotionen jenseits des Liebevollen zeigte und Manuel wartete vermutlich auf mehr liebevolle Zuwendung anstatt Launenhaftigkeit.

Manchmal zweifelte ich ja selber an mir, meinen Gefühlen und meinem Charakter.

War ich eigentlich nie zufrieden?

Eigentlich war mir Tobias wurscht, aber ich musste wissen, was damals gewesen war. Schade, dass er alles so akkurat aus der Wohnung entfernt hatte. Es wäre mir eine Freude gewesen, ihm mitzuteilen, dass all der Krempel entweder auf dem Müll oder in der Wärmestube (mit angrenzender Suppenküche) war. Ich musste jetzt etwas gegen meine Probleme mit dem Held unternehmen. Seit 2 Tagen schrieb ich, löschte wieder alles, schrieb wieder und fand es blöd. Tobias, der in meinen Gedanken spukte, machte es nicht leichter.

Ich loggte mich im SMS Programm ein und schrieb ihm eine SMS. *„Wenn Du reden willst, dann gleich. Heute im Floditas. 20.00 Uhr".*

Das war mal mein Feld gewesen, meine Kneipe und ich musste ihn nicht zu sehr in mein Eldorado lassen.

Ausserdem konnte ich danach zu Manuel. Ich schrieb noch ein wenig hin und her. Nichts berauschendes, dann fing ich an, Vorbereitungen zu treffen. Macis Körbchen rausholen, er war zum Glück ein wirklich begeisterter, geduldiger Autofahrer. Ein paar Sachen in eine Tasche werfen. Um die Optik machte ich mir nicht all zu viel Gedanken. Es war mir mittlerweile egal, wie er mich fand. Meine Frisur hatte ihm ja nie gefallen und meine neuen Klamotten würden ihm vermutlich auch nicht gefallen.

Ich fuhr los und kam extra ein bisschen zu spät. Auf ihn warten wollte ich ja nun wirklich nicht!

Beim Eintreten sah ich ihn sofort. Immer noch dieses gewinnende Lächeln in alle Richtungen, immer noch diese unverbindliche Art.

„Toni" sagte er und wollte mich umarmen. Ich drückte ihn kurz und hielt ihn auf Abstand, Nach inniger Umarmung war mir nun wirklich nicht. „Du hast dich unheimlich verändert" sagte er und betrachtete mich. Mir konnte es ja glücklicherweise nun egal sein, wie er das fand.

Er hatte sich irgendwie überhaupt nicht verändert. Er war immer noch genauso unkompliziert gut aussehend wie damals.

Komisch, ich fand ihn nicht mehr anziehend und unwillkürlich verglich ich ihn. Fand Manuels blonde kurze Haare viel schöner, seine Lachfältchen um die Augen, seinen muskulösen Oberkörper…Auf einmal wusste ich auch nicht, wie ich das Gespräch in Gang bringen sollte. Ich konnte ja schlecht meine Fragen stellen und dann aufstehen und gehen.

„Tobias, du weißt dass ich ungern um den heißen Brei rumrede. Ich weiß nicht, was du eigentlich von mir wolltest. Ich gebe gerne zu, dass mich gewisse Sachen deiner Geschichte interessieren, aber ich habe nicht vor, unsere Freundschaft aufzufrischen."

Tobias lächelte „Ich war neugierig, einerseits" sagte er „andererseits kann ich nicht verleugnen, dass ich auch ein schlechtes Gewissen hatte. O.k., du warst es, die einfach gegangen ist, aber ich denke, ich habe dir deine beste Freundin genommen und dir danach genügend Schwierigkeiten gemacht. Hast du wieder Arbeit gefunden?" fragt er schließlich mitfühlend.

Ich war empört. So einfach war es für ihn? Für mich schimmerte hinter all dem nur die Neugier durch! Er war ja schon immer neugierig gewesen.

„Eigentlich bist du ja sehr medieninteressiert wie ich feststellen konnte. Dann müsstest du mitbekommen haben, dass ich ein Buch und mehrere Kolumnen geschrieben habe. Ich WILL gar nicht mehr in so einem Laden arbeiten" antwortete ich empört.

Er lehnte sich etwas nach vorne. „Aber davon kann doch keiner leben, das weiß doch jeder. Oder hast du einen Mann zum Heiraten gefunden und das Geld in Aussicht? Wie viel waren das noch mal?".

Aha, daher wehte der Wind. Er konnte sich doch nicht ernsthaft Chancen ausrechnen, oder?

„Mal vom Geld und der Schreiberei abgesehen – möchtest du dich wohl anbieten?" fragte ich zuckersüß.

Tobias lächelte gewinnend „Ach weißt du, man muss auch verzeihen können. Ich würde gerne einen Neuanfang probieren. Wir könnten noch mal von ganz vorne anfangen. Wir könnten in Urlaub fahren und uns neu kennen lernen" sinnierte er.

Ich war sprachlos. „Tobias, das kann ja wohl nicht dein Ernst sein! Du bist mit Anne liiert und willst mir jetzt fast geldgierig einen Neuanfang vorschlagen? Solltest du aufs Geld aus sein, muss ich dich enttäuschen, es sind nur noch 4 Wochen Zeit, um das Geld zu bekommen und das wird ja wohl kaum für harmonischen Neuanfang und Geld reichen. Und außerdem ist es ja wohl etwas vermessen von dir zu glauben, dass ich Interesse haben könnte, oder?".

Tobias lächelte wieder und ich spürte fast Abscheu.

„Wir haben uns mal geliebt. Und ewig kannst du ja wohl nicht bei diesem schwulen Rechtsanwalt wohnen bleiben. Außerdem bin ich nicht mehr mit Anne liiert. Das ist vorbei".

Was redete der denn? Dachte er, ich hätte bei Olaf gewohnt? Interessant. Mal abgesehen davon, dass ich ja schon einige Zeit alleine wohnte. Oder war das nur ein Trick?

Ich schüttelte den Kopf „Tobias, ich wüsste nicht, was ich mit dir darüber reden sollte. Ich sehe glücklicherweise keine Gemeinsamkeiten mehr. Wenn du bei Anne rausgeflogen bist, kann ich auch nicht helfen. Und was immer sie dir auch erzählt hat: ich habe eine sehr schöne Abfindung von der Firma bekommen und bin sehr glücklich mit meinem wie du ja findest brotlosen Schreiben. Es hat mich ehrlich gesagt sprachlos gemacht, wie du direkt nach unserer Trennung so kaltblütig intime Einzelheiten verkaufen konntest und gemeinsam mit Anne diese Kampagne starten konntest. Und wenn sie dich jetzt sitzen hat lassen, kann ich ja nur hoffen, dass sie es nicht für den neuen Werbechef getan hat".

Aha Volltreffer, ich konnte es an seinem Gesicht sehen. Frank hatte also auch keinen Geschmack. Naja, sollte er doch. Vielleicht hatte Anne mit ihm und seiner Unverbindlichkeit natürlich aber Pech und Tobais wäre eigentlich die bessere Wahl gewesen.

„Ich denke, dann solltest du dir schnell eine eigene Wohnung suchen und sehen, wo du eine neue Frau her bekommst. Bei mir anzuklopfen war jedenfalls in dieser Hinsicht Zeitverschwendung" lächelte ich sarkastisch.

„Aber du hast doch zurück geschrieben" antwortete er fast verzweifelt. „Na und? Ich war neugierig. Neugierig, wer das Ganze damals begonnen hatte und ich habe gehofft, eine Erklärung zu finden. Jetzt muss ich sehen, dass ich unheimlich froh sein kann, weil es dir am Ende nur um das Besitzen einer Frau und um Geld geht. Und vielleicht noch um verletzte Eitelkeit. Du hast gehofft, dass ich verzweifelt bin, einen Job suche, kein Geld habe und dich als retten-den Anker nehme, heirate und schnell das große Geld mache, von dem du natürlich auch profitierst. Aber da muss ich dich enttäuschen: ich habe nicht vor, zu heiraten, und auf keinen Fall so jemanden wie dich! Ich bin froh, dass alles so gekommen ist, ich bin Millionen mal glücklicher als früher. Von daher müsste ich dir vielleicht dankbar sein, aber ich weiß noch genau, wie schlimm es mir ging und ich weiß genau, dass es vor allem deine unbarmherzige Art war und Annes Doppelspiel. Ich habe niemanden gehabt damals, während ihr vergnügt miteinander rumgeturtelt habt und Anne mich aus der Firma geekelt hat. Ich wünsche dir alles Gute. Vielleicht denkst du mal nach!".

Nach dieser Ansprache stand ich wütend auf und ging. Die Tränen kamen wieder hoch und viel vom dem, was damals war mit dazu. Hatte ich ihn geliebt?

Keine Ahnung, aber ich hatte es damals zumindest gedacht und er war sozusagen mein Zuhause gewesen. Er war ein Stück Vergangenheit, aber es tat noch ganz schön weh. Mittlerweile heulte ich richtig vor mich hin, tappte halb blind durch die Straßen, in Richtung meines Autos. Maci schlief gemütlich in seinem Körbchen und gähnte als ich mich heulend ins Auto setzte. Alles kam wieder hoch, alte Zweifel, alte Unsicherheiten und und und. Am liebsten hätte ich Maci aus seinem Körbchen geholt und mich an ihm gekuschelt. Was sollte ich jetzt tun? Wieder heim? Zu Manuel? Wieder spürte ich diesen Hang zur Flucht, weit weg, weg vor allen Entscheidungen, die zu treffen waren. Nicht mal Olaf wollte ich jetzt sprechen, seine Antwort kannte ich sowieso schon.

Ich spürte, dass mir niemand weiterhelfen konnte und fühlte mich von all dem alten Elend, das ich so lange verdrängt hatte, wieder eingeholt. Mein Handy piepte. Ich kramte in meiner Tasche und holte es heraus. Meine Mutter! Nachdenklich las ich die SMS und wusste, auf einmal, dass sie die Lösung war. Ich würde zu ihr fliegen. Sie war nervig, aber sie war meine Mutter. Wie niemand anderes, hatte sie dieses auf und ab mitbekommen und vielleicht konnte sie mir den richtigen Stoß in die passende Richtung geben. Blieb nur zu hoffen, dass es nicht in die „Werd doch Hausfrau, Schätzchen" Richtung gehen würde.

Ich fuhr zu Manuel, wo mittlerweile die meisten meiner Klamotten lagerten und buchte übers Internet einen Flug nach New York für morgen früh. Wieder einmal warf ich die Sachen lustlos in den Koffer und wusste nicht, ob es der richtige Weg war.

Ich hörte Manuel kommen, der sich freute und lachte, als Maci ihm entgegenschnurrte. Er küsste mich zur Begrüßung und zog die Augenbrauen angesichts meines Koffers hoch. „Wo willst du hin?" fragte er ruhig.

Ich drückte mich an ihn „Ich muss weg. Ich fliege morgen früh zu meiner Mutter. Vorhin habe ich Tobias getroffen und irgendwie hat mich alles eingeholt. All die Zweifel, die Angst. Bitte, behalte doch Maci bei dir, o.k.?"

Ich wusste, mit Maci würde er wenigstens nicht dauernd Noteinsätze fahren. „Was hat dich eingeholt? Tobias? Dein Kummer? Die Liebe zu ihm?"

Manuel fragte es ruhig, fast schon beherrscht, eigentlich so, als wäre er vorbereitet auf das Schlimmste. Entsetzt sah ich ihn an.

„Liebe zu Tobias? Nein, ich hasse ihn beinahe. Auf jeden Fall ist er mir egal. Manuel,. ich liebe dich. Und vielleicht ist es gerade deshalb so schlimm für mich. Ich hadere mit so vielem. Ich kann dir nicht die Verlässlichkeit und Beständigkeit bieten, die du brauchst."

Verzweifelt sah ich ihn an.

Manuel drückte mich an sich und küsste mich. „Toni, ich sehe deinen Kampf, den kannst auch nur du auskämpfen. Aber ich liebe dich, weil du so chaotisch bist, weil du so impulsiv bist, so intensiv. Vielleicht würde ich mich mit jemand Beständigem nicht aufregen, so wie über dich, aber es wäre sicher nicht so intensiv wie mit dir. Ich liebe dich, so wie du bist, auch wenn ich es mir früher vielleicht anders gewünscht hätte. Flieg zu deiner Mutter, vielleicht kann sie dir helfen, aber versprich mir, dass du wieder kommst".

Gerührt sah ich ihn an — wieder einmal fühlte ich mich geliebt, wie noch nie zuvor. Am liebsten wäre ich jetzt dageblieben, aber ich wusste, ich musste zu meiner Mutter. Als letzte Klärung sozusagen. Der Abend war komisch. Wir aßen zusammen, redeten wie immer, lachten und dann schliefen wir miteinander. Sehr sanft, sehr vorsichtig, als ob es das letzte Mal sein könnte.

Am nächsten Morgen fuhr ich viel zu früh zum Flughafen. Manuel hatte mich intensiv geküsst bei der Verabschiedung, hatte mich dann ein Stück von sich gehalten und gesagt „Toni, ich bin sicher, du wirst die Antwort finden, du hast schon so viel geschafft in den letzten Monaten, vergiss das nicht.".

Im Flugzeug versuchte ich meine Gedanken zu ordnen und gleichzeitig, meinen neuen Roman weiterzustricken. Die Zeit verging damit und mit dem seichten Bordprogramm zum Glück schnell und nach der Immigration sah ich meine Mutter schon aufgeregt winken.

„Antonia, endlich. Ich freue mich so, dich zu sehen".

Hatte ich mich verhört?

Kein „Wie siehst du denn schon wieder aus? Was sollen da die Nachbarn denken?" oder „Also, dieser Pulli ist in der letzten Wäsche aber sehr eingegangen, keine gute Qualität…".

Wir fuhren mit dem Taxi in ein ruhiges Lokal, in dem meine Mutter persönlich begrüßt wurde! An einem ruhigen Tisch rückte sie dann doch auf ihre direkte Art neugierig mit ihrer Fragerei heraus.

„Was ist los? Ich sehe es dir an. Ich habe auch damals sofort gesehen, dass mit Tobias etwas nicht stimmt. Warum bist du hier? Bestimmt nicht aus überquellender Mutterliebe!".

Sie lachte und ich konnte mich nur weiter wundern. Anscheinend hatten sowohl Neff-York-Besitztümer als auch die Luft positive Einflüsse. Wo war eigentlich mein ewig nörgelnder Vater?

„Antonia, eigentlich beneide ich dich. Du bist noch so jung. Die Welt steht dir offen. Das klingt verschroben, aber so ist es. Du hast dich selber aus so viel Unglück herausgezogen und es ins Positive gewandelt und jetzt, wo du jemanden gefunden hast, der dich so liebt, wie du bist, kannst du es nicht annehmen und zweifelt es an. Es gibt keine Garantien und wenn es sie gäbe, würdest du sie nicht wollen. Manuel ist bestimmt nicht einfach, aber das bist du auch nicht."

Verzweifelt sah ich meine Mutter an „Ich liebe ihn, das weiß ich. Aber was ist, wenn ich ganz anders bin als er es denkt? Was ist, wenn ich nie ein Kind will oder bekommen kann oder was weiß ich? Was ist wenn er meine Launen nicht aushält? "

Meine Mutter schüttelte den Kopf und trank einen großen Schluck aus ihrem Weinglas. „Er liebt dich. Warum sollten ihn deine Launen schocken? Die hast du bestimmt die ganze Zeit schon gehabt. Du bist die meiste Zeit so schrecklich, dass man es entweder liebt oder nach 5 Minuten die Flucht ergreift"!

Na toll, und das sagte die eigene Mutter.

„Und Kinder? Das wird sich zeigen. Hat er das denn zur Bedingung gemacht?". Ich schüttelte den Kopf. Wir hatten nie über Kinder gesprochen. Nie mehr seit dem er mir die Geschichte von damals erzählt hatte. Aber die Trauer um das verlorene Baby war da, da war ich mir sicher. Und ich wusste nicht, ob ich ein Kind wollte. Ich wusste nicht, ob ich das überhaupt schaffen könnte. Ich hatte ja schon Probleme, mein eigenes Leben in geordnete Bahnen zu führen.

Überhaupt hatten wir nie über die Zukunft gesprochen. Wir lebten mehr oder weniger zusammen, aber ich spürte, dass Manuel auf ein Zeichen von mir wartete. Ich war es, die ihr Haus behalten wollte, die Sicherheit, die Möglichkeit zur Flucht. Er drängte nicht, er nervte nicht, all das war mehr meine als seine Art. Dafür liebte ich ihn und jedes Mal wenn ich ihn sah, erfüllte mich ein warmes Gefühl intensiver Liebe und auch ein beständiges Begehren. Ich liebte ihn, ich liebte seinen Körper, seine Augen, seine Souveränität in allen Dingen. Meine Zweifel lagen in mir.

„Was würdest du machen, wenn dieses Testament nicht wäre? Wie lange gilt es eigentlich noch?" hörte ich meine Mutter fragen.

Sie wusste den Termin vermutlich auf die Stunde!

„Keine Ahnung, was ich machen würde. Es gilt noch 5 Tage, wie du vermutlich weißt."

Sie lächelte „Ah 5 Tage – eine lange Zeit. Weißt du, es geht nicht ums Geld. Das Geld kannst du spenden, wenn du es nicht willst. Es gäbe vermutlich bessere Einsatzmöglichkeiten als die New Yorker Polizeipferde. Aber die Tatsache, dass du ihn nicht heiraten willst, obwohl du so viel Geld sinnvoll anlegen könntest, nehme ich dir nicht ab. Was hält dich?".

Mir platzte der Kragen „Hör auf! Er ist ordentlicher als ich. Seine Putzfrau kommt 2x die Woche und muss wegen mir vermutlich 3x so viel putzen. Ich kann nicht kochen, er ist 39 und Oberarzt! Ich schreibe irgendwelche blöden Bücher, die hoffentlich noch jeder lange lesen will. Er sieht super aus, vermutlich wollen 10.000 Krankenschwestern was von ihm. Ich habe Cellulitis-Anfänge und bekomme glaub ich graue Haare. Vermutlich bekomme ich bald meine Wechseljahre, ich brauche in der Woche schon mindestens 5 Zigaretten und denke mir jedes Mal wenn ich mit ihm schlafe, dass es hoffentlich nicht zu hell ist. Wenn ich ausflippe, lächelt er nur. Wie soll denn das gehen? Ich habe Angst, dass es wie bei Tobias wird. Ich kann doch so jemanden nicht fragen, ob er mich heiraten will!".

Erschöpft atmete ich aus.

„Vermutlich bin ich schuld daran" hörte ich meine Mutter „ich habe mit meiner Art dafür gesorgt, dass du immer an dir gezweifelt hast. Eigentlich habe ich immer alles verbessern wollen. Aber in Wirklichkeit war ich so stolz auf dich. Ich war sogar stolz auf dich als du dir diese kalte Wohnung gekauft hast anstatt dir eine von mir kaufen zu lassen. Du hast immer deinen eigenen Kopf gehabt und ohne Rücksicht auf den vielleicht bequemeren Weg entschieden. Warum traust du dich jetzt nicht? Du siehst den Weg doch vor dir. Nur weil es einmal schief gegangen ist, muss es doch nicht wieder passieren. Hast du mit Tobias je so gute Gespräche geführt wie nach einem Tag mit Manuel?"

Woher sie das nun wieder wusste? Aber es stimmte. „Ich habe nicht Angst um mich wenn es schief geht. Ich habe Angst um ihn. Er hat es nicht verdient, da hat Olaf schon recht".

Dessen Worte waren mir noch gut in den Ohren geblieben „Wenn du ihm weh tust, bekommst du Ärger mit mir…".

Meine Mutter lachte „Er ist doch alt genug und kein kleines Kind mehr. Warum lässt du ihn nicht selber entscheiden?" Entsetzt sah ich sie an „Wie, entscheiden?".

„Naja, nicht umsonst stellt man die Frage, ob der andere will – und es gibt immer 2 Antworten darauf. Heiraten ist so ernst und wichtig, da wird er sich schon überlegen, ob er ja sagt, wenn er eigentlich nein meint.".

Oh mein Gott – sie meinte, ich solle ihn wirklich heiraten. Es war nicht so, dass ich mit Heiraten weißes Kleid und ewige Treueschwüre verband, aber es war selbst für mich eine wichtige Entscheidung. Ein Ja zu einem Menschen und nicht ein „Wir leben mal zusammen und sehen, wie es läuft."

Manuel war für mich wie der Hauptgewinn. Ein Mann, mit dem ich reden konnte, der über meine Witze lachen konnte, der im Zweifelsfall über mein Chaos lächelte, meine Bedenken nicht nur lächerlich machte, sondern ernsthaft zuhörte und sie mir liebevoll ausredete. Der an mich glaubte. Würde er Nein sagen, wenn er unsicher war? Was würde ich machen, wenn er Nein sagte? Wieder auf endlose Leserreisen gehen und versuchen, ihn zu vergessen? Es war mir auch damals nicht gelungen, er war Teil meines Lebens geworden.

Meine Mutter umarmte mich. „Lass es dir in Ruhe durch den Kopf gehen, schlaf drüber. Wir fahren jetzt nach Hause. Morgen können wir shoppen gehen, das lenkt dich ab".

Shoppen, die Lieblingsbeschäftigung meiner Mutter – vermutlich hatte sie das nur erwähnt, damit ich auf jeden Fall etwas anderes machte.

„Wenn du meinst, ich solle unbedingt heiraten, wie kannst du mir dann in aller Ruhe shoppen empfehlen? Wie soll ich denn das in 5 Tagen überhaupt noch hinbekommen?".

Meine Mutter lachte „Morgen kaufst du dir ein flottes Kleid, nichts weißes natürlich und tolle Schuhe, das ist wichtig. Heute Abend überlegen wir, wie du ihn fragst und morgen schickst du ihm mit overnight ein Ticket für Las Vegas. Alles kein Problem und noch massig Zeit."

Ich war nahezu sprachlos. Dass meine Mutter manchmal schon mehr als seltsam war, überraschte mich nicht – aber dieser Zeitplan war ungeheuerlich. Ich musste nachdenken. Allerdings fühlte ich wieder so ein bisschen den Hang zum Abenteuer, ähnlich wie es damals mit den Bildern und der Zeitung war. Oder dem Roman.

War die Liebe ein Abenteuer?

Und mit der Frage kam mir die Idee! Ich wollte ihn nicht einfach so fragen. Es musste eine Geschichte werden.

„Ich brauche einen Laptop!" rief und kramte in meiner Tasche. Blieb nur zu hoffen, dass in dieser Funzel mein Stick ging und das Notebook noch Strom hatte. Mit ein bisschen googeln hatte ich was ich brauchte; Die stadtbekannte Firma für Plakatwerbung in München. In meiner Arbeitszeit hatte ich viel mit ihnen zu tun gehabt. Vielleicht funktionierten die alten Kontakte ja noch. Ich schrieb Ralf, meinem alten Kontaktmann, eine mail, da es für Telefonieren ja leider zu spät war.

„Lieber Ralf, ich habe einen Notfall! Ich brauche dringend die Plakatwand direkt vor der Uniklinik. Links von der Tiefgarageneinfahrt. Ich brauche sie für die kommenden 5 Tage, so schnell wie möglich. Preis ist egal. Und dann brauche ich zusätzlich eine Bannerwerbung über einer Adresse, die ich dir maile. Die erste Message ist aber neben der Tiefgarage, möglichst große rote Buchstaben: „Ist die Liebe ein Abenteuer wie ein Roman? Dann lass sie uns zu zweit erleben und lesen…Sag einfach „JA"" Und ein gemaltes Herz. Wenn du alles wie gesprüht aussehen lassen kannst, umso besser. Am nächsten Tag brauche ich „Du bist das schönste Risiko, das es gibt, auch ohne Garantie..." Für den Banner „Manuel, ich liebe dich." Ralf, ich danke dir! Bin zur Zeit nicht im Land, über mail aber immer zu erreichen. Den Rest bekomme ich selber hin."

Erschöpft klappte ich das Notebook zu.

Meine Mutter sah mich zufrieden an. Klar, komisch war das schon, dass ich solche Sachen immer nur in irgendwelchen Aktionen hinbekam.

Damals das Hotel und jetzt so etwas Wichtiges wie Heiraten!

„Aber ich kann mir doch jetzt kein Kleid kaufen und nicht wissen, ob er ja sagt. Und ich kann doch auch keinen Flug nach Las Vegas buchen und dann kommt er nicht! Soll ich dann den Elvis-Imitator heiraten?"

Meine Mutter lachte „Ich glaube, nur du hast Zweifel. Natürlich wird er kommen. Natürlich will er dich heiraten. Du machst es dir viel zu kompliziert. Du solltest dir lieber überlegen, was du mit Olaf machst. Er ist so ein enger Freund, das es vielleicht schwierig für Manuel ist, ihn nicht dabei zu haben".

Meine Mutter dachte irgendwie an alles. Wie sollte ich Olaf jetzt mit ins Boot holen? Aber natürlich hatte sie Recht. Und auch ich würde ihn dabei haben wollen – mal davon ausgehend, es würde tatsächlich etwas.

Mittlerweile hatten wir gezahlt und meine Mutter hatte wieder ein Taxi her gewunken. Müde sank ich in die Polster und traute 10 Minuten später meinen Augen nicht, als das Taxi stoppte. „Hier? Wo sind wir? Wohnst du im Hotel?" fragte ich erstaunt. Meine Mutter zahlte und ließ den Taxifahrer huldvoll das Gepäck ausladen. Dann schob sie in Richtung Eingang eines imposanten

Apartmenthauses zu. Die Concierge am Eingang begrüßte sie ehrfurchtsvoll und im Aufzug hielt ich es nicht mehr aus.

„Los, jetzt sag schon! Wo sind wir hier?" Meine Mutter lachte und bestätigte meine schlimmsten Befürchtungen „Es wird irgendwann dir gehören, denn jetzt gehört es mir."

Unglaublich – sie hatte dieses Haus geerbt. Diese alte Schrulle musste unglaublich megareich gewesen sein und meine 500.000 eigentlich nur Spielgeld. Oben im 23. Stock öffnete sich die Tür und es ging direkt in ein riesiges Penthouse. Mir stockte wirklich der Atem.

Kein Wunder, dass meine Mutter nicht mehr nach Deutschland wollte. Dieses Penthouse und dann noch das Shopping-Paradies vor der Tür.

„Wo ist eigentlich Papa?" stellte ich die Frage, die mich schon lange beschäftigte. Vielleicht hatte sie ihn schon irgendwo begraben…

„Der ist in Florida zum Golfen, dein Besuch kam so kurzfristig und ich dachte auch, wir Frauen machen das besser unter uns aus".

Ich war sprachlos. Und erschöpft. So vieles Neues, so viele ungeheuerliche neue Gedanken. Ich duschte und vergrub mich in das luxuriöse Bett. Meine Mutter gab sich von einer ganz neuen mütterlichen Seite und deckte mich zum, küsste mich und sagte „Schlaf schön, du wirst sehen, alles wird gut."

Mitten in der Nacht wurde ich vom Piepen meines Handys geweckt. Eine Mail!

„Hallo Toni. Schön von Dir zu hören! Hängt bereits. Haben gestern noch nachts gearbeitet und dein Plakat geplottet. Ist das wieder so ein Werbefeldzug? Melde mich, wenn das nächste hängt. Bussi Ralf".

Oh Mann, war der schnell. Noch 4 Tage und ein paar Stunden. Nachher musste ich die Tickets online buchen und ihm mailen, war besser als dieser altmodische overnight Quatsch. Gerade als ich wieder eingeschlafen war, piepte es wieder – Olaf.

„Süße, ich hoffe, er versteht es. Willst du nicht doch lieber mich heiraten?"

Ich musste lachen und tippte „Olaf, ich brauche dich hier. Erstens wegen der Kleiderfrage und zweitens möchte ich dich als Trauzeugen wenn es klappt. Bitte komm so schnell du kannst".

Nach ca. 15 Minuten piepte es wieder „JFK 17.30 Delta 14036, holst du mich ab?"

Ich musste lachen und gleichzeitig kamen mir die Tränen. So nahe fühlte ich mich all diesen Menschen auf einmal. Noch vor kurzem war ich einsam gewesen, eine Einzelkämpferin, jetzt gab es mehrere Menschen, denen ich wichtig war, die mir so nahe standen. Ich antwortete noch schnell „Ja, ich freu mich!" und kuschelte mich wieder in die Kissen.

Irgendwann brachte meine Mutter mir das Frühstück ans Bett, ein Luxus, den ich glaube ich nicht mal von ihr genossen hatte, wenn ich krank war.

Ich berichtete ihr von meinen nächtlichen Nachrichten und sie lächelte zufrieden. Die Tatsache, dass Olaf kam, erfüllte sie natürlich mit großer Begeisterung und Geschäftigkeit. Selbstverständlich sollte Olaf bei uns schlafen – angesichts der riesigen Wohnung natürlich auch kein großes Problem. In Deutschland war nun schon Nachmittag, vermutlich hatte Manuel das Plakat also schon gesehen. Hatte er es auch auf sich bezogen? Beim nächsten war ich mir sicher, dass er es verstehen würde. Und der Banner über seinem Haus war eindeutig. Nach dem Banner würde ich ihm das Ticket schicken, dann blieben ihm noch ca. 15 Stunden, um zu überlegen, sich fertig zu machen und zum Flughafen zu fahren.

Wir frühstückten ewig und nach dem Duschen musste ich mich Unglaublicherweise schon auf den Weg zum Flughafen machen.

Olaf hatte sich für den gestylten Freizeitlook entschieden und kam mit diversen Taschen und Kleidersäcken an.

Ich umarmte ihn und musste schon wieder heulen. Irgendwie war das alles selbst mir zu emotional. „Hey, du kannst mir dann auf keinen Fall mein neues Hemd bei der Hochzeit zuheulen, o.k.?" Liebevoll drückte er mich.

„Bist du sicher, dass ich überhaupt heirate? Ich kann ihn nicht einschätzen. Ich hab Angst" jammerte ich.

Wir saßen in einem Flughafencafe und ich schlürfte Latte und Sekt. Olaf sah mich nachdenklich an „Weißt du, all die Monate habe ich mich raus gehalten und wenn du dich erinnerst sehr wenig zu dir gesagt. Ich habe dich seit der Suppenküchenaktion gemocht. Du bist anders. Anstrengend, oft unsicher, aber immer authentisch. Dich hat es einen Dreck geschert, dass ich Porsche fahre und du mich in die Suppenküche geschickt hast. Das mag ich. Manuel hat echt eine schlechte Zeit hinter sich, aber es gab auch eine Zeit vorher. Und da war er nicht minder egoistisch. Frauen haben ihn zwar interessiert, weil es halt Frauen waren, aber weniger als Person an sich. Auch Karen hat ihn anfangs interessiert, weil sie toll aussah und weil sie jeder haben wollte. Als er dich anschleppte, habe ich meinen Augen nicht getraut. Manuel bringt nie jemanden aus dem Job mit, nicht mal Krankenschwestern. Du hast damals wirklich furchtbar fertig ausgesehen. Also, ich meine, wegen des Aussehens konnte er dich auf keinen Fall mitgenommen haben. Ja, und dann bliebst du und er veränderte sich. Wurde so, wie er schon lange nicht mehr war. Fröhlich, unbeschwert.0 Dann gingst du weg und er wurde schlimmer als je zuvor. Er hat gelitten wie ein Tier. Wir haben mal nachts darüber geredet und er sagte mir, er würde dich lieben, wie noch nie zuvor jemanden, aber du müsstest das ja geben. Du wärst diejenige, die das Go geben müsste und benennen müsste, was du willst. Und da hatte er natürlich Recht. Er hat gespürt, dass du nicht weißt, ob es das richtige ist. Wenn er überzeugt davon ist, dass es das ist, was du willst, wird er auch kommen. Mach dir mal keine Sorgen. Bist du denn sicher?"

1000 mal hatte ich darüber nachgedacht und auf einmal fiel es mir leicht „Ja" zu sagen. Ich war wirklich sicher. Wenn Manuel sich sicher war, mit jemandem leben zu wollen, der chaotisch war, nicht kochen konnte usw., wären meine letzten Zweifel beseitigt.

„Wo könnten wir ein Kleid kaufen" fragte ich schließlich.

„Ich hoffe, du bist mir nicht böse. Wir können es auch ohne Probleme zurückgeben, aber ich habe dir eines mitgebracht. Es ist von der selben Designerin wie das schwarze Kleid, das wir dir zu Weihnachten geschenkt haben". Ich war sprachlos, Olaf war wirklich ein Organisationstalent. Ich hätte in der Zeit vermutlich nicht mal meine Sachen zusammensuchen könne und er besorgte auch noch ein Kleid für mich.

„Wo hast du es? Wie sieht es aus?" fragte ich hibbelig. Ich wollte es sehen!

„Toni, wenn ich es hier auspacke, musst du es anziehen. Jetzt und sofort!". O.k., das wollte ich nun auch wieder nicht.

„Also, dann gehen wir jetzt. Erstens wartet meine Mutter schon sehnsüchtig auf dich und außerdem will ich das Kleid sehen. Brauche ich nur noch Schuhe."

Olaf schaute etwas konsterniert auf den Boden. „Olaf! Du hast Schuhe auch noch gekauft! Woher kennst du meine Größe überhaupt. Und, wie hast du das alles geschafft?".

Olaf lachte erleichtert „Gut, du bist nicht böse. Ich habe das Kleid bei Annette schon gesehen und sofort an dich gedacht. Nach deiner SMS habe ich sie nur schnell angerufen und gefragt, ob sie deine Größe hat und es samt Schuhen schnell vorbeibringen kann. Das hat sie lieberweise gemacht. Wenn es nicht ganz optimal sitzt, müssen wir es ändern lassen. Du musst es jetzt also gleich probieren."

Nichts lieber als das! Als ob ich warten könnte. Wir fuhren mit dem Taxi zu meiner Mutter, die Olaf überschwänglich begrüßte.

Leise fragte ich „Ist das nicht wahnsinnig, dieser Bunker? Unglaublich, oder? Es muss Millionen wert sein!" Ich sah Olaf grinsen „Wieso grinst du? Wusstest du es?" Olaf machte „Pssst, sei leise. Ich habe für deine Mutter die ganze Abwicklung und die steuerrechtlichen Sachen gemacht. Vielleicht liebt sie mich deshalb so." Meine Mutter liebte Olaf ab der ersten Minute und hatte mir erst gestern vertraulich mitgeteilt, dass er möglicherweise gar nicht schwul sei. So was käme immer wieder vor. Ich hatte mal lieber gar nichts darauf gesagt. Vermutlich würde sie dann sofort meinen Vater verlassen und nur noch um Olaf buhlen und der hätte dann meine Mutter am Hals. Nur weil sie im Moment so friedlich war, hieß das ja noch lange nichts. Ich hatte auch keine Ahnung wie die Hochzeit geplant werden sollte. Was sollte ich mit meiner Mutter machen? Und meinem Golf spielenden Vater?

Und wenn Manuel doch Nein sagte? Jetzt wollte ich das Kleid sehen!

Olaf holte einen der vielen Kleidersäcke und packte ein Plastik verhülltest Etwas aus. Pink?! Es war ganz dunkelpink, fuchsia sagte man glaub ich dazu. Ich hatte an dezent grau oder so gedacht, aber das! Zweifeld sah ich ihn und meine Mutter an.

„Zieh es an und schau nicht so. Angezogen wirst du es toll finden". Und er hatte Recht. Auf dem Bügel fand ich es schreiend auffällig, aber angezogen sah es wirklich phantastisch aus. Eng anliegend, mit langen durchsichtigen mit Blüten verzierten Armen, einem tiefen Ausschnitt und es war so angenehm und weich. Meine weißblonden kurzen Haare und die grauen Augen sahen super dazu aus.

„Du brauchst noch Unterwäsche" sagte meine Mutter. „Nein" antwortete ich. Es gab nur eine Unterwäsche, die ich drunter ziehen wollte. Die eine bestimmte. Unsere sozusagen. Ich schlüpfte in die Schuhe aus selber Farbe, selben Stoff mit einer barocken Schnalle. Die Absatzhöhe war so, dass ich vermutlich nicht bei jedem Schritt stolpern, aber Manuel halbwegs „erreichen" würde.

„Olaf, ich nehme alles zurück. Es ist toll und du mein bester Einkäufer. Kann ich es zahlen oder muss ich auf weitere Bestseller warten?" lachte ich.

Olaf grinste „Toni, du heiratest meinen besten Freund. Damit machst du nicht nur ihn, sondern auch mich sehr glücklich. Also, ich schenke es dir. Ich habe es gesehen und sofort an dich gedacht. Auch Annette sagte, es sei ein Kleid für dich."

Ich umarmte ihn und spürte schon wieder, die Tränen hochkommen.

„Ihr sprecht alle schon, wie wenn es ausgemacht wäre und wenn er nun nein sagt?"

Olaf schüttelte den Kopf „Nein. Hör auf damit. Vorhin habe ich eine Nachricht von Manuel auf der Box gehabt, wo ich denn sei, er müsste mich dringend sprechen. Dann rief er noch mal an, ob ich das Plakat gesehen hätte. Dann rief er ein weiteres mal an, beschimpfte mich, weil ich nicht erreichbar sei und sagte, ich solle mir unbedingt das Plakat ansehen. Was hast du als nächstes geplant?"

Ich informierte ihn schnell und schaltete das Notebook an. „Wie soll ich denn das jetzt mit den Flügen machen? Und wie soll ich es überhaupt organisieren? Ich kenn mich nicht aus" jammerte ich.

Olaf schüttelte wieder den Kopf „Gut, dass ich gekommen bin. Wir buchen jetzt seinen Flug und deinen Flug. Dann ein Hotel und die Chapel. Die Heiratslizenz müsst ihr gemeinsam holen, das geht aber auch eine halbe Stunde vor dem Termin. Damit es richtig spannend wird, buchen wir den Hochzeitstermin auf Abend und eure Flüge auf Nachmittag. Ihr trefft euch dann erst zur Abfahrt und kauft die Lizenz. Und dann geht es schon los."

Ich seufzte „Und du? Und du, Mama?" Meine Mutter schüttelte den Kopf „Es soll euer Moment sein. Wir feiern dann danach. Und Olaf fliegt halt auch mit der selben Maschine wie du, warum auch nicht? Die muss nur früher ankommen als Manuels. Aber der hat ja von München aus nicht so viele Möglichkeiten".

Olaf nickte zufrieden und ich fühlte mich mal wieder erschöpft. Die nächsten Stunden bis zum ins Bett gehen verlebte ich in Trance. Plötzlich schreckte ich in dem gemütlichen New Yorker Restaurant hoch. „Und die Ringe?"

Olaf tätschelte mir beschwichtigend wie bei einer senilen Frau die Hand. „Am Flughafen gibt es diverse Juweliere. Da wird er dann schon dran denken. Also, die Ringe kann ich nicht auch noch aussuchen. Wollen wir mal hoffen, dass er was Vernünftiges zum Anziehen herbringt. Hoffentlich macht er sich schnell zum Flughafen auf, in Las Vegas ist klamottenmäßig nichts Tolles aufzutreiben."

Mein Handy piepte. *„Hängt seit 3 Stunden, Banner auch in einer Stunde…Wünsch dir Glück, für was auch immer – Liebe Grüße Ralf".*

Oh je. Ich hatte aus Zeitgründen meine Aktionen etwas straffen müssen.

Zu groß war meine Angst, dass Manuel alles nicht auf die Reihe bringen würde. Maci musste er ja auch noch unterbringen…

Zuhause bei meiner Mutter buchte ich die Flüge. One way München Las Vegas mit offenem Rückflug und one way New York Las Vegas für Olaf und mich.

Olaf hörte in der Zeit genüsslich Manuels Anrufe auf seiner Box ab und las seine mails. Eine las er vor.

„Olaf, ich weiß nicht, wo du Scheisskerl nun schon wieder steckst. Ich habe Plakatwerbung vor der Krankenhaustiefgarage. Ist es Toni? ES schreibt wie sie. Und jetzt hängt ein Banner über unserem Haus. Meinst du, das ist wieder so ein Scherz von ihrem Idioten? Verdammt, warum bist du denn nicht da? So toll kann er doch gar nicht sein! Toni geht nicht ans Handy – die Nummer von ihrer Mutter habe ich nicht. WAS MACHE ICH JETZT?"

Oh je, er dachte Tobais würde dahinter stecken. Als ob der Idiot auf solche tiefsinnigen Sprüche kommen würde. Und was sollte denn ES bedeuten? In Deutschland war es jetzt Mittag. Der Flug würde am nächsten Tag früh gehen. Sollte ich ihn schon erlösen und mail und Tickets schicken? Olaf klappte sein Notebook zu.

„Komm, erlöse ihn. Dann hast du vielleicht noch Chancen auf einen schicken Anzug und schöne Ringe. Ich rufe die Chapel und das Hotel an".

Unsere Flüge waren ja Inlandsflüge und gingen erst mittags. Ich klappte mein Notebook auf. Was sollte ich schreiben? Ich schrieb, löschte, schrieb, fast wie mit dem unwilligen Helden damals.

„Manuel, heute ist Entscheidungstag. Du kennst mich besser als jeder andere auf der Welt. Ich hoffe, du konntest auch meine Zweifel immer richtig deuten. Sie galten nie Dir. Und wenn sie Dir galten, dann nur in dem Zusammenhang, dass ich mich nicht perfekt genug für Dich fühlte. Denn: Du bist perfekt. Perfekt für mich. Du bist der Mensch, den zu treffen ich nie zu hoffen wagte. Es gibt keine Minute meines Lebens, in der ich nicht an Dich denke und mich mit Dir verbunden fühle. Es gibt keine Garantien, hast du mal gesagt. Und da hattest Du wohl Recht. Aber ich liebe Dich hier und jetzt und hoffe, es hält für immer und wir können mit Enkeln an der Hand alt und grau den Sonnenuntergang genauso schweigend bewundern wie jetzt. Mach mich zum glücklichsten Mensch auf dieser Welt und sage JA auf die Frage: Bist Du Dir sicher? Liebst du mich wirklich so chaotisch und schrecklich wie ich bin? Willst Du mich heiraten? Willst Du zufälligerweise die Polizeipferde leer ausgehen lassen? Nur noch eine Bitte: Sei ehrlich zu Dir und zu mir. Ich kann mit einem Nein jetzt besser leben als später…
Ich liebe Dich…"

Ich seufzte, warf Olaf und meiner Mutter einen Blick zu – beide nickten. Und ich schickte es samt den Tickets, der ausgesuchten Verbindung und der Reservierungsnummer für das Hotel los.

Olaf stellte mir ein Glas Sekt hin und prostete mir und meiner Mutter mit seinem zu. „Gratuliere. Wir sollten uns zwar jetzt nicht betrinken, aber du kannst bestimmt besser schlafen."

Ich schüttete den Sekt runter und goss mir nach. Wie sollte ich die Zeit überstehen? Wie sollte ich schlafen? Hatte er die mail schon? Vielleicht war er schon in der Arbeit und sein Handy lag auf dem Schreibtisch. Konnte er das alles noch schaffen? Für mich bestünde überhaupt keine Chance es zu schaffen...

Nach einer Stunde war ich mit den Nerven am Ende. Es kam keine Amtwort. Was machte er? Wo war er? Olaf versprühte gute Laune wie immer und meinte, es gäbe keinen Grund zur Besorgnis, ich solle jetzt endlich schlafen. Meine Mutter und Olaf brachten mich gemeinsam ins Bett und beschworen mich, endlich zu schlafen. Irgendwann musste ich eingeschlafen sein, denn mitten in der Nacht wachte ich auf. Ich kontrollierte mein Handy, mein Notebook: nichts! Ich stand auf und ging in die Küche und schließlich zögerlich zu Olaf in eines der Schlafzimmer. Typisch Mann schlief er natürlich seelenruhig!

„Olaf, hallo, wach mal kurz auf" – ich strich ihm über den Arm. Er brummte, rieb sich die Augen und setzte sich auf. „Toni, es ist noch nicht hell. Jetzt muss du mir mindestens erzählen, dass er dir ein ferngesteuertes Flugzeug mit einem JA ins Bett geschickt hat". „Oh Mann Olaf, nein, ich habe gar nichts. Keine Mail, keinen Anruf. Die mail ist aber raus, was soll ich nur tun?". Er gähnte „Gib mir mein Handy und mein Notebook, ich kann's mir auch selber holen, aber dann muss ich aufstehen. Und im Gegensatz zu deiner Mumienverkleidung schlafe ich nackt."

Eilig holte ich ihm Handy und Notebook, ein nackter Olaf wäre mir jetzt zu viel. Er schüttelte den Kopf und sagte dann „Nichts, aber das heißt nichts. Jetzt ist es drüben 9 Uhr. Er müsste schon eingecheckt haben. Lass mich mal mit meiner Sekretärin reden, die kann so was. Die soll mal kontrollieren, ob er schon am Flughafen ist.".

Seufzend hörte ich zu, wie er mit seiner Sekretärin telefonierte und mit ihr die Lage besprach. „So, und jetzt musst du noch schlafen. Wie sollst du das durchstehen, wenn du so müde bist. Willst du eine Schlaftablette?" Gegen meine Überzeugung nickte ich. Ich würde jetzt alles nehmen, Hauptsache die Zeit ging um. Ich schluckte eine kleine weiße Tablette und wurde tatsächlich schläfrig. Hoffentlich würde ich wieder aufwachen!

Um 8.00 Uhr wachte ich relativ frisch auf und ging gleich auf Olafsuche. Der packte bereits seine Sachen zusammen und war bester Laune.

Er goss mir Kaffee ein und sagte fröhlich „Wie hat Manuel gesagt? 2 Kaffee und dann kannst du mit ihr rechnen? Also, musst du anfangen. Ich habe keine mail und keinen Anruf mehr von ihm, aber dank meiner Elli wissen wir, dass er ordnungsgemäß eingecheckt hat und somit jetzt an Bord sein müsste."

Puh, ich war erleichtert. Aber warum meldete er sich gar nicht? Lustlos kaute ich auf einem Bagel rum und schlurfte meinen Kaffee. Meine Mutter flatterte schon eifrig herum und fing an, meine Sachen einzupacken. Ausnahmsweise störte es mich nicht mal und sie enthielt sich auch jeglicher Kommentare zu meiner schwarzen Unterwäsche.

„Toni, wir fahren jetzt gleich in Richtung Flughafen, Ich glaube, du brauchst noch ein paar Klamotten. Auf dem Weg ist eine Mall. Schließlich soll es deine Hochzeit sein!"

Wir packten unsere Sachen und ich verabschiedete mich von meiner Mutter. Vermutlich war es das erste Mal im Leben, dass ich sie drückte und es mich ehrlich schmerzte, dass sie nicht mitkam. Tatsächlich war sie es gewesen, die mir den letzten Schubs gegeben hatte, der anscheinend nötig gewesen war. „Mama, ich ruf dich an und wir machen aus, wo und wann wir uns alle treffen. Machs gut und Danke!".

Meine Mutter winkte dem Taxi hinterher und ich fühlte mich einfach nur komisch. Aber vielleicht war das normal vor der eigenen Hochzeit. Aber, wer wusste schon, ob ich überhaupt heiratete…

In der mall kaufte ich noch ein paar Klamotten und andere Unterwäsche ein – ich hatte ja eher leger für meine Mutter gepackt und kaufte mir ein Glanzspray für meine Haare. Hoffentlich war es nicht wie so viele US-Produkte so stark, dass mir die Haare vom Kopf wegflogen.

Wir bestiegen unser Flugzeug als letztes und mir war übel. Mir flogen einer anderen Zeitzone entgegen, aber mein Zeitgefühl hatte sich sowieso völlig verabschiedet. Ich war noch nie zuvor in Las Vegas gewesen und schon beim Landeanflug beeindruckte mich die Lichtervielfalt und die Größe. Im Taxi zum Hotel saß ich vermutlich mit daueroffenem Mund da und glotzte. Wir hatten das Venetian gebucht und dieser Kitsch, Kommerz und all die Pracht beeindruckten mich schon sehr.

Beim Check in reichte mir die freundliche Dame, die gleich dachte, Olaf und ich wären das Hochzeitspaar, einen Brief.

„Olaf, wenn er nicht will und überhaupt alles schief geht, MUSST du mich heiraten" seufzte ich.

Ich öffnete den Brief und sah nur wilde Buchstaben. Olaf nahm es mir ungeduldig ab und sagte „Mensch Toni, das ist ein verschlüsselter Code für eine Nachricht, die du oben abrufen kannst. Bestimmt von Manuel."

„Unsere" Suite sah unglaublich aus – mit riesiger Badewanne im Bad, goldenen Armaturen und unglaublich viel Schnickschnack. Olaf hatte ein „normales" Einzelzimmer, was auch einem Palastzimmer ähnelte. Ich wedelte mit dem Papier herum „Und jetzt? Was mach ich damit?"

Olaf stöhnte „Ich mach es dir,. aber lesen, das schaffst du dann, oder?"

Er tippte auf der Tastatur herum und auf dem riesigen Fernsehschirm erschien ein Briefumschlag. „So, jetzt da drauf klicken und lesen. Ich geh dann mal...Ruf mich an, wenn wir was machen wollen". Ich hielt die Fernbedienung in der Hand. Mutig klickte ich auf den Umschlag. Wunderwelt der Technik!

„Liebe Toni! Danke für diese unglaublich einfallsreichen Mitteilungen. Du kannst ja nicht wissen, dass es schon immer im Geheimen mein Traum war, so einen Heiratsantrag zu bekommen. In keinem Traum der Welt habe ich mir aber vorstellen können, ihn von einer Frau wie Dir zu bekommen. Du hast Angst, dass du nicht perfekt genug bist und zu chaotisch. Ich habe immer die Angst, Dir schnell langweilig zu werden. Ich weiß nicht, wer Dir den Glauben an Dich genommen hat, aber Du bist eine wundervolle Frau und überhaupt die wundervollste, die ich je kennen gelernt habe! Und es gibt nichts, was ich liebe tue, als mit Dir zusammen zu sein. Und wenn Du eine Antwort willst: 23.00 Uhr, Luxor, Apt. 3404. In Liebe Manuel".

Ich kaute auf meinen Lippen.

Wieso wollte er in ein anders Hotel? Und wieso mir nicht gleich die Antwort geben? Bis 23.00 Uhr war es ja noch ewig hin. Und für morgen hatte Olaf schon Chapel usw. reserviert. Wenn das nicht klappte, war sowieso Testament und Geld futsch, aber das war nicht mein größtes Problem.

Wenn Manuel sich nicht sicher war, konnte ich hier unter den ganzen Zockern anfangen zu trinken, mich besoffen heimlich in ein Flugzeug nach Deutschland schleichen und am besten in Deutschland jemand um eine Einweisung bitten. Immerhin wäre das wieder ein dramatisches Thema für ein Buch. Von Las Vegas in die Psychiatrie...

Olaf konnte mich auch nicht beruhigen, er schlug einen Ausflug in eine Outletmall vor. Shoppen lenke ab, dann könnten wir essen gehen, dann eine Runde spielen und dann wäre es ja 23.00 Uhr.

Wir gingen zwar erst essen, weil Olaf Hunger hatte, aber es war mit eigentlich auch egal. In der Mall musste ich wieder an die Kaufsüchtigen mit ihren Handtüchern denken. Ich drehte Sachen in der Hand herum und wusste nicht, was ich in der Hand hatte.

„Weißt du was, das nervt mich. Wenn er meint, die Regeln ändern zu müssen, gehe ich jetzt einfach. Es ist 10.00 Uhr und irgendwie wird er schon im Zimmer sein. Ist mir egal. Ich nehme jetzt ein Taxi ins Luxor. Wir sehen, hören uns dann nachher" sagte ich genervt.

Olaf lachte „Ich hoffe nicht, dass wir uns nachher sehen, aber telefonieren wäre nicht schlecht bzw. können wir uns ja morgen gegen Mittag zum Frühstücken treffen".

Ich nickte, gab ihm einen Abschiedkuss und überließ ihn seinen Bosssocken. Die Fahrt zum Luxor dauerte nur 15 Minuten. Ich war jetzt nicht gestylt und gar nichts, eine halbe Stunde zu früh, aber egal. Überhaupt war das alles eine blöde Idee gewesen. Wieso hatte ich mich so in die Defensive locken lassen? Musste jetzt in ein Hotel gehen und mir eine Antwort abholen! Sollte er mich halt nicht heiraten! Mühsam riss ich mich zusammen und atmete tief durch. Diesem Teufelskreis wollte ich ja gerade nicht mehr erliegen!

Entschieden betrat ich den Aufzug und fuhr nach oben, weit nach oben. Für die imposante Architektur hatte ich allerdings keinen Blick. Das Zimmer hatte eine Klingel, also klingelte ich. Es rührte sich nichts. Ich klingelte wieder. Nichts. Er konnte doch nicht weg sein, nur weil ich 20 Minuten zu früh war. Die Tür öffnete sich und Manuel mit feuchten Haaren, anscheinend frisch geduscht, öffnete in Unterhose und Hemd.

„Du bist zu früh" begrüßte er mich.

„Was für eine liebevolle Begrüßung. Soll ich wieder gehen?" fragte ich – immerhin lächelnd. Manuel zog mich am Ärmel ins Zimmer und schloss die Tür. Er hatte auch eine Suite, nicht ganz so blumig und verspielt wie unsere aber auch nicht zu verachten. Im Sektkühler stand Champagner…

"Pass auf, das ist nicht der Beginn, den ich wollte, aber hör auf, immer dann eklig zu werden, wenn man nett zu dir ist. Da schwanke ich wirklich zwischen Ohrfeige und Kuss".

Er sah richtig bestimmt aus, und fast ein wenig verärgert. Und es war glaube ich das erste Mal, dass er eine Emotion zeigte, die nicht ganz verständnisvoll und akzeptierend war. Mir wurde wieder ganz warm im Bauch.

„Küss mich lieber, küss mich und hör einfach nicht mehr auf. Wie praktisch, dass du keine Hose anhast".

Manuel lachte und zog mich in seine Arme. „Auf die Art werden wir uns nie einen formellen Heiratsantrag machen können, ich ohne Hose, du in Gedanken schon bei gar keinen Klamotten…".

Ich lächelte ihn an „Wenn du mir eine Antwort gibst, brauche ich keinen Kniefall und keinen offiziellen Antrag".

Manuel schob mich ein Stück von sich und sah mich an „Toni, eigentlich hast du nie eine Antwort gebraucht. Das Problem hast du dir selbst gemacht. Ich liebe dich. Ich liebe dich, so wie du bist, mit allem was dazu gehört. Der Unordnung, der Unentschlossenheit, den Emotionen, der Unsicherheit, dem weichen Herz. Komplett eben. Weil du es bist. Ich liebe dich, weil du es als ganzes bist und nicht einzelne Puzzlestücke von dir. Am Anfang war ich unsicher. Es hat mir Angst gemacht, mich wieder auf jemanden einzulassen, zu vertrauen. Aber in der Hinsicht hast du es mir leicht gemacht. Ich liebe dich und dein Antrag und deine Mitteilungen haben mich so glücklich gemacht und du glaubst nicht, was es mir wert ist, mir vorzustellen, mein restliches Leben mit dir verbringen zu können. Es gibt nichts Schöneres."

Ich seufzte glücklich und wir küssten uns. Ich fühlte mich erleichtert und auch schwach. Und erstmalig störte es mich nicht, diese Schwäche vor jemand anderem zuzugeben und mich einfach halten und tragen zu lassen.

„Warum brauchtest du dann diesen Zwischenschritt hier und konntest nicht gleich einfach morgen zum heiraten kommen?" fragte ich. „Mal ehrlich, das hätte ich komisch gefunden. Außerdem muss man dir ja nicht alles lassen sondern kann ja ein bisschen Überraschung und Spannung einbauen!" lachte er und warf mich aufs Bett.

„Bleibst du hier heute Nacht?" fragte er als wir ermattet in den luxuriösen Kissen lagen. „Hm, macht man das? Ich muss morgen auf jeden Fall wieder ins Venetian. Und außerdem muss ich noch Bescheid sagen."

Manuel setzte sich auf „Hast du deine Mutter dabei?" fragte er amüsiert und irgendwie gar nicht erstaunt. Ich lachte „Nein, sei froh, die habe ich nicht dabei. Obwohl ich ohne sie wahrscheinlich heute nicht hier wäre. Ich habe jemand speziellen dabei. Für dich" antwortet ich liebevoll und sah gerührt, wie seine Augen wirklich leicht feucht wurden und er mich küsste.

Olaf hatte sich schon ins Bett begeben, um fit zu sein für morgen und wir verabredeten und zum gemeinsamen späten Frühstück im Venetian.

Um 20.00 Uhr würden wir dann heiraten – genau 4 Stunden vor Ablauf der Frist.

Ich kuschelte mich wieder an Manuel und war glücklich. Vielleicht wäre es morgen turbulenter und leidenschaftlicher geworden, wenn ich heute nicht hier aufgetaucht wäre oder wir nicht die Nacht miteinander verbringen würden, aber ich genoss die Nähe und die Sicherheit, zu Manuel zu gehören.

Es war ein unbeschreiblich schönes Gefühl!

Kapitel 15

Alles Warten hat geendet!
Wir haben in Las Vegas geheiratet...
...